KB096219

라면의 황제

라면의 황제

김희선 소설

자음과모음

차례

페르시아 양탄자 흥망사

지금은 심플한 스칸디나비아식 인테리어가 유행이라 찾아보기 힘들지만, 한때 한국의 가정집 마룻바닥을 점령하고 있던 붉은색 카펫을 기억하는지 모르겠다. 나일론과 폴리에스테르로 어설프게 만들어진 그 카펫들은 하나같이 붉은 바탕에 황금색 덩굴무늬가 현란하게 그려져 있었는데, 사실 그것들은 모두 헤라트 카펫, 일명 페르시아 양탄자라고 불리는 유서 깊은 카펫의 조잡한 모조품들이었다.

하긴, 페르시아 양탄자라는 이름은 알아도 그 아름답고 화려한 붉은색 카펫이 이란 북동부에 있는 호라산이라는 지역의 전통적인 수공예품이라는 걸 아는 사람은 거의 없다. 따라서 호라산에서 만들어지는 페르시아 양탄자에 특별히 헤라트 카펫이란 이름이 붙은 것은, 붉은 바탕 위에 수놓인 화려한 덩굴무늬가 페르시아어로 '헤라티'였기 때문이라는 걸 아는 사람도 당연히 거의 없을 것이다. '떠오르는 태양의 땅'이란 뜻의 호라산이라는 이름을 가진 그 지역은 북쪽으로는 투르크메니스탄, 동쪽으로는 아프가니스탄에 접해 있으며 예로부터 그 일대 교통과 무역의 중심지 역할을 해왔다. 원래 호라산의 주도(主都)는 투스라는 도시였으나, 이란 북동부 문화와 예술의 중심지로 번영을 누리던 이 화려한 도시는 14세기 티무르족의 침입으로 황폐화되고 말았다. 이후 그 뒤를 이어 새로이 호라산의 수도가 된 곳이 바로 지금 우리가 향하고 있는 도시인 메샤드다.

이번 취재 건을 의뢰한 사람은 김영식이라는 25세 청년이었다. 청년이 방송국으로 보내온 구구절절한 사연은 그야말로 한 편의 소설이었다. 그는 자신의 집안에 전해오는 한 장의 페르시아 양탄자에 대하여 알고 싶어 했다. 자기로선 그게 진짜인지 아닌지 도저히 알 길이 없다며, 그 역사적인 카펫에 대한 심층 취재를 제보했던 것이다. 며칠간의 회의를 거쳐 우리는 그의 사연을 취재하기로 결정했다. 주로 미스터리로 남은 사건이나 사고의 뒷얘기를 취재한 뒤 어정쩡한 결말을 내는 작업만 해온 터라, 이번엔 약간의 흥분마저 느꼈던 게 사실이다. '방송 작가로 일한 지 2년 만에 드디어 제대로 된 작업을 해보는구나!' 나는 속으로 외쳤다. 어쨌든, 취재가 결정되자 가장 먼저 착수한 일은 이란의 메샤드라는 도시에 있는 한 카펫 가게 주인을 찾아내는 것이었다. 그의 이름은 아부 알리 하산. 오래된 신문을 검색하면, 그가 한국에도 한 번 다녀간 적이 있다는 것을 알 수 있다. 지금은 폐간된 어떤 경제신문의 흑백사진 속에서 그는 테헤란로에 있는 한 빌딩 준공식의 리본 커팅을 앞두고 활짝 웃고 있다.

*

수소문 끝에 연락이 닿았을 때, 아부 알리 하산은 메샤드의 어느 뒷골목 주소를 불러줬다. "찾아오기는 쉬울 겁니다. 거리는 한산하니까요." 우리는 최소한의 짐을 챙겼고, 촬영 장비도 최대한 줄였다. 테헤란에서 메샤드까지는 지루한 풍경이 이어졌다. 중간에 여러 번의 검문을 거쳤는데, 그들은 단지 카펫만을 취재하러 왔다는 게 믿어지지 않는다는 듯 차 안을 자세히 살폈다. 메샤드에 도착한 것은 오후 해가 뉘엿뉘엿 넘어가려는 늦은 시각이었다. 풍채가 좋은 데다 콧수염을 기른 한 남자가 가게 안쪽에서 걸어 나왔다. 그는 자신이 아부 알리 하산이라고 말했다. "반갑습니다. 우린 한국에서 온 〈이제는 말할 수밖에〉 촬영팀입니다. 이렇게 시간을 내주셔서 고맙다는 인사를 먼저 드려야겠군요." 통역은 우리의 말을 전했다. 아부 알리 하산은 괜찮다며 호방하게 손을 저었고, 우리 일행을 자신의 가게 뒤쪽으로 난 좁은 복도로 안내했다. "좀 지저분해도 양해 바랍니다." 하산은 미안하다는 듯 고개를 숙였다. "창고 정리 겸 바겐세일을 준비 중이라서요."

실제로 가게 안은 무척이나 어수선했다. 여기저기 카펫들이 둘둘 말려 있었고, 아기자기한 무늬가 새겨진 양털로 짠 소품들도 사방에 널려 있었다. 메샤드의 미로 같은 뒷골목에서 몇 세기 동안 영업을 해온 그 유서 깊은 카펫 가게가 일종의 바겐세일을 겸한 창고 정리를 계획한 건, 사실 어쩔 수 없는 고육지책과도 같은 것이었다.

"이제 이런 수제품 양탄자 같은 걸 사려는 사람은 아무도 없습니다."

카펫 가게의 실질적인 후계자나 마찬가지인 55세의 아부 알리 하산은 어깨를 으쓱하며 말했다. "직접 손으로 짜는 데다 최고급 양모만을 쓰니, 당연히 가격이 비쌀 수밖에 없지요. 하지만 국내엔 이 정도 가격을 감당할 만한 집이 없거든요. 물론 아직도 부자들은 최고급 양탄자를 필요로 합니다. 그렇지만 그런 부유층에게 카펫을 공급하는 상점들은 따로 정해져 있지요. 맞습니다, 전엔 거의 대부분 수출을 했어요. 그때가 정말 좋았죠. 핵무기요? 아, 우린 그런 거 모릅니다. 소문엔 어디 땅속에서 핵무기를 만들어 실험하고 있다지만, 전 그저 제발 그게 사실이 아니길 바랄 뿐입니다. 무역 봉쇄가 풀리지 않으면, 이거 하나 사 마시는 데도 엄청난 돈을 줘야 하거든요." 이렇게 말하면서 아부 알리 하산이 들고 흔들어 보인 것은 바로 코카콜라 병이었다. 그는 미국 유학 시절 코카콜라에 맛을 들였고, 다른 건 다 끊어도 이것만은 도저히 끊을 수 없다며 아쉬운 표정을 지었다. 그러다가 문득 생각난 듯 목소리를 낮춰 이렇게 덧붙이는 것이었다. "지금 얘기하는 건 모두 오프 더 레코드입니다, 아시겠어요? 아무래도 여긴 분위기가 심상치 않으니까요."
어쨌든, 미 상원에서 이란에 대한 무역 봉쇄가 만장일치로 의결되었을 때, 그 소식을 들은 아부 알리 하산의 늙은 어머니는 거의 몸져누웠다. 그녀야말로 헤라트 카펫 역사의 산증인과도 같은 인물이었는데, 한때 양탄자가 엄청나게 잘 팔리던 시절엔 직공까지 서너 명 이상 두고 가게를 꾸려갔다는 것이다. "그때 어머니는 꽤 많은 돈을 벌었어요. 제가 미국으로 유학을 갈 수 있었던 것도 다 양탄자가 잘 팔렸기에 가능한 일이었지요."

독실한 시아파 이슬람 신자인 아부 알리 하산의 어머니는 차도르로 온통 얼굴을 가리고 있었으며, 한사코 인터뷰를 거절했다. 다만 아들을 통해 간접적으로 대화를 나누는 것은 허용하겠다고 말했다. 따라서 다음에 이어지는 그녀의 일생에 대한 간단한 자료는 아들인 아부 알리 하산의 입을 통해 옮겨진 것임을 미리 밝혀둔다.

아부 알리 하산의 어머니는 아이샤란 이름을 가졌으며, 자기 자신 역시 유명한 카펫 제조업자의 딸이었다. 어려서부터 카펫을 짜왔던 그녀가 결혼 후 시아버지로부터 지금의 가게를 물려받은 것은 1975년인데, 그때만 해도 아직 팔레비 왕조가 이란을 통치하고 있었다고 한다. "그즈음 페르시아 양탄자가 가장 많이 팔려 간 곳은 당연히 미국입니다." 아부 알리 하산은 어머니의 말을 전하다 중간에 이런 이야길 덧붙였다. 집안의 양탄자 사업이 본격적인 호황을 맞은 것은, 1977년 여름부터였다. "어머니는 아직도 그때 얘길 자주 하십니다. 일손이 모자랄 정도였다고 하시면서요."

하산 어머니의 카펫 사업이 호황을 누린 것은, 알고 보면 제1차 석유파동 덕택이었다. 그 역사적 의의나 문제점 같은 것은 사실 그녀가 알고자 하지도 않았으며 알 필요도 없었지만, 중요한 건 그 석유파동으로 인해 아이샤의 친정아버지가 극동아시아의 어떤 나라를 방문할 기회를 얻었다는 사실이다. "거긴 한국이었습니다." 역시나 어머니의 말을 전하며 하산이 끼어들었다. "저도 한국에 대해서 잘 압니다." 그는 또 이렇게도 말했으며, 자랑스러운 듯 안쪽으로 보이는 자신의 집 거실을 가리켰다. "저기 있는 완전평면 TV와 주방 한가운데 있는 양문형 냉장고, 그리고 2층 아들 방에 있는 컴퓨터가 모두 한국산이거든요."

1977년 여름, 아이샤의 아버지는 당시 테헤란의 시장이었던 고람레자 닉페이가 한국을 방문할 때 동행했다. 일종의 친선 사절단 같은 것이었는데, 그때 아이샤의 친정아버지, 즉 하산의 외조부는 이란 수공업계 대표의 자격으로 방한했다는 것이다. "사실 페르시아 양탄자 정도 되는 고가의 물건을 흔쾌히 구입하는 사람들의 부류는, 딱 정해져 있습니다. 아무래도 정찰제로 내놓고 파는 그런 물건이 아니니까요. 이런 말 하긴 좀 뭐하지만, 한국엔 그때 양탄자를 팔기에 꼭 어울리는 좋은 조건을 갖춘 사람들이 있었어요. 아, 이건 뭐 우리 외조부님 말씀이 그랬다는 거지만 말입니다." 한국을 방문하며 하산의 외조부는 자신의 가게에서 직접 짠 최고급 헤라트 카펫을 한 장 가져갔다. 그는 그것을 기증했고 그 아름다운 붉은빛의 양털 카펫은 이란과 한국 친선 외교의 상징으로 서울 시장 집무실 바닥에 깔렸다. 그러나 불행히도, 손으로 정성스럽게 짠 양탄자의 아름다움과 가치를 알아보는 사람은 거의 없었고 따라서 카펫은 채 2년도 안 되어 바닥에서 철거되는 운명을 맞았는데, 그게 1979년 호메이니의 이란혁명이 일어난 얼마 뒤였다.

"그러나 우리의 카펫 사업은 점점 호황을 누렸습니다. 양성적으로 거래되는 물품은 아니었기에 정확한 수출 물량이 잡히진 않았지만 말입니다. 하긴 어차피 이런 고가의 카펫은 오히려 그런 음성적인 루트를 통해 더 많이 팔린다고 할 수 있지만요." 아이샤의 친정아버지는 딸의 가게도 한국으로의 수출에 동참할 수 있도록 적극 도왔는데, 그만큼 서울에선 꽤 많은 주문이 밀려들었다는 것이다. "주로 설탕이나 인공감미료, 밀가루, 이런 것들을 팔아 돈을 번 한국의 부자들이 이 카펫을 사 갔다고 합니다." 이 부분에서 아부 알리 하산이 다시 끼어들어 덧붙인 말이었다.

아부 알리 하산으로 말할 것 같으면, 그는 미국에서 전자공학을 전공한 최고의 엘리트였다. "하지만, 호메이니 때문에 다 망했습니다." 그는 한숨을 내쉬며 이렇게 말했고, 자기 말을 잘 편집해달라는 부탁 또한 잊지 않았다. 젊은 시절을 미국에서 자유분방하게 보낸 사람답게 아부 알리 하산은 아메리칸 라이프 스타일에 매료되어 있었고, 또한 그것을 즐겼다. 그는 코카콜라와 맥도널드를 좋아했고, 재즈를 마니아 수준으로 즐겼으며, 쉬는 날이면 뒷마당에서 미국식으로 고기를 구워 먹으며 수다 떠는 것을 취미로 삼았다. "방학엔 뉴올리언즈에 가서 하루 온종일 재즈를 듣기도 했어요." 이렇게 말하며 하산은 추억에 잠겨 눈을 감았고, 루이 암스트롱의 재즈 몇 소절을 흥얼거리기도 했다. 하지만 이란의 서구화를 줄곧 반대해오던 강경 시아파의 거두 아야톨라 호메이니가 팔레비 왕조의 탱크 부대를 무너뜨리며 테헤란에 입성한 뒤로, 그의 생은 좀 꼬였다고 한다. "일단 이란 출신인 제가 미국에서 일자리를 구한다는 게 하늘의 별 따기였습니다. 미국이 좋아하던 팔레비 왕가를 내쫓은 나라의 사람이었으니 말입니다. 그렇다고 이란에 돌아왔다 한들 뾰족한 수가 있었던 것도 아닙니다. 결국 제가 할 수 있는 일이라곤 고향에서 어머니의 카펫 가게 일을 돕는 것뿐이었어요."

어쨌든, 아부 알리 하산의 외조부가 1977년 한국을 방문했을 때, 서울시는 그것을 기념하여 도시 남쪽에 있는 한 거리에 이란의 수도 이름을 붙여 '테헤란로'라 명명했다. 테헤란에도 역시 '서울 스트리트'라는 거리가 생겼는데, 어떻게 보면, 하산 집안의 카펫 사업은 바로 그 테헤란로의 흥망성쇠와 운명을 같이했던 걸지도 모른다.

*

한국과 이란 친선 외교의 상징으로 서울 시청 시장 집무실에 당당하게 깔려 있던 붉고 아름다운 헤라트 카펫은, 1979년 12월 13일 철거됐다. 한낱 카펫 한 장 걷어낸 날짜조차 정확히 기억하는 이유에 대해 당시 시청 세탁실 담당자였던 김선호옹(翁)은 이렇게 증언했다. "그날 카펫을 걷고 있는데, 바깥이 웅성웅성하고 아주 난리가 났어. 나는 무슨 일인가 싶어 아래층으로 내려가봤지. 다들 라디오에 귀를 기울이고 있는 품이 범상치가 않더라고. 나야 뭐 들으면 아나? 그래도 궁금한 마음에 사람들 틈에 껴서 뉴스 속보를 들었지. 무슨 장군인가 하는 사람이 연설을 하고 있더군. 잘은 모르겠지만, 세상이 바뀌었다는 그런 내용인 것 같았어."

김선호옹이 그날 라디오를 통해 들었던 목소리의 주인공은, 카펫이 걷히기 전날인 1979년 12월 12일 밤 급히 임명된 국방부장관이었음에 틀림없다. 기록을 살펴보면, 그렇게 새로 임명된 국방부장관이 다음 날인 12월 13일 오후 대국민 담화문을 발표하였기 때문이다. 그러나 김선호옹을 비롯한 대부분의 사람들은 그 대국민 담화의 내용이 무엇이고 그 역사적 의의가 어떤 것인지에 대해서는 알려고도 하지 않았으며 혹여 알고자 해도 도무지 알 수 없었는데, 사실 굳이 알지 못하는 것이 오히려 신상에 이로웠던 시기이기도 하다.

어쨌든, 김선호옹은 라디오방송이 끝난 다음 다시 집무실로 올라갔다. 카펫이 반쯤 말린 채로 바닥에 널브러져 있었다. 그가 작업도구를 들고 집무실 한구석에 쭈그리고 앉아 나머지 부분을 둘둘 말고 있는데, 시장과 그 보좌관들이 엄청나게 어두운 얼굴로 걸어 들어오더라는 것이다. 그들은 한쪽에서 카펫을 치우고 있는 김선호옹을 발견하고는 안 좋은 낯빛을 지어 보였다. "지금 국가적으로 비상인데, 여기서 뭐 하는 거야?" 자기보다 한참 어린 보좌관이 그렇게 반말을 했던 것보다도 김선호옹의 마음을 더욱 상하게 한 건, 그 비싼 카펫을 아무렇게나 꾹꾹 밟으며 걸어 다니던 그들의 무신경한 모습이었다. "카펫의 둘둘 말린 부분을 잘못 밟으면, 천이 많이 상하거든. 그게 양모로 짠 거라 아주 고급이었어. 무늬도 그냥 염료로 찍어낸 게 아니고 하나하나 염색실을 직접 꼬아 짜 넣은 거였지. 그런 비싼 카펫들은, 다루는 것도 아주 조심스러워. 그냥 막 밟으면 영구적으로 주름이 생길 수도 있고. 우리 같은 사람들이야 비상사태 이런 건 몰라도 고급 빨랫감 다루는 일은 아주 전문이니까, 정말 속이 상하더라고."

결국 김선호옹은 그날, 그러니까 카펫을 걷던 1979년 12월 13일에, 밤늦게까지 남아서 일을 했다. 왜냐하면 카펫을 걷다 말고 집무실에서 쫓겨난 뒤엔, 시장과 보좌관들의 회의가 끝날 때까지 기다려야 했기 때문이다. 회의가 끝난 것은 저녁 아홉시경이었다. 시장은 검은색 승용차를 타고 어디론가 갔는데, 맨 마지막으로 집무실에서 나오던 보좌관이 김선호옹에게 은하수 한 갑을 쥐여줬다. 덕분에 서운했던 마음이 약간 풀린 김선호옹은 담배를 한 대 뽑아 피운 뒤 서둘러 양탄자를 걷어냈다.

그러고 보면, 그렇게 국가적으로도 정신없는 와중이었으니만큼, 시장 집무실 바닥에 깔려 있던 붉은색 페르시아 양탄자가 그리도 오랜 세월 동안 무관심에 가까운 방치 상태로 지하 창고 자재실에 처박혀 있었던 것도 이해 못 할 바가 아니다. 그게 아무리 유서 깊은 카펫의 명산지 호라산에서 바다 건너온 것이라 해도 말이다.

카펫이 시청 지하의 음습한 창고에 둘둘 말린 채 세워져 있던 몇 년 동안 바깥세상은 빠르게 변해갔다. 1979년 12월 13일 밤 안타까운 마음에 가득 차서 페르시아 양탄자를 손으로 주물러 빨았던 김선호옹은 몇 년 뒤 시청의 세탁 일을 그만두고 자기 사업을 시작했다. 호황이었고, 따라서 김선호옹도 한때는 꽤 많은 돈을 손에 쥐었으며, 드디어 서울 변두리에 마련한 자기 집에 붉은색 폴리에스테르 카펫을 깔 수 있게 되었다. 언젠가부터 국가적으로 대유행하기 시작한 바로 그 페르시아 양탄자의 모조품 말이다.

시장은 벌써 한참 전에 자리에서 물러났고, 새로운 시장이 집무실에 들어왔다. 국가가 재건되는 시기라서 그런지, 시장 집무실 역시 재건의 분위기에 휩싸여 있던 시절이라 하겠다.

세탁소를 운영하던 김선호옹이 잊고 있던 오래전의 그 붉은색 양탄자를 기억해낸 것은 그즈음이었다. 어느 날 가게 앞에 생전 처음 보는 크고 검은 승용차가 멈췄다. 마침 잔뜩 쌓여 있던 군복을 다리고 있던 김선호옹은, 스팀다리미가 피워내는 수증기 구름에 휩싸여 뿌옇게 된 실내를 가로질러 다가오는 한 남자를 제대로 알아보지 못하였다. "반갑습니다, 여기서 이렇게 뵙게 되다니." 남자가 큰 소리로 인사를 하자, 김선호옹은 그제야 스팀다리미의 연기를 손으로 휘저으며 자기 세탁소에 들어온 사람을 쳐다봤다. 남자는 매우 반가워하고 있었지만, 김선호옹은 그가 누구인지 전혀 알 길이 없었다. 결국 남자의 자기소개와 김선호옹이 가까스로 기억해낸 바를 조합하자, 어렴풋이 뭔가가 떠오르기 시작했다. 알고 보니 남자는 몇 년 전 김선호옹이 아직 시청 세탁실에서 일하던 당시 그에게 담배 한 갑을 쥐여줬던 바로 그 보좌관이었다. 뭐 어쨌든, 그가 그렇다고 하니 김선호옹으로서는 그렇게 믿을 수밖에 없었다는 것이다.

"지금은, 이름을 감히 밝힐 수 없는 높으신 분 밑에서 비서로 일하고 있습니다." 이렇게 말하며 남자가 내민 것은, 카펫이었다. 김선호옹이 남자가 들고 온 카펫 두루마리를 펼쳐 보며 얼마나 놀랐을지는 짐작할 수 없다. 분명 시청 지하 창고에서 습기에 가득 찬 채 좀이 슬어가고 있어야 할 한국과 이란 친선 외교의 상징인 그 카펫이, 엉뚱한 남자의 손에 들려 있었으니 말이다. 하지만 김선호옹이 의아한 눈초리로 쳐다보자, 남자는 손을 내저었다고 한다. "아니, 아닙니다. 이건 전에 시장실에 깔려 있던 그 카펫이 아니에요. 물론, 모양과 무늬 그리고 크기까지 비슷하다는 건 압니다. 하지만 이 카펫으로 말하자면, 저희 회장님께서 큰돈을 들여 이란에서 직접 들여오신 최고급 제품이죠. 그런데 이번에 회장님의 거실에 깔려 있던 이 카펫에 누군가가 커피를 쏟았습니다. 회장님은, 아니 정확히는 사모님께선, 매우 마음 아파하셨고, 당장 말끔하게 세탁해 올 것을 주문하셨는데, 누군가가 저에게 이 세탁소를 소개해주더군요. 서울 최고의 카펫 전문 세탁업자라고 말입니다."

김선호옹은 카펫을 받아 펼쳐 보았다. "난 이래 봬도 눈썰미가 있거든. 한 번 본 세탁물은 절대 잊어먹지 않는다구. 그건 척 봐도 시청에 있던 거였어. 내가 내 손으로 직접 주물러 세탁한 건데 어찌 잊을 수 있겠어?" 그러나 세탁소에도 고객을 상대하는 나름의 규칙이 있는 법이라고 김선호옹은 덧붙였다. 고객이 세탁물의 출처를 밝히고 싶어 하지 않는 이상, 그것을 꼬치꼬치 따져 물어서는 안 된다는 것이었다. 김선호옹은 미심쩍은 마음을 뒤로하고, 카펫을 받아 들었다. "아주 비싼 겁니다. 드러내놓고 마구 수입할 수 있는 그런 제품이 아니다, 이 말이에요. 아무래도 국가 재건 기간이니까요. 사모님께선 새것처럼 세탁해 오라고 특별히 분부하셨습니다. 명심하세요. 잘만 하면 회장님의 전속 세탁사가 될 수도 있는 좋은 기회라는 것을 말입니다."

남자는 몇 번이나 똑같은 당부를 반복하더니, 검은색 승용차를 타고 사라졌다. 일주일 후에 찾으러 오겠다는 말을 남긴 뒤였다. 이렇게 하여 헤라트 카펫은 다시 김선호옹의 손에 들어오게 되었다. 마지막으로 세탁한 1979년 12월 13일로부터 8년이 흐른 1987년 여름이었다.

호라산 카펫에 묻어 있는 커피 얼룩은 의외로 컸다. "누가 커피를 대접으로 마시다 쏟았나 싶었지"라고 김선호옹은 그때를 회상했다. "얼룩을 빼서 새것처럼 만들려면 꽤 힘들겠단 생각이 들더군." 다음 날 가게에서 열심히 특수 세제로 카펫을 주물러 빨고 있을 때 갑자기 한 떼의 사람들이 그 앞을 지나갔다. "하도 시끄러워 잠깐 내다봤어. 엄청나게 많은 사람들이 뭐라고 외치면서 걸어가고 있더군. 처음엔 또 대학생들이 데모하러 나온 줄 알았지. 최루탄 쏠 걸 생각하니 짜증도 나고, 아주 지긋지긋하더라고. 그런데 이번엔 좀 다른 거야. 걸어가는 사람들이 학생이 아니었어. 다들 넥타이를 매고 와이샤쓰를 입고 있었으니 말이야. 옆집 박씨가 무슨 일이냐고 묻던 게 아직도 생각나." 저녁에 집에 와서야 김선호옹은 얼마 전 대학생 한 명이 최루탄에 맞아 죽었다는 얘길 들었다. 낮에 지나가던 사람들은 그것 때문에 거리로 나온 거라는 애기도 전해

들었다. 그러나 김선호옹에게 1987년 6월은 카펫의 계절이었다. 그는 며칠 동안 공들여 카펫을 세탁했다. 얼룩은 서서히 지워졌다. 그의 솜씨가 얼마나 뛰어났던지 그 부드러운 양모 조직을 하나도 망가뜨리지 않았음은 물론이다. 마지막으로 그는 스팀 열기를 헤라트 카펫에 쬐어줬다. "그렇게 하면 웬만한 건 다 새것처럼 만들 수 있어." 김선호옹은 이야기 중간에 손가락을 하나 펴고 흔들며, 매우 중요한 정보를 전달하기라도 하듯 귓속말을 했다. "이건 우리 세탁소의 영업 비밀 같은 거였어. 그때만 해도 다들 그저 다리미질만 할 줄 알았지, 천에 수증기를 쐬어주는 곳은 몇 군데 없었단 말이야." 어쨌든 김선호옹은 그 작업을 하기 위해 건물 옥상으로 올라가야만 했다. 카펫이 워낙 컸기에 세탁소 안엔 도저히 펼쳐놓을 만한 공간이 없었기 때문이다. 그는 아내와 힘을 합쳐 옥상에 맨 빨랫줄에 카펫을 널었다. "참, 얘기하지 않았나? 그때 집사람이 막내를 임신 중이었어." 여기서 일단, 당시 배 속에 있던 그 아이가 바로 이 사건을 의뢰한 김영식군이라는 것을 미리 밝혀두고 넘어가기로 하자.

옥상에서 보니, 그날도 역시 넥타이를 맨 남자들이 무리 지어 거리에 나와 있었다. 게다가 며칠 전 처음 봤을 때보다 훨씬 사람이 많아진 느낌이었다. 회사원과 대학생들이 뒤섞여 있었는데, 문득 그 인파 사이에 옆집 박씨가 껴 있는 걸 보고 김선호옹은 깜짝 놀랐다. "아니, 저 인간이 미쳤나?" 잘못 봤나 싶어 다시 눈을 가늘게 뜨고 보니, 박씨는 어느새 사람들 틈에 섞여 들어 보이지 않았다. "가서 라디오 좀 가져와봐." 김선호옹이 아내에게 말한 것이 그 순간이었다. 아내는 만삭의 몸으로 좁은 철제 계단을 내려가 낡고 오래된 라디오를 들고 왔다. 선대부터 쓰던 트랜지스터 라디오엔 고무줄이 칭칭 감겨 있었고, 김선호옹은 다이얼을 열심히 돌려 주파수를 맞췄다. "여보, 우리도 라디오 바꿔야겠어요. 금성인가 거기서 나오는 게 좋다던데." 아내가 말꼬리를 흐렸지만, 김선호옹은 고집스레 다이얼만 돌렸다. 결국 주파수가 잡히긴 잡혔지만, 도대체 뭐라고 말을 하는지 알 길이 없었다. 지직거리는 소음 사이로 간간이 들려오는 목소리엔 이런 단어들이 섞여 있었다. "…… 직선제…… 자율화…… 자유민주주의…… 수호……."

결국 김선호옹은 라디오를 껐다고 한다. "알고 보니 앞으로 우리도 대통령을 직접 뽑을 수 있게 됐단 얘기더라고." 그 소식을 들려준 사람은 옆집 박씨였다. 박씨는 잔뜩 들떠서 심지어는 김선호옹에게 거북선 한 갑을 선물하기까지 했고, 둘은 담배를 피우며 잠시 얘길 나눴다. 장마가 다가오고 있어선지 조금씩 눅눅해지기 시작하던 6월의 밤이었다.

*

1987년은 아부 알리 하산에게도 기억에 남는 한 해였다. "사실 가게 사정은 그즈음 매우 좋지 않았습니다." 하산은 어두운 표정으로 그때를 회상했다. "후세인과의 오랜 전쟁으로 다들 죽을 맛이었으니 말입니다." 그가 이렇게 말하고 있을 때 시종일관 차도르로 얼굴을 가린 채 침묵을 유지하던 그의 어머니 아이샤가 불쑥 외쳤다. "그렇게 불경하게 말하면 안 된다, 아부 알리 하산!" 그녀의 말에 의하면 그 전쟁은 신의 뜻을 따른 성전이었다. 이라크의 후세인은 이슬람 세계의 배반자 같은 사람이었다는 것이다. 그에 비하면 아야톨라 호메이니는 알라의 뜻을 온몸으로 구현한 성자였다고 아이샤는 강변했다. 옆에선 아들인 아부 알리 하산이 어깨를 으쓱하고 있었다. 그의 어머니는 8년간의 전쟁 기간 동안 다섯 번이나 테헤란 외곽의 순교자 묘지를 참배하고 온 사람이었다고 나중에 하산은 작은 목소리로 덧붙였다. 어쨌든, 이란과 이라크 양쪽에 엄청난 수의 순교자와 성인을 남기고 8년간 이어져온 전쟁이 막을 내린 것은 1988년이었다. 그 와중에 아부 알리 하산의 외조부가 운영하던 카펫 상점이 문을 닫았다. 간접적인 이유들이야 많았지만, 지금도 그는 외조부 가게가 문을 닫게 됐던 이유로 1986년에 일어난 어떤 사건을 꼽기를 주저하지 않는다.

"아마도 그해 10월 즈음이었을 겁니다." 그의 외조부 가게의 특산품인 최고급 헤라트 카펫이 이름도 생경한 온두라스와 니카라과 국경 인근의 산악 지대에 위치한 한 저택에서 발견됐다. "거기서 헤라트 카펫이 발견된 게 무슨 문제였습니까?"라는 질문에, 아부 알리 하산은 애매한 표정을 지었다. "그렇습니다. 표면적으로 우리 외조부의 최고급 카펫이 온두라스 남부 산악 지대에 있는 저택 마룻바닥에서 발견된 것이 큰 문제는 아닐 겁니다. 그러나 그 저택이 니카라과에서 반란을 일으킨 채 온두라스로 피신해 있던 콘트라 반군의 지도자 중 하나인 디에고 아디오스의 집이라면, 얘기가 좀 달라지는 거죠." 친미 성향의 극우파 콘트라 반군 지도자의 저택에 대표적인 미국의 적국이었던 이란에서 생산된 최고급 카펫이 깔려 있던 것을 좀 이상하게 생각한 사람은, 레바논계 독일인이었던 로이터 통신의 기자였다고 한다. 그는 여기에 뭔가가 있다는 걸 거의 동물적인 감각으로 알아챘고, 카펫의 유통 과정에 대해 집요하게 파고들었는데, 그게 바로 1987년 한 해를 떠들썩하게 했던 이란-콘트라 스캔들의 시작이었다.

"아마 그때부터였을 겁니다. 각국의 부유층이 이 아름다운 헤라트 카펫을 더 이상 사들이지 않기로 작정했던 게 말입니다." 감출 것이 많은 그들에게 눈에 너무 확 띄는 부와 화려함의 상징이었던 헤라트 카펫, 일명 페르시아 양탄자는 더 이상 매력적으로 비춰지지 않았을 거라는 게 아부 알리 하산의 추측이었다. 콘트라 반군의 지도자였던 디에고 아디오스 역시 그렇게 눈에 띄는 화려한 헤라트 카펫 대신 평범한 돗자리 같은 걸 깔았더라면, 기자의 주목을 받지 않았을 테고, 결국 그런 곤경에 처할 일도 없지 않았겠냐고, 하산은 반문했다. "사실 나는 그 일이 터지기 전부터 사업의 다각화에 대해 구상해왔습니다. 그러나 어머니는 완강하게 반대하셨죠. 헤라트 카펫의 유구한 전통을 지키는 것 외에는 모두 마음에 들어 하지 않았던 겁니다. 하지만 외조부의 가게가 무너지는 걸 보고 나서 어머니도 생각이 많이 바뀌었습니다. 게다가 그즈음 카펫 구매층에도 커다란 변화가 일어나기 시작했습니다. 이제 카펫은 더 이상 부유층의 전유물이 아니었어요. 나는 그걸 서울 올림픽이 있던 해 한국을 방문하고 알게 되었습니다." 아부 알리 하산이 한국을 방문하게 된 것은, 한 빌딩 소유주의 초청 덕분이었다. 테헤란로에 엄청나게 높은 건물을 지은 그 빌딩 소유주는, 준공식 행사에 몇몇 이란인을 초청하는 것이 좋을 거란 생각을 해냈다. 그 거리에 '테헤란로'라는 이름을 붙였던 1977년에 서울을 방문했던 이란 측 인사들과 접촉을 시도한 그에게 한국 방문을 수락한 사람은 총 세 명이었고, 그중 하나가 바로 아부 알리 하산이었다고 한다. "물론 제 외조부가 가시는 게 옳았지만 그분은 이란 콘트라 사건 이후 몸져누워 계셨기에 어쩔 수 없이 손자인 제가 갔던 겁니다. 외조부께선 한국에 대해 아주 좋은 감정을 가지고 계셨고, 따라서 그 초대에 반드시 응해야 한다고 저에게 당부하셨습니다."

방문 마지막 날, 아부 알리 하산은 동대문시장과 남대문시장을 둘러볼 기회를 가졌다. 몇 가지 물건도 사 갈 생각이었기에 약간 흥분한 마음으로 왁자지껄한 시장에 들어섰을 때, 그는 깜짝 놀랐다. "좌판에 우리의 페르시아 양탄자가 산처럼 쌓여 있더군요. 처음엔 정말 놀랐지만, 자세히 보니 그 카펫들은 모두 우리 헤라트 카펫의 조잡한 모조품들이었습니다. 손으로 짠 양모 제품이 아니라 나일론과 폴리에스테르에 날염을 한 것에 불과하더군요. 그런데 그런 카펫이 불티나게 팔리는 걸 보고, 저는 바로 이것이야말로 우리 카펫업계가 나아갈 새로운 길이라는 걸 직감했던 겁니다."

아부 알리 하산은 귀국 후, 곧바로 소규모 공장의 개업에 착수했다. 이제 손으로 직접 짜는 카펫의 시대는 막을 내리게 될 거라고 그는 굳게 믿었다. 그러나 세계적으로 경제가 호황이니만큼, 천편일률적으로 조잡하게 찍어내서 공산품 티가 팍팍 나는 싸구려 카펫보다는 좀 더 고급스러운 느낌이 나는 제품을 찾는 소비자들도 어디엔가 반드시 존재할 거라고도 예상했다. 그가 공장에서 생산하기 시작한 게 바로 그런 유의 카펫들이었다. 아부 알리 하산의 공장에서 만들어진 카펫엔 공산품의 저렴함과 수제품의 독특함이 반반씩 섞여 있었고, 그것은 특히 한국에서 큰 인기를 얻었다. 그즈음 한국의 여러 도시에선 날마다 새로운 아파트들이 지어지고 있었는데, 하산의 카펫은 특히나 그런 아파트에 새로 입주하는 중산층의 인기를 독차지했다. "그야말로 엄청나게 바쁜 시절이었습니다. 공장은 온통 풀가동이었죠. 그 카펫들은 예전처럼 음지로 유통시킬 필요도 없었고, 그래서 나도 훨씬 편한 마음으로 수출할 수 있어서 좋았습니다. 아마 그 당시 내 조국 이란이 석유 다음으로 가장 많이 한국에 팔았던 게 카펫이 아니었을까 합니다만." 그러나 하산의 카펫에도 결국 사양길이 찾아왔다. "그게 다 알레르기 때문입니다." 아부 알리 하산은 슬픈 미소를 지었다. 양모로 짠 카펫에 진드기가 번식하고, 그게 대표적인 선진국형 질병인 알레르기의 가장 큰 원인이라는 소문이 돌자, 사람들이 너도나도 마룻바닥에서 카펫을 걷어내기 시작했다는 것이다. 아부 알리 하산은 자기들의 공산품 카펫의 재료가 양모가 아닌 폴리에스테르임을 강조했지만 오히려 그것이 역효과를 불러일으켰다. 천연 재료로 만들어진 것만이 팔리는 시대가 도래했기 때문이다. 하지만 그즈음 더 큰 암초가 아부 알리 하산의 가게를 기다리고 있었다. 그건 하산도 그의 어머니도 심지어는 당사자들인 한국인들도 전혀 모르고 있던 엄청난 사건이었다.

*

세상이 떠들썩하든 말든, 1987년 6월 내내 김선호옹은 전 시청 보좌관이었던 남자가 맡겨두고 간 카펫을 정성껏 세탁했고 잘 말렸다. 자기가 봐도 새것처럼 변한 카펫을 보며 그는 여러 번 흐뭇하게 미소 지었다고 한다. 하지만 아무리 기다려도 카펫을 맡긴 남자는 오지 않았다. 김선호옹은 다리미질을 하다가도 하루에도 몇 번씩 세탁소 밖을 내다봤다. 하지만 그 크고 검은 승용차는 나타나지 않았다. 그러는 사이 7월이 가고, 8월이 지나갔다. 처음엔 어디 흠

집이라도 날까 애지중지하던 헤라트 카펫을 대하는 김선호옹의 태도에도 서서히 변화가 일어났다. "사실 세탁소엔 옷이 꽉 차 있는데, 그 큰 카펫이 한 자리 차지하고 있으니 어쩔 수 없었다고." 김선호옹의 아내가 해산하고 그해 겨울이 왔을 때쯤에 카펫은 가게의 천덕꾸러기가 되어 구석에 둘둘 말려 있었다. 다음 해 여름까지 세탁소 한쪽에 처박혀 있던 카펫은, 막내아들인 영식군이 약간은 늦은 걸음마를 시작할 즈음 마당 구석의 창고로 옮겨지는 운명을 맞았다. 김선호옹이 카펫을 맡긴 남자를 다시 본 것은 1988년 겨울이었다. 올림픽이 끝난 지는 한참 됐지만 왠지 아직도 꿈결 같은 축제 분위기에 빠져 다림질을 하고 있을 때 아내가 후다닥 뛰어왔다. "영식이 아버지, 저기 저 사람 좀 봐요!" 아내는 안쪽에 놓아둔 새로 산 24인치 컬러텔레비전을 가리켰다. 설악산의 어느 절을 배경으로 검은 코트를 입은 남자들이 잔뜩 서 있는데, 그들 중 하나의 얼굴이 아무래도 그 카펫을 맡겼던 사람 같다는 것이었다. 하지만 김선호옹이 다리미도 내팽개치고 뛰어갔을 땐 이미 뉴스가 지나간 뒤였다. 그날 전직 대통령이 전 재산을 내놓겠다는 연설을 하고 부인과 함께 어느 절로 들어갔다는 걸, 김선호옹은 역시나 저녁이 되어서야 옆집 박씨에게 들었다. 나중에 아내는, 생각해보니 카펫을 맡긴 남자의 얼굴이 잘 기억나지 않는다며, 자기가 잘못 본 걸지도 모른다고 순순히 시인했다.

김선호옹은 다시 카펫의 존재를 잊었다. 너무 바빴고, 애들은 쑥

쑥 자랐으며, 세탁소는 점점 번창했다. '깨끗토피아'라는 상호명의 전국적인 세탁 체인망을 구상하고 자금을 끌어모으기 시작한 게 바로 그즈음, 그러니까 1997년 초반이었다. 김선호옹이 생각한 것은 세탁의 전문화였다. 그는 와이셔츠 한두 장이나 양복 한 벌 정도 세탁하는 소규모 사업으론 이제 경쟁력이 없을 거라 예상했고, 따라서 카펫과 이불처럼 집에서 빨래하기 힘든 대형 세탁물을 전문적으로 다루는 업소를 떠올렸던 것이다. 생활수준의 향상 덕분에 이제 그런 빨래들을 옛날처럼 집에서 발로 밟아 빠는 사람들이 거의 다 사라질 거라고도 예측했다. 처음엔 그의 예측이 들어맞는 듯싶었다. 체인점을 내고 싶다는 문의도 쇄도했다. 어느 날 집에 들어가니, 새 아파트 바닥에 처음 보는 카펫이 깔려 있었다. 새하얀 순백색에다 보기에도 심플하고 상큼해 보이는 그 카펫은, 전에 있던 붉은색과 황금색이 뒤섞인 페르시아 스타일의 양탄자를 순식간에 촌스러운 퇴물로 전락시키고도 남았다. "어때요? 요즘엔 이런 젠 스타일이 유행이거든요." 아내가 주방에서 걸어 나오며 말했다. "젠이 뭔데?" 김선호옹이 물었지만 아내는 대답을 못 했다. "하여튼, 젠 스타일이 유행이래요. 그래서 새로 이사도 했겠다, 이참에 그 촌스런 카펫은 걷어내고 백화점에 가서 하나 사 왔어요."

김선호옹은 그 젠 스타일이라는 카펫 위에 앉아서 신문을 읽었다. 세계은행총재라는 한 외국인이 "한국 경제는 동남아와 다르다. 이제 한국은 위기에서 벗어나고 있다"고 말하며 기사 속 사진에서 활짝 웃고 있었다. 기사를 읽으며 김선호옹은 그럴 줄 알았다는 듯 고개를 끄덕였다고 한다. "그때 누가 우리나라가 위기라고 하면 믿었겠냐고? 세탁소도 얼마나 잘됐는데." 하지만 그로부터 며칠 지나지도 않아 김선호옹이 그간 모은 돈을 맡겨뒀던 증권회사의 유리문에 영업정지를 알리는 공고문이 붙었다. 갑자기 가계수표들이 미친 듯이 돌아오기 시작했고, 김선호옹은 뭐가 뭔지도 모르는 상황에서 거리로 나앉게 되었다. 젠 스타일 카펫이 깔려 있던 아파트에서 얼마 살아보지도 못한 상태였다. 그나마 망한 것이 김선호옹의 가게만은 아니라는 게 당시 유일한 위로라면 위로였다. "주위를 둘러보니, 다 망했더라고." 그는 예전의 그 작은 세탁소 건물로 돌아갔다. "처음부터 다시 시작했지. 어쩌겠어? 먹고살아야 하잖아."

하지만 이상하게 전보다 더 많이 일해도 세탁소는 점점 작아져만 갔다. 나이가 들어서인지 김선호옹도 일하는 게 차차 힘에 부쳤다. "애들은 나보단 낫게 살 줄 알았지. 이렇게 될 줄 누가 알았겠어?" 김선호옹은 이런 말을 할 땐 좀 허탈하게 웃었다. 노인의 얼굴은 그 나이 또래에 비해 하얗고 깨끗하며 반점 같은 것도 거의 없다. "평생 햇빛을 못 보고 세탁소에서 일만 했더니, 피부는 깨끗해." 김선호옹은 다시 한 번 웃었다. 지금 그의 세 아들 중 둘이 세탁업에 종사하고 있다. "우리 때보다 더 힘들어진 것 같아. 그땐 수거, 배달은 안 해도 됐는데……"라고 말하며 김선호옹은 안타까운 표정을 지어 보였다.

막내아들, 그러니까 이번 사건의 의뢰인인 김영식군만이 9급 공무원 시험을 준비 중이다. 학교는 휴학 중이라고 했다. 영식군이 마당 구석 창고에 있던 낡고 오래된 카펫을 기억해낸 것은 어느 화창한 일요일 오후였다. "일요일엔 세탁물을 맡기는 사람이 거의 없어요. 아버지도 쉬셔야 하고, 그래서 주말엔 항상 제가 가게를 봐드렸죠. 그냥 들어오는 세탁물을 맡아두기만 하면 되는 거니까요." 영식군은 세탁소 안쪽에 딸린 작은 방에 누워 텔레비전을 보고 있었다. 우연인지 혹은 필연인지, 때마침 나오던 프로그램이 〈TV쇼 진품명품〉이었다. "거기서 한 아저씨가 오래된 카펫을 한 장 들고 나온 걸 봤어요. 그 사람 말로는 몇십 년 전 이란과 한국이 경제협정을 맺었을 때 기념으로 테헤란 시장이 가져온 선물 중에 들어 있던 거라고 하더군요. 그게 시청인가 어디 깔려 있었는데, 어찌어찌해서 자기들 집까지 흘러왔다는 겁니다. 근데 그 카펫은 보존 상태가 매우 안 좋았어요. 좀이 슬고 해져 있었죠. 감정위원들은 의외로 카펫에 높은 가격을 매겼어요. 역사적으로 가치 있는 기념품이기 때문이라면서요. 다만 보존 상태가 좀 더 좋았더라면, 훨씬 더 높은 가격을 줄 수 있었을 거라고 안타까워하는 모습도 봤습니다."

당연히 영식군은 자기 집 마당 구석 창고에 있는 페르시아 양탄자를 떠올렸다. 한때 아버지는 그 카펫이 아주 귀한 것이니 잘 간수해야 한다고 말하곤 했다. 그러나 영식군은 숨기 놀이를 할 때면 언제나 그 카펫의 둘둘 말린 틈으로 숨어들었다. 그러다가 아버지에게 들키면 심하게 꾸중을 들었다. 그럴 때마다 김선호옹은 그 카펫이야말로 엄청나게 유서 깊은 것이니 소중히 다뤄야 한다고 반복하여 말했다. 물론 나중엔 카펫이 거기 있다는 사실조차 잊고 말았지만, 어쨌든 처음엔 그랬다는 것이다. "아버지는 그게 서울 시장 집무실에 깔려 있던 거고, 옛날에 테헤란로라는 길이 생겼을 때 이란 사람들이 선물한 거라고 수시로 말했어요. 아버지 본인이 그 양탄자의 세탁을 담당했기에 확실하다고 장담하셨죠."

결국 김영식군은 아버지 모르게 〈TV쇼 진품명품〉에 출연 신청을 했다. 그는 아버지 대신 가게를 봐주는 일요일 낮을 이용해서 먼지를 잔뜩 뒤집어쓰고 있던 페르시아 양탄자를 꺼냈고, 열심히 손질했다. 퀴퀴한 냄새가 코를 찔렀지만 몇 번 털고 햇빛에 말리자, 상태가 많이 좋아졌다. 그리고 녹화 당일, 그는 양탄자를 옆구리에 끼고 방송국으로 향했다. 전철을 갈아타는 동안 기다란 양탄자 두루마리 때문에 눈총을 받기도 했지만, 영식군은 꿋꿋했다. 하지만 결과는 그리 좋지 않았다. 감정위원 중 두 명이 그 헤라트 카펫, 일명 페르시아 양탄자가 그저 모조품에 지나지 않는다고 판정했기 때문이다. 나머지 한 명은 그것이 진품일 가능성이 높지만 확실하진 않다고 유보적인 태도를 보였다. 카펫을 모조품이라고 판정한 위원들은 그것이 이란에서 만들어진 것도 아니라고 했다. 김영식군의 집 뒷마당에 있던 그 낡은 카펫은 한국의 업자가 동대문시장에서 만든 것으로 일종의 A급 모조품이라는 것이었다. 사치품이라면 물불을 가리지 않고 사들이던 사람들 덕분에, 당시엔 이런 모조품도 진품으로 둔갑하여 거래됐고, 사실 일반인의 안목으론 그걸 구별하는 것 자체가 불가능했다며, 나이가 지긋한 여자 감정위원이 안타까운 표정을 지었다. 카펫이 진품일 수도 있다고 판정한 위원은 상대적으로 나이가 젊어 보였다. 그러나 그는, 기록에 의하면 1977년 한국에 선물로 들어온 헤라트 카펫이 단 한 장뿐이라는 게 최대의 난점이라며 얼굴을 흐렸다. "만약 그렇다면, 지난번 출연자와 이번 출연자 중 한 사람의 것은 모조품이라고 봐야 하지요. 그런데 지난번 카펫이 이미 진품으로 판정받았으니, 안타깝게도 김영식군의 아버지가 소유하고 있던 것은 모조품이 될 수밖에 없습니다."

*

1997년 한국의 외환위기는 아부 알리 하산의 공장을 완전히 무너뜨렸다. 카펫 판매 대금으로 받은 수표들이 모두 부도가 났고, 그는 직공이 모두 떠난 텅 빈 공장에서 망연자실하게 서 있었다. 한국에서 더 이상의 카펫 수주를 받는 것은 불가능했다. 외조부는 돌아가셨다. 노환이었다. 어머니가 다시 일선에 나섰다. 그녀는 여전히 차도르를 둘러쓴 채 카펫을 짰다. 실의에 차 있던 하산이 겨우 정신을 수습하고 어머니를 돕기 시작한 것은 그로부터 3년이나 지난 뒤였다. "큰 욕심 안 부리니, 먹고살 수는 있더군요."

지금 그의 가장 큰 걱정은 미국의 무역 봉쇄다. 그나마 팔려 나가던 카펫과 양모로 만든 소품들의 판로가 완전히 막혔기 때문이다. 호르무즈 해협 건너편에 있는 오만을 통해 밀수 루트를 뚫고자 하는 사람들도 있지만, 발각될 경우 감수해야 할 위험이 너무 크다고 하산은 한숨을 쉬었다. 곧 전쟁이 날지도 모른다는 소문엔 의외로 담담했다. 어차피 그들, 아부 알리 하산의 가족과 이웃들은 각종 전쟁에 익숙해진 사람들이기 때문이라는 것이다. "죽음도, 삶도, 모두 알라의 뜻일 뿐이죠." 하산은 체념한 듯 웃었다.

그는 우리가 한국에서 가져간 김선호옹의 카펫을 자세히 살펴봤다. "이 카펫의 소유자인 한국인 김선호씨와 그 아들 김영식군은 이 제품이 당신네 외조부의 가게에서 생산된 것이라고 굳게 믿고 있습니다." 통역이 말했다. "그들은 이것이 1977년 테헤란로 명명 기념차 한국을 방문했던 이란인들이 서울 시장에게 선물한 것이라고 말합니다." 아부 알리 하산은 무슨 말인지 알겠다는 듯 고개를 끄덕였다. 그러고는 다시 한 번 꼼꼼히 카펫을 살폈다. 그런 다음엔 손으로 쓸어보고 앞뒤로 뒤집어보기도 했다. "그런데 한국엔 이미 당신의 외조부가 선물한 진품 카펫을 가지고 있다는 사람이 하나 있습니다. 만약 그렇다면, 이 카펫은 가짜라는 건데…… 중요한 건 이겁니다. 그때, 그러니까 1977년에 당신의 외조부는 총 몇 장의 양탄자를 서울시에 선물했나요?"

아부 알리 하산은 애매모호한 표정을 지었다. "글쎄요, 외조부는 이미 돌아가시고 안 계십니다. 알라의 축복이 있기를." 그는 잠시 손을 가슴에 모았다. "그러니 확실한 것은 아무것도 없습니다. 단 한 장의 헤라트 카펫을 가져갔다고 기록하고는 두 장의 카펫을 가져갈 수도 있고, 두 장의 카펫을 가져간 걸로 기록되어 있지만 알고 보면 한 장의 카펫을 가져갔던 걸 수도 있으니까요. 지나간 일들의 기록이라는 게 다 그런 거 아니겠습니까? 다만 이 카펫을 짠 사람이 누구든 간에, 정말 대단한 솜씨라는 것은 인정하고 싶습니다. 육안으로 봐선, 그리고 이렇게 만져봐서도, 나는 이게 진품인지 아닌지 알 수 없습니다. 이걸 만들었던 외조부도 아마 알아내지 못하셨을 겁니다. 그런데 만약 이것이 진품과 정말로 똑같이 생긴 모조품이라면, 저는 그 정성을 봐서라도 이게 진품과 같은 반열에 오를 가치가 충분하다고 보는데, 당신들의 생각은 어떤지요?"

그러면서 아부 알리 하산은 우리에게 저녁을 권했다. 바깥은 완전히 어두워져 있었고, 소박한 식사 자리에선 아무도 카펫 얘기를 꺼내지 않았다. 그리고 이렇게 하여 이번 회차 〈이제는 말할 수밖에〉의 취재는 그야말로 애매모호하게 막을 내렸다. 이걸 어떤 식으로 편집해서 방송해야 할지는 아직 결정되지 않았다.

김선호옹은 아들을 통하여 아부 알리 하산의 말을 전해 들었다. 그는 그 페르시아 양탄자가 진짜든 가짜든 이제는 상관없다고 말했다. 그러나 아들인 김영식군의 생각은 좀 달랐다. 그는 아버지의 기억은 결코 헛되지 않으며, 따라서 그것이 진짜 호라산에서 온 최고급 헤라트 카펫임을 확신한다고 목소리에 힘을 줬다. “아버지는 아무것도 모르는 분이었어요. 오직 세탁하는 일밖엔 말이에요. 그런 아버지가 정확하게 기억하는 세탁물이라면, 그건 정말로 진실인 겁니다.” 그는 촬영팀에게서 헤라트 카펫 혹은 그 모조품을 돌려받았다. 그런 다음에 그 둘둘 말린 카펫을 다시 옆구리에 끼고 좀 힘겹게 걸어 나갔다. 역광 때문인지 25세 젊은이의 뒷모습이 아주 작게 보였다.

교육의 탄생

1961년 4월 12일은 기억해둘 만한 날인데, 왜냐하면 그날 인간은 인류 역사상 처음으로 지구 바깥에서 자신이 살고 있는 지구를 내려다봤기 때문이다. 그 주인공의 이름은 유리 가가린이었고 그가 지구를 보고 내뱉은 첫번째 말은 "지구는 파랗다"였다. 그러나 1961년 4월 12일 극동의 어떤 나라 사람들은 유리 가가린이나 우주선 보스토크호 같은 것보다 훨씬 중요하다고 생각하는 일에 온통 시선을 집중하고 있었으니, 그것은 바로 한 천재 소년이 엄청나게 어려운 미적분 문제를 풀고 있는 모습이 나오는 흑백텔레비전의 작고 네모진 화면이었다.

하지만 우리는 소련이 최초의 유인우주선 보스토크호를 우주로 보냈고, 유리 가가린이 지구를 한 바퀴 돌고 왔다는 사실 같은 건 전혀 알지 못했다. 다른 나라 사람들이 모두 텔레비전으로 전해지는 공산주의 국가 소련의 엄청나게 발달한 우주과학기술에 놀라고 있을 때, 한국인들은 다른 것을 보고 있었다.

나중에 최두식은 자신의 회고록 『조국의 하늘 아래』에서 이렇게 말하고 있다.

그건 뭐랄까, 지금으로 치자면 〈TV 진기명기쇼〉 같은 프로그램이었다. 일본의 한 방송사에서 제작한 건데, 거기에 세상에서 아이큐가 가장 높은 아이로 내가 소개되었던 것이다.

그때 겨우 만 일곱 살 정도밖에 되지 않았던 최두식은 꼭두각시 춤을 출 때나 입을 법한 푸른색 한복을 갖춰 입고 일본 방청객들이 지켜보는 앞에서 열심히 문제를 풀었다. 그가 풀던 것은 당시 동경대 수학 대학원 입시용으로 출제되었던 고등수학 문제인 미적분 계산이었다. 아이는 땀을 흘리며 문제를 풀었고 옆에선 동경대 수학 교수인 가나가와 마사치가 팔짱을 낀 채 그를 지켜보았다. 아이는 방송국 스튜디오로 들어오기 전에 만난 검은 안경을 쓴 남자의 말을 기억하고 있었다.

"네 어깨에 우리 민족의 자존심이 걸려 있다. 그걸 절대 잊으면 안 돼. 너는 천재야. 그러니 국위 선양을 위하여 능력을 십분 발휘해야 한다. 오늘 이 자리에서 수학 문제를 제대로 풀면 우리 민족의 두뇌가 얼마나 우수한지 세계만방에 알릴 수 있을 것이다. 알겠나?"

어린 최두식은 국위 선양이나 민족의 자존심 같은 게 뭔지 알 수 없어 어리둥절했다. 하지만 그게 정말로 중요한 일이라는 건 검은 안경을 쓴 아저씨의 표정만 봐도 알 수 있었다. 아이는 결국 그 어려운 문제를 풀었다. 지구 표면에서 무게 1,870킬로그램의 인공위성을 지구 중심으로부터 35,780킬로미터 떨어진 상공의 궤도로 진입시키는 데 필요한 에너지의 양을 계산하는, 웬만한 수학자도 풀기 힘든 엄청나게 어려운 문제였다. 가나가와 마사치는 고개를 갸우뚱했다. 그는 믿을 수 없어서 문제를 하나 더 냈다. 최두식은 옆에 서 있던 아버지를 올려다봤다. 아버지는 단호했고 그를 향해 비장한 표정으로 고개를 끄덕이기까지 했다.

아이는 숨을 한 번 내쉬고는 다시 쪼그리고 앉아 문제를 풀기 시작했다. 다행히 이건 앞의 문제보다 쉬웠다. 쓱쓱쓱, 아이가 작은 손에 분필을 쥐고 문제를 풀어나가자, 가나가와 마사치의 입에서 신음 소리가 흘러나왔다. 아이는 정말로 천재였던 것이다. 그 자리에서 최두식은 아이큐 215라는 판정을 받았다. 가나가와 마사치는 아이큐 테스트의 최고 점수인 2백 점에 15점을 더했다. 정해진 시간 안에 2백 점에 해당하는 문제를 풀고도 추가로 낸 문제를 하나 더 풀었기 때문이다.

그리하여 최두식은 기네스북에 세계 최고의 아이큐를 가진 사람으로 등재되었고, 나중에 서울에서 옹기종기 모여 앉아 손에 땀을 쥔 채 그 녹화 방송을 지켜본 한국인들은 환호하며 박수를 쳤다. 소련의 상공에서 유리 가가린이 우주선을 타고 지구 밖을 돌아보고 있을 때, 화면 속에서 어린 최두식은 박수 소리에 파묻힌 채 눈을 둥그렇게 뜨고 스튜디오 안을 돌아보고 있었다. 문제를 다 푼 아이는 일어설 때 자기도 모르게 약간 휘청했는데, 그건 아마도 자신의 양어깨에 걸린 민족적 자존심의 무게 때문이었을지도 모른다.

최두식이란 이름을 포털 사이트에서 검색하면 그의 이력이 상당히 특이하다는 것을 알 수 있다. 일단, '위키 백과'를 보자. 거기엔 다음과 같은 설명이 쓰여 있다.

최두식 (1954년 5월 21일 출생 ~ 미상) : 최두식은 한국의 천재다. 그는 동경대 수학 교수인 가나가와 마사치에 의하여 아이큐 215 판정을 받았으며, 그 후 12년간 기네스북에 가장 아이큐가 높은 사람으로 등재되었다. 한동안 나라를 떠들썩하게 한 천재였으나 9세가 되던 해 가을 홀연히 사람들의 시야에서 사라졌다. 약 1년 후 후지 방송국 〈그것을 알려주마〉 팀에 의해 최두식이 미항공우주국의 초청을 받아 미국으로 건너갔다는 것이 알려졌다. 그러나 최두식이 나사에서 무엇을 하고 있는지는 알아내지 못했다. 그로부터 한참 후, 한국의 한 여성 잡지가 심층 취재한 바에 의하면 최두식은 한국에서 평범한 회사원으로 지내고 있었다. 그때 그 잡지는 '천재의 몰락'이라는 제명으로 그 사실을 대서특필한 적이 있다. 1985년 최두식은『조국의 하늘 아래』라는 회고록을 냈으나 책은 곧바로 5공화국 정권에 의해 금서로 지정되었으며, 그의 행방은 그때부터 다시 묘연해졌다.『조국의 하늘 아래』는 그가 동경대에서 천재 어린이로 판정받은 후 한국을 떠나 나사에서 지낸 6년간의 기록이었고, 그 책이 금서로 지정된 이유는 책 내용의 황당무계함 때문이었다고 한다.

어쨌든, 최두식은 1963년 가을 미국으로 떠났다. 이것은 그의 책『조국의 하늘 아래』에 상세히 기록되어 있다.

참고로 말하자면 이 책은 금서로 지정된 즉시 서점에 채 깔리기도 전에 모두 수거되는 불운을 겪었으며, 출판사 대표는 당시 정보기관에 끌려가 모종의 고문 비슷한 협박을 당하기도 하였다는 말이 있지만 확인할 길은 없다. 출판사 대표는 그 일이 있고 얼마 후 미국으로 떠나 연락이 두절되었으며 최두식 역시 사라지고 말았기 때문이다.

출판사가 압수수색을 당하던 날, 마침 들이닥친 정보부 요원들 앞에서 먹던 라면 냄비를 쏟아 허둥지둥하던 출판사 배송 담당 직원 김씨가 아니었다면 우리는 최두식의 회고록『조국의 하늘 아래』를 영원히 볼 수 없었을지도 모른다. 왜냐하면 그때 김씨가 라면 냄비를 올려놓는 받침으로 썼던 것이 바로 제본 불량 파본으로 분류되어 한쪽 구석에 버려져 있던 『조국의 하늘 아래』였기 때문이다. 검은 안경에 검은 양복을 입고 뛰어들어온 남자들은 가지고 온 커다란 박스에 『조국의 하늘 아래』를 모두 쓸어 담았다. 그러나 라면 국물에 흠뻑 전 김씨의 냄비 받침만은 그냥 두고 나갔고, 그는 나중에 그 책을 갖고 나와 자신의 삼륜 용달차 운전석 옆 틈에 끼워 뒀던 것이다.

특별히 알뜰한 성격은 아니었음에도 불구하고 배송 직원 김씨는 그 삼륜 용달차를 그 후로도 꽤 오래 탔다. 그러던 어느 날 주위를 둘러보니, 그렇게 생긴 삼륜차를 몰고 다니는 사람이 더 이상 아무도 없다는 사실을 깨닫게 되었다. 그의 삼륜 용달차는 얼떨결에 역사적 가치를 지니게 되었고, 따라서 빈티지 자동차 수집가였던 오길훈의 컬렉션 중 하나가 되었다. 오길훈은 삼륜 용달차 운전석의 좁은 틈 바닥에서 바로 그 문제의 책 『조국의 하늘 아래』를 발견했다. 비록 중간에 몇십여 페이지가 비어 있었지만, 그리고 라면 국물에 불었다가 그대로 말라버리는 통에 흐릿하게 지워진 글자도 많았지만, 오길훈은 책의 내용을 한 번 훑어보고 나서 이것이 한국 현대사 연구의 중요한 자료가 될지도 모른다는 걸 단번에 알아차렸다. 이렇게 하여 최두식의 회고록 『조국의 하늘 아래』는 다시 세상의 빛을 보게 되었으며 잠시나마 한국 현대사 연구의 쟁점 중 하나로 급부상하는 영예를 누리기도 했다.

어느 날 아버지가 나에게 말했다. 나사에서 연락이 왔다는 것이었다. 나는 그때 나사가 뭔지도 몰랐지만, 아버지의 설명을 듣고 나자 반드시 거기 가야겠다는 결심이 절로 들었다. 어려서부터 수학과 물리학에 흥미를 느끼고 있던 터라, 나사에 가서 천체물리학을 공부하고 싶었다. 그럴 수만 있다면 우주의 비밀을 풀고 싶다는 나의 꿈을 이루는 데도 큰 도움이 될 거라고 생각했다.

최두식이 미국으로 건너가게 된 계기는 회고록에 이와 같이 적혀 있다. 최첨단 우주과학 기술이 집약되어 있던 나사는 개발도상국의 천재 소년이 꿈꿀 수 있는 최고의 장소였음에 틀림없다. 하지만 최두식이 청운의 꿈을 안고 나사에 갔을 때 그를 기다리고 있던 것은 하루 종일 이상한 방정식을 풀어야 하는 고된 정신노동이었다. 아이큐 215의 인간은 당시 어떤 컴퓨터보다도 빠르게 수학 방정식을 풀 수 있는 하나의 계산 기계였고, 아이는 아주 약간의 보수와 잠자리를 제공받으며 그 문제들을 풀어야 했다. 그들이 내주는 방정식은 그즈음 한창 개발하고 있던 우주선의 궤도에 관한 미적분 문제들이었고, 아이는 연필을 꼭 쥐고서 화장실 가는 시간과 밥먹는 시간을 뺀 나머지 시간을 모두 우주선 궤도의 오류를 찾아내는 일에 바쳐야만 했다.

영어는 그런대로 잘할 수 있었지만 친구라곤 한 명도 없는 외로운 나날이었다. 나는 우주선 궤도의 오류를 찾아내는 방정식을 다 풀고 남는 시간엔 틈을 내어 강의를 들었다. 세계 최고의 과학자들이 모여 있는 곳인 만큼, 수준 높은 강의들이 여러 개 개설되어 있었는데 거기서 주로 수학과 물리학의 고등 연구 과정을 들었다. 레오니드 몰로디노프 박사를 처음 만난 것은 바로 그런 강의실에서였다.

당시 어린 소년이었던 최두식이 레오니드 몰로디노프 박사의 신분과 정체를 정말로 알 수 있었으리라고는 생각할 수 없다. 한국전의 상흔이 아직도 완전히 가시지 않은 극동의 개발도상국에서 온 소년에게 그런 고급 정보를 접할 권한 같은 건 애당초 없었을 테니 말이다.

사실 최두식의 회고록에도 서술되어 있지만, 소년이 나사에서 맡았던 수학적 업무라는 것도 일종의 하청 같은 것이었다. 그가 비록 아이큐 215의 보기 드문 천재였어도 달라질 건 없었다. 우주선의 궤도에 관한 미적분 방정식의 미세한 오류를 찾아내는 일엔, 그때만 해도 운용에 매우 비싼 경비가 들었던 컴퓨터보단 섬세한 계산 능력을 갖춘 저렴한 인력을 이용하는 것이 훨씬 경제적이었다. 마치 축구공 만드는 회사가 인도의 작은 어린아이들에게 하루 백 원을 주고 공을 직접 꿰매도록 하는 것이 자국의 공장에서 기계를 가동시키는 것보다 훨씬 경제적이듯 말이다.

그럼에도 불구하고 최두식의 회고록 『조국의 하늘 아래』에는 레오니드 몰로디노프 박사의 전공과 그가 나사에서 맡은 임무가 꽤 자세하게 기술되어 있다. 이는 최두식이 정말로 나사에서 몰로디노프 박사와 인간적인 교류를 나누었다는 사실을 입증하며, 따라서 그가 남긴 회고록이 결코 거짓으로 만들어진 것이 아니라는 움직일 수 없는 증거로도 볼 수 있다.

내가 특히 우주론에 관심을 가지고 있긴 했지만, 그렇다고 해서 새로 개설된 강의인 '스페이스 위상 심리학'을 꼭 들어야겠다고 생각한 건 아니었다. 다만 나의 담당이었던 미스터 디멘트가 내 수학 계산이 없는 목요일 오후에 그걸 들어보면 어떻겠냐고 권하는 바람에 우연히 듣게 된 강의였다. 나는 수학 계산을 잠시 쉴 수만 있다면 아무리 어려운 강의라도 다 들을 용의가 있었기에 흔쾌히 그의 제안을 받아들였다.

첫 강의가 있던 날, 강의실 한쪽 구석에 말없이 앉아 있던 나에게 처음으로 말을 걸어준 사람은 수염이 텁수룩한 데다 체구가 매우 큰 한 남자였다. 그의 영어 발음은 어딘지 모르게 거칠면서도 칼로 다듬은 듯 정확하고 뚝뚝 끊어지는 느낌이었다. 사람들은 그를 '미스터 레온'이라 불렀다. 나 역시 그를 그렇게 불렀다. 그가 처음으로 한 질문은 이런 것이었다. "너처럼 어린 동양의 아이가 왜 여기에 와 있는 거지?" 나는 그의 질문에 이렇게 대답했다. "저는 조국의 발전을 위해 이곳에 와 있어요."

이 대답은 미국으로 떠나오기 전에 매일같이 되뇌던 말이었다. 검은 양복을 입은 남자들이 있는 조용한 장소에서 난 며칠 동안 특별한 훈련을 받았고, 누가 어떤 질문을 하더라도 똑같은 대답을 하도록 연습했기 때문에 한 치의 망설임도 없이 말할 수 있었다. 사실 그즈음의 나는 조국의 발전을 위하여 내 모든 것을 바치고 싶다는 열망에 들끓고 있었다. 우주론과 천체물리학에 더 깊은 관심을 가지게 된 것도 역시 그런 이유에서였다. 나의 마음속엔 아무에게도 말하지 않은 꿈이 있었는데, 그건 바로 나사에서 우주과학 기술을 배워 언젠가는 우리나라도 유인우주선을 지구 밖으로 보낼 수 있는 강대국으로 만들고 싶다는 소망이었다.

1957년 소련이 스푸트니크를 우주로 쏘아 올리면서 시작된 미국과 소련 간의 우주개발 경쟁은 보이지 않는 전쟁이나 마찬가지였다. 미국은 고도로 훈련된 햄이라는 이름의 침팬지를 소련보다 먼저 지구 밖으로 보냈다가 귀환시키는 데 성공함으로써 유인 우주 탐사에서 앞서 나갈 것처럼 보였지만, 1961년 유리 가가린을 태운 보스토크가 먼저 지구 밖 정찰 여행을 다녀옴으로써 소련에게 충격적인 패배를 당하고 말았다. 따라서 나사에 가해지는 미 정부의 압력은 가히 상상할 수 없을 정도로 컸다. 유인우주선을 지구 밖으로 보내는 것은 한발 뒤졌지만, 대신 달에 인간을 보내는 일에 있어서는 반드시 소련을 앞질러야 했다.

우주 공간에서 인간의 무의식이 어떻게 작용하는지를 연구하는 분야의 대가이자 거의 유일한 전문가였던 소련의 레오니드 몰로디노프 박사가 미국으로 망명하여 나사에서 일하게 된 배경엔 바로 그런 냉전 시대 우주개발 경쟁이 자리하고 있었다. 유인우주선이 지구 밖으로 나갈 때 가장 큰 문제는 우주선 조종사들의 심리적인 불안정이었다. 그들은 어머니의 품과도 같은 지구를 떠나 조그만 로켓에 온몸을 의탁한 채 온통 어둡고 깜깜하기만 한 진공의 우주 공간으로 날아간다는 사실에 극심한 두려움을 느꼈다. 그리고 조종사들의 그러한 공포는 우주 밖에서 로켓을 위험으로 몰아넣을 확률을 높이는 데 일조했다. 실제로 로켓 모형 속에 들어앉아 우주 밖으로 날아가는 시뮬레이션 훈련 도중 엄청난 공포를 견디지 못하여 호흡곤란을 일으키며 쓰러지는 조종사들이 속출하고 있었다. 바로 그럴 때 그들의 무의식을 자극하고 조종하여 그들의 내면에 우주개발의 당위성에 대한 신념과 용기를 불러일으킬 수 있는 전문가가 필요했다.

우주 무의식 심리 연구 분야의 일인자였던 레오니드 몰로디노프는 그 일에 가장 적합한 사람이었다. 소련 우주개발 계획의 심장부에 있던 레오니드 몰로디노프를 데려오기 위해 엄청나게 광범위하고 치밀한 고도의 첩보 작전이 펼쳐졌다. 그리고 결국 그는 나사에서 일하게 되었다. 레오니드 몰로디노프가 어떤 대가를 받고 미국으로 향했는지는 아직까지 알려진 바가 없다. 다만, 그의 반체제적 성향을 간파한 소련 고위층의 견제가 그의 망명 결심을 부추기는 데 한몫했다는 확인되지 않은 소문이 있기는 하다.

미스터 레온은 내 말을 듣고 빙긋 웃었다. "조국의 발전? 넌 재미난 아이로구나. 도대체 조국의 발전이 뭔 줄이나 알고 하는 말이니?" 그는 이렇게 물었다. 순간 나는 말문이 막혔다. 조국의 발전이 뭔지는 알고 있었다. 그러나 뭐라고 설명해야 할지는 알 수 없었다. 대답 대신에 나는 공책 사이에 소중히 간직하고 있던 사진 한 장을 꺼내 그에게 내밀었다. "이걸 보세요. 서울의 사진이에요. 우리는 지금 경제개발5개년계획이란 걸 실행 중이에요. 제가 뛰어난 과학자가 된다면 우리나라가 앞으로 강대국이 되는 데 큰 도움이 될 거라고 아버지는 말씀하셨어요. 지금 우리 조국에 가장 필요한 것은 과학 발전이니까요. 과학을 발전시켜 경제 대국이 되면, 모두가 잘 먹고 잘살 수 있답니다." 미스터 레온은 내가 보여준 서울의 사진을 한참 들여다봤다. 그는 감탄하는 듯 보였다. 나의 가슴은 뿌듯함으로 가득 차올랐다.

마이클 콜린스라는 남자는 세상의 모든 정보가 공개되는 날 진정한 인간 해방과 평등이 실현될 거라고 믿는 37세의 해커다. 그는 인터넷에서 활동하는 무정부주의자들이나 음모론자들에게는 이미 고전이 되다시피 한 비밀 정보 게재 전문 사이트 "언빌리버블닷컴"의 운영자이기도 하다. 그 사이트에 들어가면, 미국 국립문서보관소의 비밀 금고에 보관되어 있다는 '소련 항공우주국 극비 문서: 우주 공간에서의 무의식 연구 관련 자료'라는 보고서를 읽을 수 있다. 거기엔 레오니드 몰로디노프가 소비에트연방 항공우주국에서 맡았던 일들이 자세하게 기록되어 있다. 문서에 의하면, 레오니드 몰로디노프의 첫번째 업적은 바로 최초의 우주 비행사인 유리 가가린의 심리를 안정시켜 우주 비행에 가장 적합한 상태로 개조한 것이었다.

최초의 유인 우주여행이 있기 전에 라이카라는 개가 우주로 날아갔다 온 사실은 이제 누구나 다 아는 역사지만, 그 개가 지구로 귀환한 후 몇 시간이 못 되어 죽고 말았다는 사실까지 아는 이는 그리 많지 않다. 태양으로부터 내리쬐는 뜨거운 방사성 열선은 개에게 치명적이었고, 라이카는 결국 그것을 견디지 못했던 것이다.

소련의 공군학교를 우등으로 졸업하고 겨우 27세의 나이에 인류 최초로 지구 밖을 탐험할 수 있는 영예를 안게 되었지만, 젊은 유리 가가린 역시 심한 불안과 공포에 사로잡혀 있었다. 그가 내디디려고 하는 지구 밖 공간은 그야말로 전대미답의 땅이었기에 그 미지의 공간에 과연 어떤 위험이 도사리고 있을지 그는 결코 알 수 없었다. 가가린의 어머니는 서랍 가장 깊숙한 곳에 숨겨둔 러시아정교

회의 이콘이 새겨진 메달을 그의 목에 걸어주며 기도하려고 했으나, 그런 행위는 가가린에게 아무 정신적 도움이 되어주질 못했다. '과연 살아서 돌아올 수 있을까?' 이 의문은 그의 머릿속에서 떠나질 않았고 그럴 때마다 비참하게 죽어버린 라이카의 최후가 유령처럼 스멀스멀 떠오르는 것이었다. 결국 그의 불안은 모의 비행 훈련의 결과에 악영향을 끼치는 정도로까지 커지고 말았다.

그때 유리 가가린의 심리적 안정을 도운 사람이 바로 레오니드 몰로디노프였다. 사실 그의 기이한 이론은 유물론자들의 제국인 소비에트연방에선 받아들이기 힘든 부분이 많았다. 그러나 냉전시대 우주개발 경쟁의 선두 다툼이 워낙 치열했기에 내부적으로 많은 반대 의견이 있었음에도 불구하고 몰로디노프의 무의식 요법은 유리 가가린에게 최초로 실행될 수 있었다. 결과는 당연히 대성공이었고, 가가린은 무사 귀환에 대한 그 어떤 두려움과 공포도 모두 떨친 채 노래까지 부르며 지구 밖 우주를 한 시간 48분 동안 유영하다가 돌아왔던 것이다.

그러나 "언빌리버블닷컴"이 공개한 보고서에도 레오니드 몰로디노프가 소련에서 유리 가가린에게, 그리고 나중에 미국에서 최초의 달 탐사를 떠났던 닐 암스트롱이나 버즈 올드린 등에게 행한 무의식 요법의 실체는 드러나 있지 않았다. 공개된 문서의 일부는 유실되어 있었고, 그런 일은 극비라고 분류된 문서를 비밀리에 입수하는 과정에선 언제나 일어나는 사건이었다. 따라서 그 실체는 최두식의 회고록인 『조국의 하늘 아래』가 다시 발견되기 전까진 완전한 비밀에 휩싸여 있을 수밖에 없었다.

미스터 레온의 원래 이름이 레오니드 몰로디노프이고 그가 소련에서 망명한 유명한 심리학자라는 것을 곧 알게 되었다. 그는 내가 들으려던 스페이스 위상 심리학 강의의 실질적 책임자였으나 앞에 나서서 이야기하는 것은 매우 꺼리는 인상이었다. 그의 지도를 받은 미국인 강사가 우주 공간에서 인간의 무의식이 어떻게 작용하는가에 대하여 강의를 하는 동안, 레오니드 몰로디노프는 재미있다는 듯 유쾌한 표정을 지으며 듣고 있었다. 내가 열심히 공책에 적고 있는 것을 한참 지켜보던 레오니드가 말했다. "저 사람이 하는 말은 겉핥기에 불과해. 진짜 중요한 건 바로 여기에 있지." 그러면서 그는 자기 머리를 손가락으로 가리키는 것이었다.

"정말 중요한 건 뭔데요?" 나는 호기심을 느끼며 소련에서 왔다는 과학자에게 물었다. 그는 빙긋 웃으며 이렇게 말했다. "그건, 우리가 마음만 먹으면 누군가의 무의식을 완벽하게 조종할 수 있다는 사실이야. 너도 고등물리학을 배우고 있어서 알겠지만, 양자역학에 의하면 이 세상의 모든 물질은 입자와 파동의 두 가지 성질을 동시에 지니고 있지. 그리고 우리가 이렇게 이야기하는 대화가 소리라는 파동을 통하여 전달된다는 것 역시 잘 알고 있으리라 믿는다. 자, 그럼 우리가 말하는 언어의 파동이 우리 몸을 이루는 입자에 영향을 끼친다는 것이 가능할까, 그렇지 않을까? 이건 숙제다. 일주일간 잘 생각해보고 다음 주에 네가 생각한 해답을 말해주겠니?"

그렇게 해서 나와 레오니드 몰로디노프 사이엔 일종의 사제 관계 같은 것이 형성되었다. 그리고 다음 강의까지의 일주일 동안 나는 수학 계산을 하지 않는 시간이면 내 방에 틀어박혀 어떤 특정한 언어가 만들어내는 파동이 우리 몸의 물질적 구조에 끼치는 영향에 대하여 이리저리 생각하며 시간을 보냈다.

최두식의 회고록을 읽은 전문가들의 의견은 주로 둘로 나뉘었다. 주류인 의견은, 그가 과대망상 환자이고 회고록을 쓸 때 이미 제정신이 아니었으리라는 것이다. 그렇게 어린 나이에 나사의 초청을 받아 미국으로 건너갔다는 주장은, 그가 아무리 아이큐 215의 천재로 기네스북에 등재된 소년이라 해도 말이 안 된다는 것이 그 논거였다. 게다가 최초의 컴퓨터인 에니악(ENIAC)이 나온 지 벌써 몇십 년이 흐른 후였는데도 나사 같은 기관에서 우주선의 궤도 수정에 필요한 수학 계산을 사람의 손으로 풀도록 시켰다는 말도 어쩐지 신빙성이 없어 보였다. 무엇보다도 그렇게 어린 소년이 한 국가의 앞으로 백 년간의 운명을 좌우할 수도 있는 중요한 프로젝트에 관여했다는 사실을 그들은 도저히 믿을 수 없었다. 그러나 인간의 기나긴 역사를 되돌아볼 때 세상의 많은 중요한 일들이 때로는 아주 사소하고도 황당한 방식으로 결정되었다는 것 또한 부인할 수 없는 사실이었다. 소수파에 해당하는 비주류 역사 연구자들은 그런 예를 근현대사에서만 수십 개를 찾아내 제시하며, 최두식의 회고록을 옹호했다.

어쨌든 최두식은 레오니드 몰로디노프가 내준 숙제에 대하여 모종의 해답을 얻었던 것 같다. 그는 레오니드가 건넨 말 속에 숨어 있는 어떤 암시를 알아차렸는데, 그것은 아이큐 215의 천재이며 고등수학과 고등물리학을 열심히 공부한 소년으로선 당연한 귀결이었다.

내가 그의 숙제를 완수하고 해답을 제시하자 레오니드 몰로디노프는 환하게 웃었다. 그는 자신이 바로 그 언어의 파동을 이용하여 유리 가가린의 무의식을 완전히 개조할 수 있었다는 사실을 말해줬다. "진언이란 걸 들어본 적 있니? 넌 동양인들이 진언 읊조리는 걸 들어봤을 거야. 예를 들면 나무관세음보살이라든가 옴마니밧메훔, 이런 말들 말이다. 내 연구에 의하면, 그런 진언들은 어떤 특수한 파동을 지니는 소리들의 조합이야. 따라서 진언이란 그 내용이 중요한 게 아니라 거기서 나오는 소리의 파동이 중요한 거지. 그런 진언이 일으키는 파동은 그걸 말하는 사람과 듣는 사람들의 뇌에 어떤 변화를 일으켜. 그렇게 해서 일어난 뇌의 변화는 무의식의 개조를 수반하게 되고. 음…… 일종의 세뇌라고나 할까?"

레오니드 몰로디노프는 우주여행을 앞두고 겁에 질린 유리 가가린을 위해 그런 진언 효과가 있는 노래를 만들었다. 그건 겉으로 보기엔 아무 의미 없는 행진곡 같은 것이었지만, 그 노래가 만들어내는 파동은 유리 가가린의 뇌신경 구조의 변화를 일으키고 무의식을 자극했다는 것이다.

나는 그런 모든 이야기들이 신기하기 이루 말할 데 없었다. "그래서 유리 가가린은 어떻게 되었나요?" "노래를 반복하여 부른 뒤, 그는 정말 겁도 없이 보스토크호에 올라타고 우주 공간으로 날아갔어. 거기서도 내내 내가 가르쳐준 노래를 부르고 있었지. 그의 머릿속엔 온통 조국인 소비에트연방을 위해 이 한 몸 바치리라는 생각밖에 없었어. 나중에 귀환한 후에도 열심히 사회주의 국가들을 돌아다니며 소련의 체제 우수성을 선전하는 데 매진했던 것만 봐도, 이 요법으로 뇌의 구조가 얼마나 완벽하게 바뀌었는가를 알 수 있었지."

유리 가가린이 우주에서 불렀다는 노래의 제목은 〈조국의 하늘 아래〉였다. 난 그 이름을 공책에 적어뒀다. 정말 마음에 들었기 때문이다. 나중에 언젠가 내가 훌륭한 사람이 되면, 반드시 이런 제목의 자서전을 쓰리라 굳게 마음먹었다.

최두식이 나사에 초청되어 미국으로 건너간 것이지만, 당시 한국의 입장으로선 한 천재 소년을 세계 최강대국의 우주개발 계획의 심장부에 파견한 것과 마찬가지였다는 게 그의 회고록을 연구하는 사람들의 입장이다. 따라서 국가의 전폭적 지원을 받으며(물론 그 전폭적 지원이란 것이 고작해야 그의 가족들의 왕복 비행기표와 텍사스 주 휴스턴 인근의 아주 작은 주택 임대료 정도에 해당한다고 해도 말이다) 나사로 떠날 때, 그에게 모종의 임무 비슷한 것이 맡겨졌을 거라고 연구자들은 추측했다.

"최두식이 맡은 임무는 분명 발달한 선진 과학기술에 대한 정보를 알아내는 것이었다고 봅니다. 그가 나중에 나사와 약속한 기간을 다 채우지 못하고 귀국한 것은 알고 보면 정보를 빼낸 한국의 어린 소년이 미국에서 추방된 사건이었다고 볼 수도 있죠. 그러나 우방인 미국의 과학기술 정보를 빼냈다는 것을 섣불리 인정할 수 없었던 한국 정부는 이 소년을 버리는 카드로 만들고 맙니다. 결국 소년은 한국 정부에 중요한 기밀 정보를 넘긴 대가로 몰락의 길을 걷게 된 거지요."

비주류 사학자이자 반체제 인사였던 프린스턴대의 김용갑 교수는 인터뷰에서 이렇게 말한 적이 있다. 연구자들이 이런 식으로 추측성 의견을 계속하여 내놓을 수밖에 없었던 이유는, 최두식의 회고록 『조국의 하늘 아래』가 라면 국물에 절어 상당 부분 훼손된 데다가 처음부터 파본으로 분류되었던 책이니만큼 사라진 페이지가 몇십 쪽에 달하기 때문이었다. 그리고 그 사라진 페이지들은 바로 최두식의 다음 행보, 즉 한국의 정보기관과의 접촉과 그들에게 전달한 정보의 내용과 방법을 담고 있을 것이었다.

그로부터 약 세 달에 걸쳐 레오니드 몰로디노프는 인간의 무의식에 비가역적 변화를 일으키는 소리의 파동에 관한 공식을 나에게 전수해주었다. 내가 그의 지식을 모두 흡수하기라도 하려는 듯 맹렬하게 공부했던 것은 두말할 나위도 없다. 나는 한 달에 한 번씩 휴스턴 외곽에 있는 우리 집으로 외출을 나올 수 있었는데, 집엔 부모님 이외에도 검은 양복을 입고 선글라스를 낀 남자 한 명이 언제나 나를 기다렸다. 그는 자기가 한국에서 파견된 장학사라고 했다. 조국의 후원을 받고 나사에서 공부하는 내가 정말로 열심히 잘해나가고 있는지 체크한 후 보고하는 것이 그의 임무라는 것이었다. 그래서 집에 가면, 부모님을 만나기 전에 먼저 작은 방에서 그와 단둘이 앉아 그동안 새로 배우고 알아낸 것들을 빠짐없이 보고하는 시간을 가져야만 했다.

그 자리에서 난 레오니드 몰로디노프를 통하여 알아낸 무의식 요법에 대한 모든 것을 보고했다. 그는 내 말에 매우 흥분하는 눈초리였다. 비록 검은 안경 때문에 보이지는 않았지만. 한 달 후 만났을 때 그는 무의식 요법의 자세한 부분에 대하여 더 깊이 물었고 그런 다음 내가 필기해 온 공책을 가져갔다. "이건 아주 중요한 정보야. 그러니 어디에도 절대로 발설하지 말아야 한다." 그 남자는 나지막하고 음울하면서도 엄청나게 단호한 목소리로 말했다. 나는 고개를 끄덕였다.

한국에서 온 장학사라고 자신을 소개한 검은 옷의 남자가 실제로 어떤 기관에 소속되었던 건지는 당사자인 최두식이나 그의 부모님 역시 전혀 모르고 있었던 것이 틀림없다. 중요한 것은, 최두식이 레오니드 몰로디노프를 통하여 알아낸 인간의 무의식을 조종하는 파동 요법에 대하여 한국의 정보기관이 매우 큰 관심을 표명했다는 사실이다.

레오니드 몰로디노프는 서방의 심리학자들이 간과했던 마음의 물질적 상태에 주목했다. 그는 유물론적 배경을 가진 사람답게 마음이란 것이 결국은 하나의 물리 현상임을 이해했고, 따라서 누군가의 마음을 적절히 자극한다면 특정한 목표를 수행하기 쉬운 최적의 상태로 개조할 수도 있을 거라 생각했다. 최두식의 회고록 『조국의 하늘 아래』에는 그런 레오니드 몰로디노프의 무의식 요법에 대한 설명이 다음과 같이 적혀 있다.

레오니드 몰로디노프 박사가 인간의 무의식에 비가역적이고 영구적인 변화를 일으키는 데 사용한 파동 요법은 다종다양한 학문들이 하나의 용광로에 녹아들어간 결과물 같은 것이었다. 거기엔 우주의 모든 물질을 구성하는 원자가 입자와 파동의 두 가지 성질을 동시에 지닌다는 코펜하겐 학파의 양자역학이 있었다. 그리고 실재와 정신의 교류를 통하여 새로운 철학과 과학의 가능성을 탐구한 알프레드 노스 화이트헤드의 사상도 담겨 있었다. 또한 그것을 실제로 인간에게 실현하는 데 이용한 방법은 동양의 오래된 주술인 진언이었다. 나는 감탄할 수밖에 없었다. 레오니드 몰로디노프는 내가 찾던 바로 그런 스승이었던 것이다.

그는 그 요법을 인간에게 적용함으로써 완벽한 사회주의 낙원을 건설하고 싶었다고 했다. 모두가 행복하고 평등하게 잘 사는 낙원의 건설에 있어서 가장 큰 걸림돌은 인간 개개인이 가지고 있는 이기주의적 욕망이라는 것이었다. "그런데 왜 미국으로 왔죠?" 나는 갑자기 궁금해졌다. 사실 레오니드 몰로디노프가 말하는 사회주의 낙원이 뭔지도 전혀 알 수 없었다. 그게 공산당과도 어떤 관계가 있는지 물으려는 순간, 레오니드 몰로디노프는 씁쓸하게 웃었다. "글쎄, 왜 미국으로 온 걸까, 나는?" 그러고는 더 이상 그 얘기를 하려고 하지 않았다.

어쨌든 그즈음 그는 달 탐사를 떠날 우주 비행사인 닐 암스트롱과 버즈 올드린에게 무의식 요법을 실행하기 위한 연구에 몰두해 있었다. 그는 자주 이렇게 말하곤 했다. "닐은 굉장히 쉬워. 그는 단순하거든. 그런데 버즈는 좀 예민한 사람이야. 그런 자가 어떻게 한국전에서 60회나 전투비행에 성공했을까?" 두 비행사를 태운 아폴로 11호가 얼마 뒤 달에 착륙하게 될 거란 이야기는 일종의 극비 정보였고 나 같은 개발도상국의 어린 소년이 알아서는 안 될 보안 사항이기도 했다. 하지만 레오니드는 이상하게 내 앞에선 스스럼이 없었고 그런 비밀 정보를 아무렇지도 않게 들려줬다. 나는 내가 마치 그의 중요한 동료라도 된 것 같아 자랑스러운 심정이었다. "레오니드, 버즈 올드린이란 사람이 한국전에 참전했었어요?" 내가 묻자, 레오니드는 대답했다. "그래, 넌 몰랐겠구나. 그는 베테랑 전투기 조종사야. 한국전에서도 총 60회나 출격했지. 그건 유리 가가린도 마찬가지야. 그는 소련 공군학교 출신의 소령이었어." 그러면서 그는 문득 고개를 들어 먼 하늘을 올려다봤다. "참 이상한 일이지. 세상에서 가장 조용하고 평화로운 우주 공간으로 날아가는 사람들이 모두 전쟁 영웅이라니." 나는 좀 어리둥절한 심정으로 같이 하늘을 올려다봤다.

나중에 버즈 올드린은 닐 암스트롱에 이어 두번째로 달 표면에 발을 디뎠다. 그럼에도 불구하고 그는 단지 자신이 최초로 달 위를 걷지 못했다는 사실에 실망했고, 지구로 귀환한 후엔 한동안 심한 우울증에 시달려야 했다.

그런 의미에서 1969년 7월 16일도 기억해둬야 할 날일 수 있다. 그날 지구의 인간 중 두 명이 인류 역사상 최초로 달 표면을 걸었기 때문이다. 달로 출발하기 전, 닐 암스트롱과 버즈 올드린은 극심한 불안에 시달리고 있었다. 그들이 타고 갈 우주선인 아폴로 11호가 발사되기 불과 몇 시간 전, 불길한 소식이 전해졌다. 그들보다 하루 앞서 머릿속과 두 눈에까지 온통 센서가 부착된 채 우주로 보내졌던 원숭이 보니가 귀환 12시간 만에 죽고 말았던 것이다. 미지의 공간을 광속에 가까운 속도로 날아가 차갑게 빛나는 달에 착륙한다는 생각만으로도 알 수 없는 두려움을 느끼고 있던 조종사들에게 보니의 죽음은 거의 공포로 다가왔다. 그런 두려움을 가라앉히기 위해 그들은 출발 전 사제들과 기도회를 열었고, 미합중국의 대통령은 조종사들을 위한 성대한 만찬을 준비했다. 그러나 우주 비행사들의 불안을 잠재운 것이 실제로는 레오니드 몰로디노프가 만든 일종의 진언이었음은, 역사의 이면에 가려져 공개되지 않았다. 그가 만든 진언은 다음과 같았는데, 이는 달에 남겨진 최초의 인공물인 구리 동판에 새겨진 채 여전히 달 위에 있다.

"지구에서 온 최초의 인간이 서기 1969년 7월에 여기 발을 내딛다. 우리는 온 인류의 평화 속에서 왔다."

진언을 외우면서도 닐 암스트롱과 버즈 올드린은 이 문장의 모순에 대하여 깨닫지 못했다. 그들이 '온 인류의 평화 속에서' 온 것이 아니라 자칫하면 지구가 반쪽으로 쪼개질 정도의 무시무시한 군비 경쟁 속에서 달로 왔다는 사실을 눈치챌 만큼 한가하진 않았기 때문이다. 그러니 그 문장이 사실은 어떤 다른 것, 즉 하나의 진언으로 작용하기 위해 그들의 머리에 주입되었다는 것도 결코 영원히 알지 못했을 것이다.

그런데 1968년 12월 5일도 어쩌면 우리가 기억해야 할 날일지도 모른다. 그날, 국민교육헌장이라는 길고 기이한 글이 한국에서 반포되었기 때문이다. 모든 학생은 반드시 그 헌장을 외워야 했다. 마치 마녀사냥을 피하려면 주기도문과 사도신경을 외워야 했던 오래전의 어느 시대처럼, 1968년 한국의 학교에선 국민교육헌장을 외우게 했다. 그리고 최두식은 나사에서의 미적분 계산을 그만두고 한국으로 돌아왔다. 이에 대하여 그는 자신의 회고록 『조국의 하늘 아래』에서 이렇게 기술하고 있다.

> 검은 옷을 입은 여러 명의 남자들이 휴스턴 외곽에 있는 우리 집으로 나를 만나러 왔다. 그들은 나에게 레오니드 몰로디노프의 무의식 요법에 관한 것을 집중적으로 물었고, 나는 내가 아는 한도 내에서 최대한 성실하게 대답했다. 어떤 말을 진언처럼 외우게 함으로써, 그 말의 내용과는 상관없이 사람들의 무의식을 변형시켜 일종의 세뇌 상태에 이르게 할 수 있다는 이야기에 그들은 매우 큰 흥미를 나타냈다. 얘기가 끝나고 사람들이 모두 나가자, 처음부터 우리 집에 드나들었던 장학사란 사람이 말했다. "아쉽겠지만, 이젠 너도 한국으로 돌아가야 할 것 같다."

그렇게 귀국이 결정된 후, 나는 한 번 더 레오니드 몰로디노프 박사를 만나고 싶어 강의실 복도 근처를 여러 번 어슬렁거렸다. 그러나 레온은 보이지 않았다. 마지막으로 스페이스 위상 심리학 강의를 들었던 목요일엔 강의실에 일찍 가서 레오니드 몰로디노프를 기다렸다. 하지만 그는 결국 오지 않았다. 단지 강사였던 미국인 교수가 나에게 쪽지 하나를 전해줬을 따름이다. 거기엔 이런 말이 휘갈긴 글씨체로 적혀 있었다. "너에게 괜한 것을 가르쳐준 건 아닌지 모르겠다. 하지만 넌 총명한 아이니까, 어쩌면 내가 가르쳐준 것을 인간에게 아주 유용하게 쓸 수 있을 거야. 다만 한 가지 명심하렴. 인간의 마음은 우리가 상상하고 알고 있는 것보다 훨씬 거대하고 복잡하고 미묘하다는 사실을. 누군가가 인간의 마음을 지배할 수 있다고 말한다면 그는 세상에서 가장 바보 같은 사람일 거다. 자, 그럼 안녕. 네가 한국으로 돌아가게 되었다는 건 이미 들어서 알고 있다. 행운을 빌며, 레온." 그때 내 눈에 눈물이 글썽였을까? 그건 모르겠다. 어쨌든 며칠 후 나는 한국으로 돌아왔다.

한국에서도 한동안은 검은 옷의 남자들에게 둘러싸여 지냈다. 때로 무척 점잖고 나이 든 남자가 나를 방문했고, 그 역시 레오니드 몰로디노프의 무의식 요법에 관하여 상세하게 질문했다. 그가 누군지 궁금해하자, 검은 옷의 남자가 대답했다. "우리나라 최고 대학의 철학 교수지. 지금 국민교육헌장이라는 아주 중요한 문서를 만들고 있어. 넌 그 역사적 현장에 동참하는 최연소 대한민국 국민이고 말이야. 그 점을 자랑스럽게 여겨야 한다, 알겠니?"

나는 드디어 꿈을 이룰 수 있게 되었다는 사실이 자랑스러웠다. 검은 옷의 남자 말에 의하면, 국민교육헌장은 조국의 발전과 부국강병에 매우 중요한 정신적 역할을 담당하게 될 터였다. 그러나 그럼에도 불구하고 왠지 모르게 쓸쓸하고 허탈한 마음이 드는 것을 어쩔 수 없었다. 그즈음부터 불면증이 나를 엄습했고, 자주 밤잠을 설쳤다. 이젠 천재 소년 노릇 같은 건 그만두고 동네 친구들처럼 신 나게 놀아보고 싶어졌다.

결국 나는 학교란 곳을 다니게 되었다. 물론 내가 아버지에게 천재 소년을 그만두고 싶단 말을 한 탓도 있지만, 그즈음 국가의 지원과 관심도 거의 끊긴 상태였기에 학교를 다니는 것 말고는 달리 할 일이 없기도 했다. 그렇게 해서 들어간 학교에서, 난 국민교육헌장이 모든 교과서의 첫 페이지에 인쇄된 것을 보았다. 그건 이상한 경험이었다. 그 탄생에 내가 관여했던 바로 그 헌장.

헌장을 열심히 외우면 거기에서 생긴 소리의 파동이 우리 뇌에 비가역적이고 영구적인 변화를 일으킨다는 것을 나는 알고 있었다. 그리고 그렇게 하여 우리는 성실하고 튼튼한 몸으로 학문과 기술을 배우고 익히며 스스로 국가 건설에 참여하고 봉사하는 국민정신과 반공민주 정신에 투철한 사람으로 자라게 될 것이었다. 그건 분명 좋은 일이리라. 그런데 이상하게도 우울해졌다. 레오니드 몰로디노프는 인간의 마음이 상상하는 것보다 훨씬 거대하고 복잡하다고 나에게 말했다. 하지만 정말일까? 어쩌면 그 반대로 우리 인간의 마음은 생각보다 훨씬 작고 여리고 부드럽기에 한 번 구조적인 변화가 일어나면 다시는 원래대로 돌아갈 수 없는 것일지도 모른다. 그런 생각이 내 머릿속을 가득 채웠고, 그 후론 이유 없이 허무해졌다. 수학과 물리학에 대한 흥미도 떨어졌고, 숨어서 담배를 피웠다. 질풍노도의 시기라는 사춘기가 나에게도 시작되고 있었다.

현재 최두식의 회고록 『조국의 하늘 아래』는 과대망상 환자의 헛소리라는 의견이 일반적이다. 1968년에 발표되어 1994년에 공식적으로 폐지되기까지, 한 시대를 풍미하며 한국 교육의 근간이 되어온 국민교육헌장 속에 그런 기이한 사연이 숨겨져 있을 리가 없다는 것이 중론이기 때문이다. 그의 회고록을 처음 세상에 내놓았던 빈티지 자동차 수집가 겸 정치인이었던 오길훈의 위상이 추락한 것도 그런 중론을 만드는 데 일조했다. 이제는 일부의 비주류 사학자들과 음모론 신봉자들만이 최두식의 회고록을 연구하며 그의 행방을 추적할 따름이다.

물론 어쩌면 국민교육헌장을 외움으로써 정말로 학생들은 자신들이 이 땅에 태어난 이유가 "민족중흥의 역사적 사명" 때문이라고 철석같이 믿게 되었던 걸지도 모른다. 그러나 그것은 레오니드 몰로디노프의 무의식 요법과는 하등 관계없는 일이었을 수도 있다. 레오니드 몰로디노프는 역사 속에서 사라져버렸다. 일설에는 그가 쿠바로 갔고 거기서 카스트로와 만났다거나, 혹은 1988년 고르바초프의 집권에 맞춰 다시 소련으로 돌아갔다거나 하는 소문이 있지만 확인할 수 있는 건 현재 아무것도 없다.

*

여기까지 기사를 썼을 때, 갑자기 데스크의 전화벨이 울렸다.

마침 컴퓨터 모니터엔 미하일 고르바초프 전 서기장이 라스베이거스의 미라지 호텔에서 연설하는 동영상이 떠 있었다. 검색어 '소련', '몰락'을 입력하자, 그런 동영상도 링크된 것이었다. 구소련의 마지막 수장이자 페레스트로이카와 글라스노스트의 영웅이었던 그 남자는, 1999년 3월 1일에 미국 외식산업연합회의 초청을 받아 라스베이거스에 갔다. 맥도널드와 버거킹 등이 주요 구성원의 자리를 맡고 있는 외식산업연합회로부터 그가 받은 것은 15만 달러의 현금과 비행기 표였다고 한다. 동영상 속의 미하일 고르바초프는 여전히 건강하고 활기차 보였다. 그가 말하는 러시아어는 당연히 알아들을 수 없었으나, 자막을 보면 무슨 말을 하는지 알 수 있었다. 고르바초프는 환한 미소를 지으며 말했다. "나는 미국을 좋아합니다. 그리고 미국인도 좋아하지요. 이 자리에 계신 여러분은 많은 돈을 가지고 있을 겁니다. 러시아에 투자하십시오."

나는 전화를 받으며 동영상을 닫았다. 인터넷을 아무리 뒤져도 레오니드 몰로디노프라는 구소련 심리학자의 행적은 더 이상 찾을 수 없었다. 내가 일하는 잡지 『미스테리 월드』는 이번 여름을 맞아 한국 현대사의 여러 음모론에 관한 특집을 만들고 있었다. "우리는 민족중흥의 역사적 사명을 띠고 이 땅에 태어났다"로 시작하는 국민교육헌장의 탄생에 얽힌 음모론도 그중의 하나였다. 내가 그 특집 기사를 맡았지만 동시에 '2012년, 과연 지구는 멸망할 것인가?'라는 꼭지도 같이 맡은 터라 여러모로 바빴다. 전화는 그런 나를 도와 최두식의 행방을 수소문하던 후배에게서 걸려온 것이었다. 후배는 모 인터넷 주식 사이트에서 투자 전문가로 활약하며 이름을 날리고 있는 '큰손넘버원'이라는 닉네임의 남자가 바로 과거의 천재 소년 최두식일 거라는 믿을 만한 정보를 입수했다고 말했다. 그러고는 큰손넘버원이라는 사람의 전화번호와 이메일 주소를 불러줬다.

천재 소년이 큰손넘버원으로? 이건 정말 생뚱맞은 변모 아닌가? 하긴, 한때 애국심에 불타올랐던 천재가 그 수학적 재능을 주가 그래프의 미묘한 파동 분석에 쏟아붓는다 해도 하등 이상할 것이 없는 세상이긴 하다. 어차피 우린 미하일 고르바초프가 맥도널드 회장 앞에서 투자 유치를 부탁하는 그런 지구에서 살고 있으니 말이다.

바로 전화를 걸었으나 큰손넘버원이라는 남자, 아니 어쩌면 과

거의 최두식일 수도 있는 그 사람은 전화를 받지 않았다. 나는 후배가 적어준 남자의 이메일 주소를 유심히 들여다봤다. 얼마 전 후배는 데스크 한쪽 구석에 후지 방송국에서 구한 어린 시절 최두식의 흑백사진을 붙여놓았다. 사진 속 아이는 눈을 둥그렇게 뜬 채 분필을 꼭 쥐고 복잡한 수학 방정식이 잔뜩 적힌 칠판 앞에 부동자세로 서 있었다. 조만간 그에게서 답신이 올지도 모른다고 생각하며, 나는 이런 인사말로 메일을 쓰기 시작했다.

"초면에 이런 질문을 드려서 죄송합니다만, 혹시 1961년 4월 12일 텔레비전 방송에 출연했던 천재 소년 최두식씨 맞습니까?"

라면의 황제

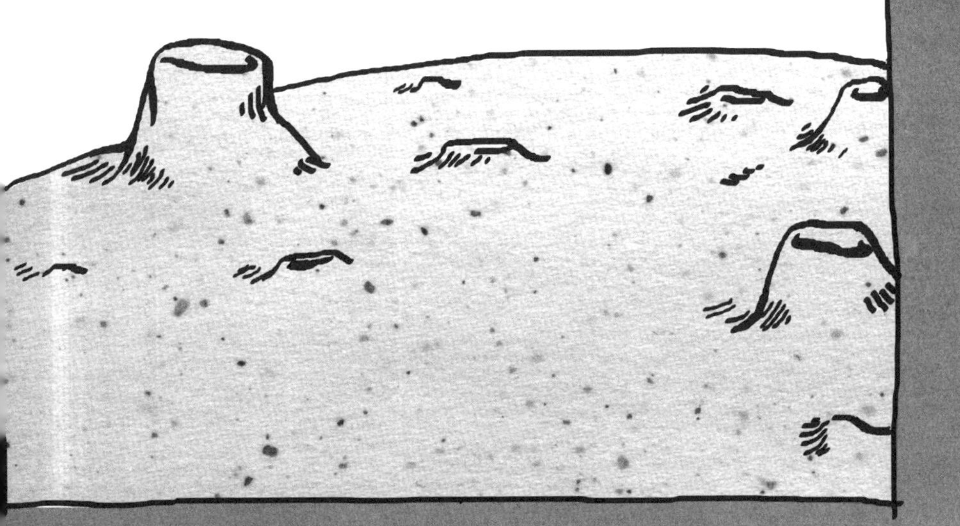

한때 라면이라는 음식이 있었다. 그것은 기름에 튀겨 건조시킨 국수를 수프와 함께 끓이거나 혹은 그냥 뜨거운 물만 부어 먹을 수 있도록 만든 일종의 즉석식품이었다. 물론 듣기론 지금도 극빈국 어디에선가는 이 괴상한 인스턴트식품이 필수 식량의 하나로 유통되고 있다고 하지만, 세계보건기구는 그런 사실을 공식적으로 확인해주진 않고 있다. 전성기에 라면은 연간 약 천억 개 이상이 소비되던, 그야말로 지구상 최고의 인기 식품이었다. 2007년 1월 9일자 『뉴욕타임즈』가 라면을 처음 만든 대만계 일본인 안도 모모후쿠의 죽음을 추모하며 "뜨거운 물만 있으면 언제 어디서든 먹을 수 있는 라면이야말로 세상을 구원한 음식"이라고 치켜세운 적이 있다는 것만 봐도, 그 시절 라면의 인기가 어느 정도였는지를 충분히 짐작할 수 있다. 실제로 2010년 아이티를 강타한 대지진 당시 난민들에게 제공된 음식도 라면이었다. 세계적 구호단체인 해피월드 홈페이지에 아직까지 남아 있는 홍보 동영상에선 자신을 구사일생으로 살아난 난민이라고 소개한 한 아이티 여성(메리, 27세, 세 아이의 엄마)이 이렇게 말하는 장면을 볼 수 있다. "그동안 지급되었던 다른 구호 식량보다 훨씬 낫습니다. 면과 함께 따뜻한 국물을 먹을 수 있으니까요." 그러면서 여자는 손에 들고 있던 컵라면을 들어 보였고, 삽시간에 갈라진 땅이 자신의 아이들을 삼켜버렸다고 외치며 흐느꼈다. 어쨌든 이제는 사라지고 없는(적어도 선진국에선 말이다) 라면이란 식품이 최고의 인기를 구가한 것은 아마도 2005년 즈음이었던 듯하다. 그해에 라면은 '지상의 간편식품'이라는 스스로의 한계를 깨고 드디어 우주로 진출했으며, 한동안, 그러니까 아직 라면 유해론이 완전한 대세로 자리잡기 전인 2015년 중반까지 우주비행사의 필수 식량 리스트에 당당히 이름을 올릴 정도로 명성을 얻었기 때문이다.

김기수씨 역시 2005년 즈음 생의 전성기를 누렸다. 그때 그는, 비록 대형 서점은 아니지만 꽤 큰 규모의 동네 서점에서 자신의 자서전 출판기념회를 열었으며(자서전 겸 식당 홍보책자였던 그 책의 제목은 『내 영혼의 라면 한 그릇』이었다), 주요 일간지는 아니지만 『식품음료신문』을 비롯한 몇몇 군소 신문사에서 그것을 취재해 가기도 했다. 게다가 그해에 그는 라면이 우주로 진출하는 역사적 장면을 목격하며 기쁨의 눈물을 흘리기까지 했다. 물론 인스턴트 라면이 우주로 진출했는지 어쨌는지 대부분의 사람들은 관심도 없었지만 말이다. 무엇보다도 2005년에 김기수씨는 텔레비전에 출연하는 영광을 얻었다. 어느 조그만 케이블 방송사가 새로 만든(그러나 시청률 부진으로 약 2년 뒤 폐지된) 기인과 달인을 소개하는 프로그램의 빛바랜 화면 속에서, 김기수씨는 라면 그릇을 들고 환하게(조금 다른 각도에서 보면 그저 찡그리고 있는 것처럼 보인다고들 하지만) 웃고 있다.

하지만 지금 그의 자서전인 『내 영혼의 라면 한 그릇』을 구비하고 있는 도서관은 어디에도 없다. 라면이 세상에서 사라질 때, 그 책 역시 똑같은 운명을 겪어야만 했기 때문이다. 도서관에도 없을 정도니 서점엔 당연히 없다. 서점 직원들은 "『내 영혼의 라면 한 그릇』이요? 처음 들어보는군요"라고 말하며 고개를 갸우뚱한다. 그들은 그게 식품에 관한 책인지, 아니면 일종의 요리책인지 되묻고는 도서 검색용 컴퓨터에 다시 한 번 제목을 입력해본다. 혹시 무척이나 열성적인 직원이 있다면, 그가 조용히 서고로 내려가는 것을 볼 수 있으리라. 한참 뒤 그 직원은 먼지가 잔뜩 덮인 책 한 권을 들고 빠르게 걸어온다. "이걸 찾는 건가요?" 그의 손에 들려 있는 것은 그러나, 『내 영혼의 닭고기 수프』인 경우가 태반이다. 하긴, 둘 중 어떤 책이 먼저 나왔고, 어떤 책이 먼저 잊혔는지 따져보는 것조차 불필요하겠지만 말이다. 따라서 만약 정말로 『내 영혼의 라면 한 그릇』이라는 제목의 책을 보고 싶은 사람이 있다면, 그는 서점이나 도서관 대신 차라리 폐지수집상을 방문하는 게 나을 것이다. 운이 좋으면 W시(김기수씨가 말년을 보낸 곳) 인근에 위치한 오래된 폐지수집상 한구석에서 파쇄되길 기다리고 있는 『내 영혼의 라면 한 그릇』을 한 권쯤 찾아낼 수 있을지도 모르기 때문이다. 팔리지 않은 채 출판사(당연히 자비출판 전문 업체를 말한다. 쉽게 말해서, 김기수씨는 그 책을 자기 돈으로 찍어냈던 것이다) 창고에 쌓여 있던 그 수많은 『내 영혼의 라면 한 그릇』들은, 어느 날 회사가 부도로 문을 닫음과 동시에 폐지수집상으로 넘어가는 신세가 됐다. 평소 책이라곤 단 한 줄도 읽지 않던 폐지수집상 주인은, 그러나 겉표지에 먹음직스러운 라면 한 그릇이 선명하게 인쇄된 그 기이한 책에 단번에 매료됐다. 그는 그립고도 아쉬운 마음으로 책들을 바라봤고, 파쇄기에 집어넣기 전 몇 권을 빼서 컨테이너 박스 안에 마련된 휴게실 선반에 진열했다. 나중에 그가 더 이상 폐지수집상 일을 하지 못하게 되자, 그의 아들(이인호, 23세)이 아버지의 일을 물려받았고 휴게실도 새로이 정리했다. 그는 라면 그림이 그려진 화려한 장정의 책 몇 권이 놓여 있던 선반을 치우고 거기에 벽걸이 텔레비전을 달았다. 폐지수집상의 아들이 그 책들을 다시 떠올리게 되는 건 그로부터 시간이 좀 흐른 뒤의 일이 될 것이었다.

W시에서 좀 떨어진 어떤 황량한 공원묘지에 김기수씨의 묘비가 있다. 라면은 사라지고 없지만 여전히 건재한 채 활발히 활동하고 있는 라면동호회 회원들이 해마다 그의 기일이면 이곳에 들러 꽃을 놓고 간다. 사실 그들은 라면을 먹어본 적도 없는 사람들이다. 그들이 태어나기도 전에 라면은 세상에서 자취를 감췄기 때문이다. 하지만 아주 오래전 그 음식을 먹어본 적 있다는 엄청나게 나이 많은 노인(허삼식, 연령 미상)이 동호회의 자문 역할을 해주고 있다. 툭하면 이렇게 중얼거리면서 말이다. "그건 진짜 최고의 음식이었어. 아마 자네들은 상상도 못 하겠지, 그 따뜻한 국물 맛을."

어쨌거나, 그들이 꽃을 두고 간 묘비엔 이런 글귀가 새겨져 있다.

김기수

1957-2013

27년간 오직 라면만 먹은 자, 여기 잠들다

*

라면 유해론은 20세기 후반 서서히 고개를 들기 시작했다. 기름에 튀겨 건조시킨 면과 각종 첨가물이 들어간 수프가 수만 가지 질병을 비롯하여 우울증이나 폭력 같은 심각한 정신질환까지 유발한다는 연구 결과가 줄을 이었으며(신기하게도 그런 문건들의 결론은 하나같이 똑같았는데—라면은 사람을 죽음에 이르게 할 수 있다—그 원초적인 문장은 라면 애호가들만이 아니라 어쩔 수 없이 라면을 먹어야 했던 이들에게도 엄청난 공포를 불러일으켰다) 급기야는 현대사회의 헤아릴 수 없이 많은 문제의 주범으로 라면이 지목되기에 이르렀던 것이다. 당시 경제 전문가들은 "일인당 라면 소비량이 많은 지역일수록 거주자의 월평균소득이 감소한다"는 보고서를 내세워 빈곤의 기저에 라면이 있음을 지적했고, 교육 관계자들은 "어린 시절 라면 소비량과 명문대 진학률은 반비례한다"는 컨설팅 업체의 조사 결과를 바탕으로 학교 주변 3백 미터 이내의 라면 가게를 모두 추방하자는 법안을 발의했다. 가장 상징적인 장면은 텔레비전 뉴스를 통해 보도됐다. 사악한 의도를 가진 게 거의 확실해 보이는 한 이슬람 청년(이븐 바투타, 25세, 출신국 미상)이 모 신문사의 마라톤 대회(종이신문은 이미 지상에서 사라진 지 오래였고 그와 함께 신문사 역시 없어졌지만, 기이하게도 신문사의 이름을 딴 달리기 대회만은 계속 남아서 명성을 누리고 있었다) 며칠 전 인천공항에서 체포됐는데, 그의 가방 속엔 사제 폭탄을 만들려고 한 게 분명해 뵈는 한국산 압력밥솥 하나와 라면 스무 봉지가 꽉꽉 채워져 있었던 것이다. 물론 이븐 바투타는 폭탄을 만들 의도가 없었다고 항변했으며, 라면이 테러리스트들에게 공급할 식량이 아니라고도 말했다. 하지만 그런 그에게 정보국 직원들은, 머나먼(그러나 어딘지는 제대로 알 수 없고, 사실 별로 알고 싶지도 않았던) 엄청나게 가난한 어느 나라의 십대들이 한쪽 어깨에 구소련에서 쓰다 버린 구식 소총을 멘 채, 쓰러져가는 담벼락에 기대어 컵라면을 먹고 있는 영상을 보여주며 자백을 강요했다. 영상을 한참 동안 바라보던 이븐 바투타는 갑자기 고개를 푹 숙이더니 털썩 주저앉았다. 그다음은 어떻게 됐는지 모르지만, 여하튼 그건 온 세계를 놀라게 한 테러 미수 사건이었고, 라면이 악의 온상이 될 수도 있다는 사실을 극명하게 보여주는 증거로 자리 잡았다.

결국 어느 날부턴가 라면은 죄와 타락의 이미지를 지니게 되었다. 대도시를 빠르게 걷던 시민들은 문득 편의점 유리창 너머를 쳐다봤고, 그 안에 쭈그리고 앉아 라면을 먹고 있는 추레한 차림의 사람들을 노려보았다. 어쨌거나 그들은 잠재적인 범죄자였으며(아무 생각 없이 후루룩 마셔버린 국물 속의 유해 물질이 뇌에 침투하여 반사회성과 폭력성을 부추길 게 확실했으니까) 최대 다수의 최대 행복을 해치는 인간들(그러다가 종국엔 각종 성인병에 걸림으로써 공공의료보험의 재정 악화를 앞당기는 데 기여할 것이므로)이었기 때문이다.

물론 이런 분위기에 반론을 제기한 이들이 아주 없었던 것은 아니다. 그들은 "바보야, 문제는 라면이 아니야"라고 말했다. 또한, 만약 정말로 라면이 세상 모든 문제의 원인이라면, 라면이 아직 없던 시절 이 지구 전체를 휘감았던 폭력과 우울의 역사는 무엇을 의미하느냐고도 질문했다. 거기에 합세하여, 얼큰한 국물 맛을 결코 포기할 수 없었던 라면 애호가들과, 개인은 각자 자신이 먹을 음식을 선택할 자유가 있으며 국가는 그런 것에 간섭해선 안 된다고 믿는 약간의 무정부주의자들, 그리고 라면이 아닌 다른 음식은 먹을 엄두조차 내기 힘들었던 일부 청소년들과 독거노인층이 한데 뭉쳐 라면 유해론에 반대하는 기이한 한 팀을 이루었던 것이다(이들이 결속을 다지기 위하여 온라인상에 만들었던 사적 모임이 후일 라면동호회의 근간이 되었음은 두말할 나위도 없다).

여하튼 중요한 것은, 그즈음부터 인류가 무엇을 믿어야 하는가 혹은 무엇을 생각해야 하는가 대신 무엇을 먹어야 하는가에 탐닉하기 시작했다는 사실이다. 사람들은, 만약 누군가가 세상에서 가장 깨끗하고 건강한 음식을 먹는다면 그의 영혼 역시 세상에서 가장 고결할 것임을, 그리고 그의 지능이나 그의 미래, 그 밖의 모든 것 역시 완전무결할 것임을 믿어 의심치 않았다. 덕분에 대형 마트의 식료품 코너가 새로운 명상의 장소로 급부상했는데, 그곳에선 남녀노소를 불문한 각양각색의 인간들이 당근이나 브로콜리 같은 걸 손에 든 채 존재에 대한 한없이 깊은 생각에 빠져들곤 했기 때문이다.

W시 외곽 공원묘지에서 편히 잠자고 있던 김기수씨를 세상으로 다시 불러낸 건, 당연히 라면동호회였다. 소수의 박해받는 무리들이 언제나 그러했듯 라면동호회 회원들의 결속력은 엄청났는데,

그런 끈끈한 유대감과 세상에 대한 투쟁 정신을 끝까지 유지하기 위해선 구심점이 되어줄 (전설적이고도 영웅적인) 인물이 필요하다는 게 제34차 총회에서의 결의 사항이었다. 그리고 혹시 이미 짐작했을지도 모르지만, 그 안건을 처음 발의한 사람은 바로 폐지수집상의 아들이자 후계자인 인호군(君)이었다.

그러니까 그 사연은 다음과 같다. 어느 눈 내리는 겨울 오후, 폐지를 반쯤 실은 트럭을 공터 한구석에 세워둔 뒤 예의 그 컨테이너 박스 휴게실로 들어온 인호군은, 깊은 한숨을 내쉬었다. 그동안 세상엔 수많은 변화가 있었지만(예를 들자면 라면금지법안의 통과 같은 것들. 라면은, 그보다 더 오랜 과거에 아편이나 담배가 겪었던 것과 같은 운명을 맞아야 했다. 이제 라면은 어디에도 없었고, 하다못해 집 뒷마당에 솥을 걸고 면을 튀긴 뒤 직접 만든 가루수프를 넣고 끓여 먹는 행위조차 단속 대상이 되었다) 이상하게도 공무원 시험은 없어지지 않았고, 기이하게도 점점 더 많은 사람이 그 시험에 응시하고 있었다. 인호군 역시 응시자 중 하나였는데, 그날도 합격자 명단에 자신의 이름이 없다는 걸 확인하고 돌아오는 길이었다. 그는 비좁은 컨테이너 박스 안에서 커피믹스를 종이컵에 탔고, 그다음엔 스프링이 망가진 소파에 앉아 텔레비전을 켰다. 아니, 막 켜려는 찰나였다. 밥상으로 쓰는 테이블의 한쪽 다리를 받치고 있는 『내 영혼의 라면 한 그릇』을 발견한 것은 말이다. "평소라면 책엔 눈길도 주지 않았을 겁니다. 너무 바빠서 책 같은 건 읽을 겨를이 없으니까요. 생각해보세요. 낮엔 아버지 대신 폐지를 정리하고 밤엔 시험공부를 하는데 도대체 언제 책을 읽을 수 있겠습니까? 하지만 그날은 좀 달랐어요. 우울한 데다 허기지기까지 했는데, 마침 '책은 마음의 양식'이라는 말이 떠올랐으니 말이에요." 하지만 무엇보다 그를 사로잡은 것은 표지의 라면 사진이었다. 붉은 주황빛을 띠는 국물 속에 꼬불꼬불한 면이 들어 있고, 그 위엔 대파와 계란 노른자가 얹혀 있어서 그런지 색감의 대비마저 뛰어났다. "라면? 라면이라…… 난 오래전 그 용어를 꽤 자주 들어봤단 걸 떠올렸습니다. 하지만 그게 어디선지, 그리고 언제였는지는 잘 기억나지 않더군요. 하지만 무척 오래도록 곰곰이 생각한 끝에, 전 그 단어가 왜 그리도 낯익은 건지 알게 됐어요. 그렇습니다. 그건 바로 저희 아버지에게서 들은 말이었습니다."

인호군의 아버지는 라면 공장의 마지막 직원이었다. 그런데 라면이 세상에서 사라지면서 라면 회사들 역시 대거 문을 닫아야 했을 거라고 생각하지만, 그건 오산이다. (언제나 그렇듯이) 라면 회사들은 새로운 업종으로의 전환에 성공했는데, 그 과정에서 국가의 강력한 지원이 큰 힘이 되었음은 물론이다. 다만 그 와중에 대대적인 구조조정이 있긴 했지만, 그건 일종의 필요악이나 마찬가지였다. 최대 다수의 최대 행복을 위해선 아주 적은 수의 어느 정도의 불행은 불가피한 법이었으니 말이다. 결국 인호군의 아버지는 곧 새로운 업종으로 전환될 공장 앞에서 새로운 일에 종사하게 될 남은 동료들의 배웅을 받으며 터덜터덜 걸어 나와야 했다. 인호군의 아버지가 그 이후 여러 직업을 전전한 뒤 W시 외곽에 정착하기까진 꽤 오랜 시간이 필요했고, 그동안 겪은 고생이야 이루 말할 수 없겠지만(인호군의 어머니가 어린 아들을 남겨두고 조용히 자취를 감춰준 것이 그 구구절절한 사연의 단적인 예라 할 수 있겠다) 그래도 그는 천성이 선량한 사람이었던 듯하다. 인생의 마지막 순간까지, 세상은 너무나 공평하여 열심히 땀 흘려 일하기만 한다면 누구나 보란 듯이 잘살 수 있을 거라는 순수한 신념을 버리지 않았던 걸 보면 말이다. 그래서 그랬던 건지는 몰라도, 인호군의 아버지 역시 라면이 사라지기 직전의 과도기에 길을 걷다가 슬쩍 편의점 안을 들여다보곤 했다. 그리고 그럴 때마다 혀를 끗끗 차면서 옆에 있던 어린 인호군에게 이렇게 말했던 것이다. "대낮부터 라면이나 먹고 있는 한심한 꼴이라니. 우리 젊을 땐 저러지 않았어. 암, 얼마나 부지런했다고."

어쨌든 뒤늦게 모든 걸 기억해낸 인호군은, 이제는 요양원에 누워 멍하니 천장만 바라보고 있는 아버지를 찾아갔다. 그는 아버지에게 『내 영혼의 라면 한 그릇』을 보여주며, 이 책을 기억하느냐고 물었다. 오래전 라면공장에서 일했던 시절을 잊지 못해 가지고 있는 거냐고도 물었고, 혹시 이 책에 나오는 라면 가게 주인 김기수씨에 대해 뭔가 아는 게 있는지도 물었다. 무엇보다도 그는 이렇게 질문했다. "아버지, 라면을 기억하세요? 도대체 어떤 맛이었어요?"

그러면서 그는 책의 중간쯤을 펼쳐 보였는데, 그 페이지엔 이런 문장이 적혀 있었다(사실 인호군은 거기에 밑줄을 두 번이나 그어둔 상태였다).

이런 극한의 추위도/ 라면 한 그릇이면 거뜬히 이겨낼 수 있다.

물론 나중에 인호군은 그 문장이 김기수씨의 순수한 창작이 아니라, 어느 영화의 대사 한마디를 비슷하게 베낀 것임을 알게 됐다(원작 영화에서 극한의 추위를 이기게 해주는 건 닭튀김이었다). 그렇지만 적어도 그가 라면동호회의 가장 열성적인 회원이 된 데에는, 김기수씨의 저 문장이 큰 역할을 했음을 부인할 수 없다. "아버지는 저의 모든 물음에, 그저 천장만 계속 쳐다볼 뿐이었습니다. 다만 제가, 진짜로 라면을 먹으면 저 엄청난 추위를 이겨낼 수 있느냐고 물었을 땐 아주 잠깐 고개를 끄덕였던 것 같기도 하지만요. 실제로 그날은 무척이나 추웠습니다. 밖엔 눈보라가 치고 있었고, 먹어보진 못했지만 정말이지 라면 한 그릇만 있다면 모든 게 다 좋아질 것 같은 그런 날이었어요."

*

김기수씨는 라면만 먹으며 오래 버티기 분야의 기네스북 신기록을 수립할 뻔한 사람이었다. 본인 스스로가 『내 영혼의 라면 한 그릇』에서 그렇게 밝히기도 했지만, 인호군이 인터넷을 뒤져 찾아낸 어느 오래된 신문(한국식음료협회의 기관지 형식으로 일주일에 한 번 발행되던 『식품음료신문』을 말한다)의 부고에도 김기수씨는 그렇게 소개되어 있었다. 인호군은 그 부고를 프린트하여 새로 마련한 스크랩북에 풀로 붙였는데, 그 내용은 대략 이러했다. "한국라면협회 W시 지회 부회장인 김기수씨가 향년 57세로 별세했다. '라면만 먹으며 오래 버티기 분야의 챔피언'으로 기네스북에 오르기 직전 눈을 감아 더욱 주위의 안타까움을 사고 있는 고인은, 라면 가게 주인으로 살아온 생애를 담담히 회고한 책인 『내 영혼의 라면 한 그릇』의 저자이기도 하다."

부고를 읽은 뒤에도 별다른 이유 없이 식품음료신문 홈페이지를 배회하다가, 그 신문에 오래전 연재됐던 '대한민국 식음료 50년사'라는 특별기획 시리즈를 발견하게 된 것에 대해, 인호군은 나중에 이렇게 말했다. "그건 우연이 아니었습니다. 그래요, 필연이었죠. 뭔가에 홀린 듯 클릭을 거듭하다가 결국 그 기사에 도달하게 된 거니까요. 그래서 전, 죽은 김기수씨가 날 그리로 이끌어준 게 아닐까, 그런 생각을 하기도 했어요." 실제로 '대한민국 식음료 50년사'엔, 『내 영혼의 라면 한 그릇』의 저자에 대한 비하인드 스토리가 잔뜩(이라고까진 할 수 없어도 꽤 많이) 실려 있었다. 비록 완벽하게 마무리된 연재도 아니었고, 중반쯤엔 갑자기 중단되더니 그 후엔 황급히 다른 시리즈로 대체된 흔적이 역력했지만 말이다.

사실 인호군은 모르고 있었지만, 그리고 앞으로도 알 길이 없겠지만, 그 연재물은 오래전 식품음료신문에서 일했던 한 신입 기자의 회심의 역작 같은 것이었다. 입사한 뒤 주로 인물 동정란의 부고 기사나 써왔던 그가(김기수씨의 부고 역시 그 신입 기자가 작성한 것이었다. 그리고 이때 그는, 라면만 27년간 먹었다는 분식집 주인에게 강한 호기심을 느끼게 된다) 처음으로 특별기획 시리즈를 하나 맡게 됐을 때 얼마나 의욕에 차 있었을지는 새삼 말할 필요조차 없으리라. 그러나 갓 대학을 졸업한 데다 '펜은 칼보다 강하다'는 둥의 말들이 진짜인 줄 알고 살아온 순진한 젊은이가 '대한민국 식음료 50년사'라는 시리즈를 기획한 편집장의 깊은 속내까지 이해했을 리는 만무하다. 그렇기에, 현대사의 중요한 시기마다 각종 과자와 빵, 밀가루, 혹은 설탕이나 조미료 등을 생산함으로써 국가 경제 발전의 견인차 역할을 해왔다는 주요 식품회사 창업주들의 전기를 연재하고자 했던 최초의 기획 의도는, 신입 기자가 시리즈를 맡은 즈음부터 좀 이상한 방향으로 흘러가버리고 말았다. 어느 날부턴가 거기엔, 편집장이 기대했던 굵직굵직한 역사적 사건의 감동적인 재현 대신, 듣도 보도 못한 식음료계 종사자의 숨은 사연 같은 것들이 실재와 허구의 기묘한 경계선상에서 연재되기 시작했던 것이다. 다행히 정독하는 이가 거의 없던 데다, 하다못해 식음료업계 관계자들마저도 배달받는 즉시 착착 접어서 냄비 받침 따위로나 쓰던 신문이었기에, 그 신입 기자는 꽤 오랫동안 마음대로 글을 쓸 자유를 누렸다. 서너 달쯤 지난 어느 날 문득 궁금해진 편집장이 굳이 그 페이지를 찾아서 펼쳐보기 전까진 말이다. 설탕 대용품 같은 걸 만들어 팔기 시작해서 이제는 한국 경제 전반을 이끄는 위치에까지 오른 어느 회장의 입지전적 스토리가 실려 있어야 할 코너에 난생처음 보는 라면 가게 주인의 얼굴이 게재되어 있는 걸 본 편집장은 미친 듯이 화를 냈다. 그는, 평생 라면만 먹다가 죽은 식당 주인의 얘기 같은 게 왜 '대한민국 식음료 50년사'에서 다뤄져야 하냐며 주먹으로 책상을 내리쳤다. "그게 아니고요, 편집장님. 전 그저 알고 싶었을 뿐입니다. 라면만 27년간 먹었다는 한 사람의 진실 말이에요. 하긴, 그 이야기 자체만으로도 식음료 사반세기사 정도는 충분하지 않을까 생각하기도 했고……." 그러나 기자는 더 이상 해명을 계속하지 못했다. 편집장이 재떨이를 집어 던지며 나가라고 소릴 질렀기 때문이다. 결국 그 신입 기자는 쫓겨났는데, 그가 맡았던 '대한민국 식음료 50년사' 역시 중단된 뒤 완전히 다른 방향으로 개편되어 새로이 연재되었음은 물론이다.

여하튼 인호군은, 그 오래된 기사들(시리즈 중 김기수씨를 다룬 부분은 총 3회에 해당했다. 편집장 때문에 실리지 못했던 마지막 원고가 하나 더 있다는 걸, 그는 한참 뒤에나 알게 된다)을 프린트한 뒤 잘 정리했고, 그런 다음엔 스크랩북에 하나하나 꼼꼼하게 붙였다. 그리고 모든 준비가 끝나자 라면동호회 제34차 총회가 열리는 비밀의 장소(라고 하기엔 좀 평범한 대로변 지하의 술집이었지만)를 향해 출발했다.

스크랩 1. 기네스북 월드레코드

믿어지지 않는 사실이지만 김기수씨는 정확히 30세가 되던 해 가을부터 라면만을 먹기 시작했다. 즉, 그가 시장 안쪽 골목에 처음으로 분식집을 내던 1986년부터였는데, 증언에 의하면 죽기 직전 마지막으로 했던 식사 역시 계란과 파를 듬뿍 넣어 끓인 라면이었으니, 김기수씨가 라면만 먹으며 버텨온 세월은 장장 27년에 달한다는 어마어마한 계산이 나오는 것이다. 물론 그가 그동안 정말 라면으로만 하루 세끼를 해결했는지를 확인할 길은 없다. 왜냐하면 그는 자신의 독특한 식생활을 증명할 만한 어떠한 객관적인 자료도 남기지 못했기 때문이다.

그런 연유로, 라면만 먹으며 오래 버티기 부문의 신기록 갱신 여부 조사를 위해 현장을 찾았던 기네스북 한국 지부 심사위원은, 어두운 표정으로 고개를 가로저으며 분식집 문을 나서야 했다고 한다. 그에 의하면, 김기수씨가 27년간 라면만 먹으며 살아왔다는 증거로 내놓은 건 스물일곱 권의 금전출납부뿐이었다. 김기수씨는, 검은 양복 차림에 구형 디지털카메라를 목에 건 심사위원 앞에서 그 낡고 오래된 금전출납부를 한 장씩 넘겨 보였다. 그러면서 자신이 거기에 하루의 매상 및 지출과 함께 매일의 식사 내역과 그에 따른 간략한 소감을 꼼꼼히 기록해왔음을 강력하게 주장했다는 것이다. "이 정도 자료로는 신기록 인증이 힘들겠군요"라며 심사위원이 난색을 표명하자, 김기수씨가 더욱 비장한 표정을 지으며 내놓은 것은 한 권의 책이었다. 겉표지에 계란과 파가 듬뿍 얹힌 라면 사진이 조악하리만치 선명하게 인쇄되어 있는 그 책의 제목은 『내 영혼의 라면 한 그릇』이었다. 그는 수줍게 웃으며 그게 얼마 전 출간한 자신의 자서전이라고 했고, 그중 일부를 꼭 읽어주고 싶다고도 했다. 그걸 들으면 자기가 정말로 27년간 라면만을 먹어왔다는 걸 믿지 않을 수 없을 거라며 자신 있는 표정을 짓기도 했다는 것이다. "그럼, 한번 들어보시겠습니까?" 라면 가게 주인은 목소리를 가다듬더니 큰 소리로 읽기 시작했다.

"언젠가 구청 문화 강좌에서 들은 적이 있는데, 옛날에 융이라는 유명한 사람이 살았다고 한다. 그분은 아무튼 무척 훌륭한 교수였다는데, 만약 두 가지 일이 우연히 동시에 일어난다면 거기엔 분명 우리가 알 수 없는 어떤 운명적 관계가 놓여 있다는 사실을 증명하는 데 성공했다는 거다. 그때 강의를 들으며, 난 기쁨에 겨워 무릎을 쳤다. 얼마나 세게 쳤는지, 그 소리에 강사가 깜짝 놀라 내 쪽을 쳐다봤을 정도였다. 그렇다. 그날 나는, 내가 왜 어릴 때부터 라면을 그리도 많이 먹어야 했는지(밥보다 라면을 먹은 날이 훨씬 많았다),

어른이 되어서는 왜 라면 가게를 차렸어야만 했는지, 그리고 무엇보다 지금은 왜 이렇게 열심히, 라면만 먹으며 오래 버티기 분야의 신기록 수립을 위해 노력하고 있는지를 깨닫게 되었던 것이다. 그건 바로, 내가 1957년 8월 25일에 태어났기 때문이었다."

여기까지 듣던 심사위원이, 1957년 8월 25일이 대체 무슨 날이냐고 묻자, 김기수씨는 자랑스럽게 대답했다. "정말 모르십니까? 그날 일본에선 인스턴트 라면이 처음 만들어졌습니다. 그리고 신기하게도 한국에선 제가 태어났지요." 그러면서 김기수씨는, 도대체 여기에 왜 다른 증거들이 필요한 건지 모르겠다며 언성을 높이기까지 했다는 것이다.

"어쨌든, 일단 런던에 있는 기네스북 본사에 문의해봐야 한다고 말해줬는데, 어찌나 실망스런 표정을 짓던지 제 가슴이 다 아파오더군요." 이렇게 말하며 심사위원은 정말로 슬프다는 듯 깊은 한숨을 내쉬었다. "라면 가게에 다녀온 당일 저녁 저는 밤늦게까지 사무실에 앉아 메일을 썼습니다. 카메라로 찍어 온 금전출납부 사진을 일일이 첨부했고, 이런 경우 라면만 먹으며 오래 버티기 분야의 신기록 인정이 가능한지 문의했지요. 물론 김기수씨가 태어난 날짜가 1957년 8월 25일이고, 그래서 그게 그의 운명이라는 둥, 뭐 그런 얘기들은 당연히 하지 않았어요. 해봤자 비웃음만 살 테니까요. 답변이요? 아직 오지 않았습니다. 아무래도 이런 분야는 그리 인기 있는 게 아니거든요. 도대체 요즘 세상에 누가 라면 같은 거에 관심을 가지겠습니까? 게다가 김기수씨에겐 강력한 라이벌도 있었습니다. 그쪽은 비록 김기수씨보다 한 달 늦게 라면을 먹기 시작했지만, 객관적인 증거 자료 비슷한 걸 가지고 있었죠(그는 경쟁자인 H군(郡)의 박모 노인이 내놓은 것은 동네 가게에서 26년 11개월간 라면을 구입해온 영수증 묶음이라는 사실도 알려줬다). 실은 이런 식의 신기록에 대한 조사가 우리에겐 가장 까다로운 작업입니다. 가령 세상에서 손톱이 가장 긴 사람이라든가 한 번에 햄버거를 가장 많이 먹은 사람 같은 항목은 그 자리에서 바로 확인이 가능하거든요. 하지만 신청자 본인이 수년간 혹은 수십 년간 지속적으로 뭔가를 해왔다고 주장하는 경우엔 난감하기 그지없어요. 증거랍시고 보여주는 자료들도 부실하기 짝이 없어서, 믿을 수도 없고 믿지 않을 수도 없는 딜레마에 빠져든다고나 할까요. 박모 노인만 해도, 그 영수증 묶음이 하루 세끼 라면만 먹었다는 결론으로 곧바로 이어질 순 없는 거거든요. 결국 이런 케이스엔 심사위원인 우리의 주관적 판단이 십분 개입하게 됩니다. 어쨌거나 본사의 답변을 기다리는 도중에 주인공이 세상을 떠나다니, 정말 안타까운 일입니다. 지금 당장 확답이 온다 해도, 김기수씨가 이 세상 사람이 아닌 이상 타이틀은 자동적으로 라이벌에게 넘어갈 수밖에 없을 테니 말이에요." 기네스북 한국 지부 심사위원이라는 남자는 이렇게 말하며 어깨를 으쓱했고, 그런 다음엔 신기록 신청자는 점점 늘어나는데 직원은 여전히 자기 혼자라는 둥 묻지도 않은 말을 덧붙였다. "하긴,

요즘엔 어디나 다 그렇겠지만요." 그러면서 그는 비좁고 지저분한 데다 각종 서류더미로 뒤덮인 사무실을 둘러봤다. 마지막으로 심사위원은, 김기수씨가 27년간 라면만 먹어온 이유가 뭐라고 생각하느냐는 질문엔 지극히 사무적인 말투로 대답했다. "그거야 당연한 거 아닙니까? 김기수씨도 여기 기록되고 싶었겠지요. 기네스북 월드레코드사에서 매년 발행되는 8백 쪽짜리 책 어딘가에 공식적으로 이름이 실리는 사람들이 어디 흔하다고 생각하십니까?"

(사실, 이 기사를 스크랩하며 인호군은 잠시 고민했다. 그가 조사한 바로는, 실제로 인스턴트 라면이 처음 만들어진 날은 김기수씨가 알고 있던 1957년 8월 25일이 아니라 그다음 해인 1958년 8월 25일이었기 때문이다. 그날 일본의 이케다라는 소도시에서, 안도 모모후쿠가 인스턴트 라면을 발명했다는 것이다. 하지만 결국 그는 김기수씨의 착각에 대해 조용히 넘어가기로 한다. "중요한 건 실제로 27년간 라면을 먹었다는 사실 아닌가요? 그게 본질이니까요. 나머지는 뭐, 상관없다고 생각했습니다.")

스크랩 2. 세상의 모든 영수증

김기수씨와 그 라이벌인 박모 노인이 2005년 〈세상에 저런 일도〉라는 프로그램에 동반 출연했다는 사실을 아는 사람은 그리 많지 않았다. 당시 우후죽순처럼 생겨난 흥미 위주의 다큐멘터리 중 하나였던 그 프로그램에서, 박모 노인과 김기수씨는 제35회 방송의 전반부에 해당하는 '미원 없인 못 사는 할머니'와 그에 이어진 기나긴 보험 광고 끝에 겨우 얼굴을 내밀고 있었다.

어쨌든 거기서 리포터는, 어색한 표정으로 카메라를 응시하던 두 사람에게 다음과 같은 질문을 던졌다. "그런데 하루 세끼 라면만 드시는 특별한 이유라도 있습니까?" 먼저 대답한 사람은 박모 노인이었다. 그는 한동안 먼 하늘을 쳐다보더니 한숨을 한 번 내쉬고는 입을 열었다. "어느 날 갑자기 밥을 못 먹게 됐어. 아마 1986년 가을이었을 거야. 그래, 맞아. 아시안게임 어쩌고 하던 때니까, 확실해. 저녁 아홉시 뉴스를 봤는데, 이상하게도 그때부터 밥이라곤 한 숟갈도 못 뜨게 됐지." 그런 증세가 그날 본 뉴스 내용과 관계가 있느냐는 리포터의 질문에 노인은 또 한동안 생각에 잠기더니 대답했다. "나도 잘 몰라. 그게 그러니까…… 우루과이에서 무슨 협상이 시작된다는 뉴스였는데, 내가 우루과이가 어딘지 아나? 하여튼 죽을병이라도 걸렸나 싶어 병원엘 가도 아무 이상 없다고만 하니 답답할 따름이었지. 가을이라 추수도 해야 하는데 그러고 몸져 누워만 있으니까 보다 못한 마누라가 읍내에 가서 라면을 사 왔어. 거 왜, 옛날엔 그걸 다들 삼천만의 영양식이라고 했잖아. 허, 그런데 신기하게도 냄비에 든 라면을 보니 입맛이 돌더라고. 그날, 앉은 자리에서 한 그릇 다 먹고 국물까지 후루룩 마셨지. 그런 다음엔 털고 일어나서 추수도 무사히 마쳤고. 그래, 그때부터였어. 라면만 먹기 시작한 게 말이야." 그러면서 노인은 마당 뒤편의 창고로 리포터를 데리고 갔다. 문이 열리자, 창고 한쪽 구석을 가득 채우고 있는 라면 박스들이 보였다. "할아버지, 이 정도면 전쟁이 나도 걱정 없겠는데요?" 리포터의 호들갑스러운 질문에 박모 노인은 뿌듯한 표정으로 고개를 끄덕였다. 몇 년 전 겨울 폭설이 내린 적이 있는데 그때 읍내에 나갈 수 없어서 라면을 구하느라 고생했다는 얘길 덧붙이며 눈시울을 붉히기도 했다.

하지만 그 방송에서도 김기수씨는 한결같은 대답을 하고 있었다. "하늘을 나는 새에게 왜 날아가느냐고 물어보십시오. 뭐라고 답하겠습니까? 저 역시 마찬가지입니다. 라면을 왜 먹느냐고 묻는다면, 그저 제 운명이라고 할 수밖에요. 그리고 무엇보다도 라면은 맛도 좋은 데다 몸에도 좋습니다. 게다가 조리가 간편하여 시간을 절약할 수도 있지요. 따라서 저는, 라면이야말로 바쁜 현대인에게 가장 어울리는 음식이며, 앞으로 다가올 미래에도 필수적인 식량이 될 거라 믿어 의심치 않습니다." 그러면서 그는 김이 펄펄 나는 라면 그릇을 두 손으로 들어 보이며 활짝 웃는 것이었다.

(원래 『식품음료신문』의 신입 기자는 여기에 이런 문장들을 덧붙였었다. "문득 휴대폰 벨이 울렸다. 잠깐 일시정지 버튼을 누르고—그때 난 인터넷에서 겨우 찾아낸 김기수씨와 박모 노인의 영상을 시청 중이었는데—전화를 받으며 보니, 그렇게 정지된 화면 속에선 라면 가게 주인의 얼굴이 좀 달라 보였다. 뭐랄까. 찡그린 것 같다고나 할까. 나는 그 정지 화면을 아주 오래도록 들여다본 뒤 다시 재생 버튼을 눌렀다." 하지만 그는

원고를 보내기 전 그 부분을 삭제했다. 그는 기자였지 소설가가 아니었기 때문이다)

결국 라면만 먹으며 오래 버티기 부문의 신기록 타이틀은 박모 노인에게 돌아갔다. 김기수씨가 죽은 뒤로도 매일 삼시 세끼 라면만 먹은 데다, 영수증 역시 꾸준히 모았기 때문이다. 천수를 누린 노인이 죽기 얼마 전, 이제는 좀 늙어버린 기네스북 한국 지부 심사위원이 여전히 그 오래된 디지털카메라를 목에 건 채 그의 집으로 찾아왔다. 심사위원의 손엔 신기록 인증서와 그해 발행된 856쪽짜리 기네스북 한 권이 들려 있었다. 노인은 감개무량한 표정으로 책 623쪽에 실린 자신의 이름을 쓰다듬었다. "이러려고 한 일은 아니었는데……"라고 말할 땐 목이 메기까지 했다. 나중에 밝혀진 사실이지만, 노인이 영수증을 모은 것은 기네스북 도전을 위한 게 아니었다. "장인어른은 원래 그렇게 꼼꼼한 분이셨습니다. 이걸 보세요." 장례식장에서 박모 노인의 맏사위는 울먹이며 말했다. 그가 내놓은 것은, 노인이 살아생전에 목숨처럼 아꼈다는 커다란 마분지 상자였다. 그 안을 들여다본 사람들은 모두 "아!" 하고 탄성을 질렀다. 거기엔 노인이 팔십 평생 모아온 각종 영수증이 연도별, 용도별, 발행처별, 계절별로 깔끔하게 정리되어 있었던 것이다. 상주 노릇을 하고 있던 사위는, 그의 장인이 아주 오래전 어느 날 영수증을 잃어버려서 수도 요금을 두 번 낸 뒤로 이렇게 모든 영수증을 모으는 버릇이 생겼다며 다시 한 번 눈물을 흘렸고, 그런 다음 상자를 조심스레 관 옆에 내려놓았다.

스크랩 3. 내 영혼의 라면 한 그릇

어느 교수 겸 방송인이 진행하는 텔레비전 토크쇼에 출연하지만 않았어도 김기수씨가 그런 선택을 하진 않았을 거라는 게, 당시 그를 아는 사람들의 전반적인 의견이었다. 그는 과량의 수면제를 라면에 녹여 먹은 뒤 잠자듯 숨을 거뒀다. 경찰은 김기수씨의 죽음을 자살이라고 결론지었으나, 오랜 세월을 함께했던 주방 보조이자 라면 가게의 유일한 종업원이었던 허삼식은 그가 결코 그런 선택을 할 사람이 아니라고 끝까지 주장했다. 다만, 너무 피곤해서 한숨 푹 자려다가 그만 실수로 치사량의 약을 먹은 게 확실하다는 것이었다. 그 말을 들은 또 다른 지인들은, 하긴 산전수전 다 겪은 김기수씨가 겨우 그깟 일(방송 출연 당시 겪은 일) 하나 때문에 수면제를 삼켰을 리가 없다며 고개를 끄덕이기도 했다.

어쨌거나 결국 진실은 밝혀지지 않았고, 김기수씨는 빠르게 잊혔다. 사실 지방 소도시 라면 가게 주인이 어떤 이유로 죽었는가는 그리 중요한 문제가 아니었으니 당연한 결과이기도 했지만 말이다. 주인이 갑자기 죽어버린 뒤 텅 비어 있던 라면 가게는, 그로부터 몇 년 후 재래시장이 현대적인 종합쇼핑몰로 재개발될 때 헐리는 수순을 맞이했다. 일설에 의하면 그날, 그러니까 그 오래된 단층 건물을 철거하기 위해 안전모를 쓴 사람들이 나왔던 날, 멀리서 누군가가 "안 돼, 잠깐만!"이라고 외치며 허겁지겁 달려왔다는 것이다. 그들은 그가 이런 일에 흔히 따라붙는 철거 반대 시위자라고 생각했고, 당연히 길을 막아섰다. 하지만 막상 마주하고 보니 그는 시위대치곤 너무 나이가 많아 보였고 무엇보다도 혼자인 게 확실했다. 주변에서 팔짱을 끼고 그 사태를 지켜본 몇몇 시장 상인들에 의하면, 뒤늦게 나타나 "제발 들어가게 해주시오"라고 애원한 그 남자는 예전의 주방 보조 허삼식이었다. 얼굴이 확실히 기억나진 않지만, 어쨌든 그렇게 보였다는 것이다. 결국 그 늙어버린 주방 보조는 아주 잠깐 동안 철거 직전의 라면 가게에 진입하는 데 성공했다. 그는 전기가 끊긴 지 오래되어 대낮에도 어두컴컴한 식당 안에서 망연자실한 듯 서 있었고, 그런 다음엔 녹슨 철제 의자와 테이블 다리를 손으로 쓸어봤으며, 마지막으로 먼지가 뽀얗게 덮인 카운터로 천천히 다가갔다고 한다. 그러고는 그때까지도 거기 쌓여 있던 스물일곱 권의 금전출납부와 표지가 다 닳아버린 『내 영혼의 라면 한 그릇』을 챙겨, 들고 온 마분지 상자에 소중히 담더라는 것이다. 이후는 목격자들의 증언이 좀 엇갈리는데, 어떤 이들은 그가 철거반원들에게 "그럼, 수고들 하시오"라는 인사를 남기고 처음과는 반대 방향으로 걸어갔다고 했고, 또 어떤 이들은 그가 별다른 인사 없이 눈이 부신 듯 얼굴을 찡그리며 원래 나타났던 방향으로 사라졌다고 주장했다.

다시 토크쇼 얘기로 돌아가자면, 원래 식품영양학을 전공한 모 대학 겸임 교수였던 그 방송인은 2000년대 들어 급증한 식생활 관련 프로그램에 잠깐씩 얼굴을 내밀며 이름을 알리기 시작했다. 처음엔 약간의 학술적인 멘트만을 남긴 뒤 금세 화면에서 사라지던 그가 유명세를 타기 시작한 건, 한 종합편성채널이 주도하던 라면 추방운동에 동참하면서부터였다. 거기서 그는 피디와 함께 라면의 주 소비층이 몰려 있다는 도시 빈민가를 매주 탐사했다. 거의 모든 방송에서 언제나 똑같은 결론을 유도해냈음에도 불구하고(프로그램 말미에서 그가 맡은 역할은, 카메라를 정면으로 노려보며 엄숙하고도 걱정스러운 목소리로 이렇게 말하는 것이었다. "명심하십시오. 라면은 당신을 죽음에 이르게 할 수도 있습니다.") 그 탐사고발 프로그램은 회를 거듭할수록 인기를 더해갔다. 하긴, 확실히 그 방송은 시청자들의 마음을 편안하게 해주는 구석이 있었는데, 만약 라면만 없어진다면 세상의 모든 문제도 다 사라질 거라는 희망 섞인 믿음을 매회 심어주는 데 성공했기 때문이다.

어쨌든, 그런 식으로 유명해진 식품영양학자 겸 방송인은 나중에 모 방송사의 식생활 집중 토크쇼의 단독 진행자가 되었는데, 김기수씨는 죽기 얼마 전 바로 그 쇼의 첫번째 게스트로 출연했던 것이다. 그런데 생애 두번째 텔레비전 출연을 앞두고 잔뜩 흥분해 있던 라면 가게 주인은, 방송국 정문을 들어설 때까지만 해도 자신에게 닥쳐올 비극적인 미래를 전혀 예상하지 못하고 있었던 듯하다.

한껏 멋을 낸 차림으로 대기석에 앉아 있던 그의 표정이 꽤나 상기돼 있더라는, 당시 방청객들의 증언 같은 걸 종합해보면 말이다. 하지만 막상 녹화가 시작되었을 때, 진행자는 날카롭고 비판적이면서도 단호하기 그지없는 질문을 연달아 던져댔고(아직까지 남아 있는 동영상을 보면 그렇다는 뜻이다) 그 앞에서 김기수씨는 그저 이마의 땀만 닦으며 무릎에 놓인 『내 영혼의 라면 한 그릇』을 접었다 폈다 할 뿐이었다(결국 방송이 끝나갈 즈음, 그 책의 표지는 완전히 닳아버리고 만다).

여기서 라면 유해론자였던 교수 겸 방송인과 27년간 라면만 먹으며 살아온 분식집 주인이 어떤 대화를 나눴는가는 사실 그리 중요하지 않다. 다만 마지막 장면에서 김기수씨가 약간 비틀거리며 자리에서 일어섰다는 것, 그런 다음 방송 내내 만지작거리던 자신의 유일무이한 저서를 옆구리에 낀 채 스태프와 청중 사이로 천천히 걸어 나가더라는 것 정도만 밝혀두면 되지 않을까.

*

편집장에게 해고된 신입 기자는 오랜 뒤에, 독특한 시각으로 지방의 숨겨진 역사를 재조명한 저서 『W시 3부작』으로 이름을 알렸다. 유명해진 건 아니었지만 그나마 학계의 비주류로 자리 잡는 데 성공하긴 했다는 거다. 그는 네번째 책을 쓰기 위하여 당시에 사회 문제화되어 있던 라면동호회를 조사하기로 마음먹었다. 무엇보다도 그 기이한 지하조직(그들이 집 뒷마당이나 베란다 한구석에 검은 무쇠솥을 걸고 직접 라면을 제조해 먹는다는 흉흉한 소문은 이제 공공연한 비밀이나 마찬가지였다. "이런 극한의 추위도 라면 한 그릇이면 거뜬히 이겨낼 수 있다"가 그 조직의 모토라고 했는데, 또 어떤 이들은 김기수씨가 자서전의 맨 마지막에 썼던 말인 "나는 끓였고 사람들은 먹었다"가 그들의 진짜 모토라고 우기기도 했다. 여하튼 워낙에 베일에 싸인 조직이다 보니 뭐 하나 제대로 알려진 것은 없었다. 그럼에도 스스로 라면을 만들어 먹자는 반정부적이고 위험한 발상은 들불처럼 번져나갔고, 이젠 사회의 어떤 징후 같은 게 되어 있었던 것이다)의 리더가 W시 출신이라는 풍문이 전직 기자인 향토사학자의 마음을 끌었다.

그는 점조직으로 되어 있다는 라면동호회에 천신만고 끝에 가입했고, 그다음엔 엄청나게 열심히 활동함으로써 운영진에게 접근하는 데 성공했다. 그리고 자신만의 비밀(그건 바로 연재가 중단되어 싣지 못했던, '대한민국 식음료 50년사'의 마지막 원고였다)을 내어주겠다고 약속함으로써 조직의 리더가 된 인호군을 만나는 데 성공했다. 그 둘은 인호군이 여전히 거주하고 있던 W시 외곽의 컨테이너 박스(그의 아버지는 이제 세상에 없다고 했다. 그는 공무원시험 같은 건 애당초 포기했다며 피식 웃었으나 테이블엔 아직도 각종 문제집들이 쌓여 있었다)에서 만남을 가졌다. 여러 가지 이야기 끝에, 그 향토사학자는 이렇게 물었다. "당신들은 왜 하필이면 김기수씨를 동호회의 구심점으로 택했습니까? 실제로 신기록을 수립한 사람은 박모 노인인데 말입니다." 그러자 인호군은 사학자에게 커피믹스를 탄 종이컵을 내밀며 말했다. "우리 역시 처음엔 많은 논쟁을 벌였습니다. 김기수씨로 하느냐, 박모 노인으로 하느냐를 두고 말이에요. 개중엔 그런 영웅적이고 전설적인 인물이 굳이 왜 필요하냐며 아예 반대한 사람도 있었고요. 그런데 말입니다, 죽은 김기수씨에겐 박모 노인에겐 없는 뭔가가 있었습니다. 라면이 곧 운명인 자 특유의 그 느낌…… 그걸 뭐라고 해야 할진 잘 모르겠지만, 여하튼 우리에겐 바로 그런 이미지가 필요했던 겁니다. 아시겠어요?" 그러면서 인호군이 꺼내 보여준 것은, 사람의 얼굴이 그려진 흰색 티셔츠였다. "김기수씨의 캐리커처예요. 앞으로 라면동호회의 트레이드마크가 될 겁니다. 어떻습니까, 원한다면 한 장 드릴 수도 있어요." 향토사학자는 그 티셔츠의 프린트를 의아하다는 듯 한참 동안 들여다봤다. 그가 알고 있던 자서전 표지 안쪽의 사진과는 많이 달랐기 때문이다. "이건……?" "그래요, 사실 그건 우리 동호회 멤버 중 하나의 얼굴이에요. 아무래도 실제 사진보단 이쪽이 훨씬 잘 어울리니까요. 하지만 그게 또 뭔 상관입니까? 중요한 건 김기수씨가 라면만 27년간 먹은, 그야말로 진정한 영웅이라는 사실 아니겠어요?"

취재가 끝난 뒤 향토사학자는 차를 몰고 집으로 돌아왔다. 신발을 벗고 자동차 열쇠를 탁자에 올려놓은 다음에야 그는, 인호군에게 약속한 원고를 건네주지 않았음을 깨달았다. 그것은 아주 오래전 김기수씨의 젊은 시절을 기억하고 있다는 한 만두 가게 노인과의 인터뷰를 기록한 글이었는데, 당시 그는 특히나 다음과 같이 끝낸 마지막 문단에 애착을 가졌었다(사실 그 문단이 너무 마음에 들어, 연재가 중단된 것을 더욱 슬퍼했던 건지도 모른다).

그러면서도 노인은 연신 찜통에서 만두를 꺼내 유리장 앞에 진열하고 있었다. 나는 김기수씨가 죽었다는 말을 차마 하지 못한 채 만두를 먹었고, 마지막으로 물을 마시며 넌지시 물었다. "예전에 김기수씨가 여기서 장사를 할 때, 하루도 거르지 않고 세끼 라면만 먹었다고 하더라고요. 도대체 왜 그랬던 건지, 혹시 짐작 가는 이유 같은 건 없으세요?" 거대한 밀대로 반죽을 밀던 노인은 의아하다는 듯 나를 쳐다봤다. "이유? 아니, 그거야 당연한 거잖아. 라면 가게를 하니까 하루 세끼 라면만 먹은 거지. 난 지금도 하루 세끼 만두만 먹는다고." 그러면서 노인은 별 싱거운 사람 다 보겠다는 듯 혀를 찼다. 만두값을 치른 뒤 가게 밖으로 나온 나는 어두침침한 시장 골목을 천천히 걸었다. 그러다가 문득 뒤를 돌아보니, 찜통에선 여전히 구름 같은 연기가 피어오르고 있었다.

결국 그는 뒷주머니에 꽂고 있던 그 종이 뭉치를 책상 아래 둔 마분지 상자에 집어넣고 뚜껑을 닫았다. 인호군에게 다시 연락을 해서 약속했던 원고를 주겠다고 말할까도 생각했지만, 곧 머리를 흔들었다. 굳이 그럴 필요까진 없을 것 같았기 때문이다.

그 이후 향토사학자는 인호군의 소식을 듣지 못했다. 라면동호회 본부(알고 보니 그 컨테이너 박스였다)가 경찰의 급습을 받아 와해됐다는 말도 있었지만, 사실 여부는 확인할 수 없었다. 어쨌든 거기서 경찰은 몇 개의 솥과 식용유 두 통, 그리고 밀가루 서너 포대 등을 증거물로 압수했다고 한다. 그렇다고 해서 라면이 사라졌느냐 하면, 그건 절대 아니었다. 라면은 그 후로도 언제까지나 명맥을 이어갔고(지금도 여전히 비가 추적추적 내리는 춥고 을씨년스러운 날이면 어딘가에서 라면 끓이는 냄새가 지표를 뚫고 피어올라 지나가는 이의 마음을 흔들어놓고 있지 않은가) 김기수씨의 기일엔 매년 꽃이 놓였다. 물론 어쩌다가 간혹 놓이지 않는 해도 있었지만 말이다.

2098 스페이스 오디세이

한때는 강원 영서 지방의 중심지였지만 이제는 쇠락한 W시 외곽에 정체를 알 수 없는 거대한 콘크리트 건물이 하나 서 있다는 것은, 도시의 토박이라면 누구나 알고 있는 사실이었다. 그러나 폐쇄된 지 오래된 그 건물의 녹슨 철문 앞에 붙어 있는 낡은 명패에 어떤 글씨가 적혀 있는지 주의 깊게 살펴보는 사람은 아무도 없었다. 하긴 간혹 그 길가를 지나는 누군가가 명패의 글씨를 자세히 읽어 본다 해도, 거기 새겨진 '에드워드 김 생명공학연구소'라는 글자들의 정확한 내력을 완전히 알아내긴 힘들었을 테지만 말이다. 그게 뭔지 궁금한 이들은, 좀 멀더라도 시내 중심가에 있는 시청 역사 자료실까지 찾아가거나 아니면 인근에 살고 있는 엄청나게 나이 많은 노인들을 붙들고 여러 가지 질문을 던져야만 했는데, 그나마 그렇게 알아낸 정보들도 불확실하고 불명확하긴 매한가지였다.

나중에 이곳을 방문한 내셔널지오그래픽TV의 다큐멘터리 스태프들은 잠시 할 말을 잃고 멍하니 서 있었다. 인류의 운명을 완전히 뒤바꿔버린 한 천재 과학자의 연구소가 그야말로 폐허와 다름없는 상태로 방치돼 있는 걸 목격했기 때문이었다. 어쨌든, 한국어 통역과 함께 그들은 인근 여기저기를 돌아다녔다. 꽤 멀리 떨어진 마을까지 차를 몰고 나가 인터뷰를 진행하기도 했는데 그러면서 눈에 띄는 모든 황량한 풍경들을 열심히 카메라에 담았다. 저녁이 되기도 전에 스태프들은 짐을 챙겼다. 찍을 게 별로 없던 터라 촬영 일정이 앞당겨진 탓이었다. 짐을 모두 실은 다음, 마지막으로 그들 중 한 명이 뒤를 돌아봤다. 아마 끝까지 카메라를 내려놓지 않고 있던 VJ였을지도 모른다. 여하튼, 거기 아무도 없다는 걸 새삼 확인한 후, 그는 눈을 감았다. 곧이어 차가 출발했다.

*

"그들이 도착한 곳은 거대한 행성이었다. 일찍이 이렇게나 크고 황량하며 회색인 구체는 아무도 본 적이 없었다."

2000년 6월 26일 워싱턴은 매우 더웠다. 지금까지 남아 있는 기상 기록들이 그렇게 말해주고 있다. 그렇지만, 백악관 안쪽 깊숙한 곳에 자리잡은 이스트룸은 덥지 않았다. 오히려 추울 정도로 냉방이 잘되어 있었다. 그곳으로 아침부터 중요한 인물들이 구름처럼 몰려들었는데, 당연히 거기서 가장 유명한 이는 대통령인 클린턴이었을 것이다. 그러나 그날만큼은 그가 주인공이 아니었다. 『타임』지에서 나온 기자들조차도 대통령 대신 그 옆에 서 있는 과학자들의 사진을 찍어대느라 여념이 없었기 때문이다. 게다가 귀빈석의 맨 앞줄엔 제임스 왓슨이 앉아 있기까지 했다. 1953년 옥스퍼드에서 DNA의 이중나선구조를 처음으로 발견했던 바로 그 제임스 왓슨 말이다. 벽에 걸려 있는 대형 플라스마 스크린은 영국 총리를 비추고 있었다. 내심으론 대양을 건너와서라도 이 역사적인 자리에 같이 서 있고 싶었을 게 확실한 블레어 총리는, 다우닝가(街)에서 좀 어색한 표정으로 웃고 있었다.

나중에 사가(史家)들은 서기 2000년 6월 26일을 인류 역사상 두 번째로 중요한 날로 꼽기를 주저하지 않았다. 그날 인류가, '인간 게놈 프로젝트'라는 엄청나게 위대하고도 대단한 과학적 업적의 완성을 목도하는 행운을 누릴 수 있었기 때문이다. 그때 처음으로 인간은 자기 자신을 이루는 유전자와 염색체의 구조를 완전히 알게 되었는데, 게놈이란 바로 그 모든 걸 담고 있는 지도와 같은 것이었다. 클린턴은 감동적인 연설을 했다.

"오늘 전 세계가 우리와 함께 더할 나위 없이 중요한 지도를 바라보고 있습니다. 우리는 인간 게놈 프로젝트가 완료된 것을 축하

하기 위해 이 자리에 모였습니다. 이것은 인류가 지금까지 만든 모든 지도 가운데 가장 중요하고 경이로운 것입니다." 그러면서 그가 자기 뒤에 있는 스크린을 가리키자, DNA 염기 서열을 나타내는 네 개의 문자인 A, T, G, C가 무한하게 펼쳐지며 인간이라는 생물 종(種)의 거대한 설계도를 그리기 시작했다. 동시에 웅장한 음악이 울려 퍼지자 사람들은 모두 기립하여 박수를 쳤고, 일부는 눈물을 흘리기까지 했다.

참고로 말하자면, 인류 역사에서 첫번째로 중요한 날이 언제인가에 대하여는 워낙 이견이 분분했다. 어떤 사람들은 그게 인간이 달에 처음 발을 디딘 날이라고 우겼고, 또 어떤 이들은 소비에트연방이 해체된 날이 아니겠느냐고 되물었다. 지동설을 주장한 코페르니쿠스가 태어난 날, 혹은 다른 행성으로의 이주가 시작된 날 등등 각양각색의 날들이 후보로 올랐지만 끝내 의견의 일치는 이루어지지 않았다.

어찌 됐든, 행사가 끝난 다음엔, 그런 자리에선 으레 그러하듯 모두가 한데 모여 기념사진을 찍었다. 맨 앞줄 정 중앙에 대통령이 섰고, 바로 옆엔 제임스 왓슨이 자리 잡았다. 그들은 모두 밝게 웃으며 카메라를 쳐다봤고, 백악관 전속 사진사가 셔터를 눌렀다.

"아주 오래전 이곳엔 생명체가 살고 있었다고 한다. 어쩌면 정말로 그랬을 수도 있다. 하지만 중요한 건, 지금 이 차갑게 빛나는 회색의

구체가 완전히 죽어 있다는 사실이다."

그런데 아까의 그 백악관 기념사진을 자세히 살펴보면, 한 동양인이 제임스 왓슨 바로 뒤에 약간은 수줍은 표정으로 서 있는 것을 알 수 있다. 사실 그는 너무 겸손한 자세로 서 있어서 관찰력이 뛰어난 사람이 아니라면 아예 못 보고 지나칠 가능성이 높았다. 게다가 포커스 역시 그에겐 전혀 맞춰져 있지 않아서, 그가 웃고 있는 건지 무표정한지 아니면 그저 멍하니 어딘가를 바라보고 있는 건지조차 제대로 알아보기 힘들 정도였다. 그 바로 옆엔 수학자 유진 마이어스가 서 있는데, 그는 이 동양인 쪽으로 약간 몸을 돌린 채 웃고 있었다. 뭔가 말을 걸고 있었던 걸지도 모른다. 그러나 이 동양인 남자, 정확히는 37세의 에드워드 김은 여전히 무표정하다. 하긴 그런 무표정은 한때 한국인 특유의 스타일로 알려져 있던 것이기도 하지만 말이다. 중요한 사실은 현재까지 남아 있는 에드워드 김의 사진은 이게 유일하다는 것이다. 그는 사라지기 전에 자신의 모든 기록을 깡그리 없애버렸다. 그러나 백악관 문서보관소에 있던 사진까지 없앨 순 없는 노릇이었다. 따라서 에드워드 김, 아니 한국식으론 김호현이라는 이름을 가졌던 과학자는 언제까지나 서른일곱 살의 얼굴로 세상에 남게 됐다. 그것도 뿌옇고 모호한 모습인 채로 말이다.

*

에드워드 김이 언제 다시 한국으로 돌아왔는지는 확실치 않다. 그의 유년기나 청소년기에 대한 기록이 전무한 것과 마찬가지로 말이다. 그런 의미에서 그의 한국 이름이 김호현이라는 것 또한 확실한 사실은 아니다. 다만 인간 게놈 프로젝트에 참여한 유일한 한국인이라는 게 본국에 대서특필되었을 때 가졌던 인터뷰에서, 에드워드 김 본인이 그렇게 밝혔던 것이 기록으로 남아 있을 뿐이다.

한국의 모 일간지 기자와의 대담에서도, 에드워드 김은 시종일관 수줍은 표정을 짓고 있었다. 기자는 그의 그러한 태도를 천재적인 과학자들에게서 흔히 보이는 약간의 대인기피증 정도로 해석했다. 그때만 해도 김호현, 혹은 에드워드 김이 앞으로 해나갈 연구의 중대성이나 의미를 아무도 눈치채지 못했기에, 기자의 질문은 주로 신변잡기에 국한된 가벼운 것들로 이어졌다. 하긴, 에드워드 김 본인조차도 앞으로 자신이 발견하게 될 것이 뭔지 전혀 모르고 있었던 게 틀림없다. 마치 1674년 옥스퍼드 칼리지의 정원에서 사과가 떨어지는 것을 보기 직전의 아이작 뉴턴이나 1831년 비글호를 타고 갈라파고스 군도로 떠나기 전의 찰스 다윈처럼 말이다.

어쨌든, 지금까지 남아 있는 자료들을 종합하면, 에드워드 김이 분자생물학에 매료되어 자신의 생을 바치게 된 건 어린 시절의 몇 가지 경험들 때문이었던 것이 확실해 보인다.

"네, 어머니의 얼굴을 본 적이 한 번도 없습니다. 정말 보고 싶죠. 외조모님이 주신 사진이 있는데, 한때는 그걸 밤마다 품에 안고서야 잠들 정도였으니까요." 인터뷰에서 김호현은 이렇게 말했다. 그의 어머니는, 출산 도중 일어난 급성색전증으로 숨을 거뒀다. 몇만 분의 일 확률로 산모에게 발생하는 이 끔찍한 질환은, 주로 태반이 자궁에서 떨어져 나올 때 모체의 파열된 혈관으로 양수가 스며들면서 일어났다. 그리고 이에 대하여 김호현은, "제가 어머니를 죽게 한 셈이죠"라며 쓸쓸히 웃었다. "난산이었다고 들었습니다. 어머니는 저와 당신의 생명 중 하나를 선택해야만 하는 처지였고요. 그분께선 당연히, 세상의 모든 어머니들이 그러하듯 저를 선택하셨습니다. 결국 나는 여기 이렇게 살아남았고, 어머니는 저 대신 눈을 감으신 거죠." 당시 병원 측에선, 자신들의 잘못은 아니지만 그래도 도의적 차원에서 그가 자라 젖을 뗄 때까지 분유를 무상으로 제공하겠다는 의사를 표명했다고 한다. "그러나 외조부님은 그 제의를 정중히 거절하신 걸로 알고 있습니다."

에드워드 김은 외가에서 유년을 보냈다. 그는 외조부의 조그만 서재를 생생히 기억하고 있었고, 인터뷰 당시에도 그리움에 가득 찬 어조로 그곳을 회상했다. "정말 조용하고 아늑한 방이었습니다. 주황색 커튼이 쳐져 있었고, 부드러운 갈색의 나무 책장이 온통 방을 빙 둘러싸고 있었어요. 전 거기서 원 없이 책을 읽었습니다. 사실 그 동네엔 친구도 별로 없었기에, 제가 할 수 있는 일이라곤 독서뿐이기도 했지만 말입니다." 그러나 어린 에드워드 김이 그렇게도 열심히 읽었던 책 중 어린이용 도서는 단 한 권뿐이었다고 한다. "그래서 저는 그 책을 외울 수도 있었습니다. 읽고, 또 읽었으니까요." 이 부분에서 김호현은 웃었다. 기자가 왜 웃는지 묻자, 그는 이렇게 대답했다. "실은 제가 그 책을 읽은 뒤 집을 나갔던 적이 있거든요. 아마 일곱 살 때의 일이었을 겁니다."

김호현이 밝힌 가출의 내막은 이랬다. "그건 『물거울』이란 동화였습니다. 내용은 사실 별것 아니었어요. 그러니까, 어릴 적 엄마를 잃은 한 아이가 어느 산골 마을에 찾아가는 겁니다. 거기엔 한 노파가 살고 있었는데, 그 집 마당엔 조그만 옹달샘 같은 것이 있었죠. 음, 노파는 일종의 마법사 같은 존재였는데……." 여기서 김호현은 다시 한 번 겸연쩍게 웃었다. "기억이 잘 안 나는군요. 너무 오래전 읽은 이야기라서 말이지요." 여하튼, 그에 의하면, 동화 속 노파는 마법사였고, 자기를 찾아오는 이들에게 그들이 간절히 그리워하는 얼굴을 보여주는 존재였다. "노파가 샘의 물을 나뭇가지로 저으면, 거기 그 사람의 얼굴이 나타나는 것이었습니다. 아이는 그 소문을 듣고 어린 시절 잃은 엄마의 얼굴을 보기 위해 노파를 찾아간 거였고요. 나는 그 동화를 몇 번이나 읽었는지 모릅니다. 그리고 급기야는 그런 옹달샘을 찾아 떠났던 거지요." 어린 에드워드 김은, 평소 외조부와 약수를 뜨러 다니던 마을 뒷산만 넘으면 그 노파를 만날 수 있을 거라 여겼다. "물론 다행히 반나절 만에 어른들에게 발견되어 집으로 돌아왔지만, 그날 저는 심한 꾸중을 들어야만 했습니다." "그럼, 그 책 속에서 아이는 결국 엄마의 얼굴을 보게 되나요?"라고 기자가 묻자, 그때 김호현은 조금도 망설이지 않고 대답했다는 것이다. "그럼요. 당연하지요. 모든 이야기는 언제나 해피엔딩이어야 하니까요. 동화란 원래 그런 것 아닙니까?"

인터뷰 당시 김호현은 어린 시절 시립 도서관에서의 잊지 못할 기억에 대해 특히나 상세히 얘기했다. "어느 날 학교에서 돌아오니, 외조부께서 좋은 델 보여주겠다며 저를 데리고 외출하셨습니다." 그날 김호현이 외조부와 함께 간 곳은, 바로 도서관이었다. "정말 놀라웠습니다. 세상에 그렇게 책이 많은 장소가 있다는 게 믿어지지 않았지요." 그는 즐거운 마음으로 서가 사이를 이리저리 걸어다녔다. "그때였습니다. 마치 무슨 계시처럼 홀로 빛나고 있던 그 책을 보게 된 것은요." 어린 에드워드 김이 구석진 창가를 지날 때, 마침 오후의 햇빛이 비춰 들고 있었는데, 그렇게 들어온 빛줄기가 정확히 어떤 한 권의 책을 가리키고 있더라는 것이다. "나는 천천히 다가가 그 책을 조심스럽게 꺼냈습니다." 표지에 미켈란젤로의 〈천지창조〉 벽화가 조악하게 그려져 있던 그 문고본 책은 무척 얇았고, 인쇄 상태도 별로 좋지 않았다. 『인간 복제의 꿈—불멸을 위하여』라는 제목은 꽤나 거창했지만, 저자의 이름은 아무 데도 적혀 있지 않았다. 만약 그의 외조부가 시력이 좀 더 좋았다면, 그래서 굳이 안경을 꺼내 쓰지 않아도 책의 제목쯤은 한눈에 읽을 수 있을 정도였다면, 그는 그 책이 어린 손자에겐 좀 어울리지 않는단 생각을 했을지도 모른다. 그러나 에드워드 김의 외조부는 별다른 망설임 없이 대출 장부에 서명을 했다. 책의 내용이, 인간은 외계인에 의해 창조되었으며 가까운 미래에 그들로부터 전수받은 복제 기술을 통하여 영생불사의 존재로 다시 태어날 거라는 황당한 주장을 설파하는 것이었어도, 외조부는 알 도리가 없었기 때문이다. "그날부터 나는 방에 틀어박혀 책만 읽었습니다. 인간이 영원토록 행복하게 살 수 있는 길이 뭔지, 처음으로 깊이 생각하기 시작한 것도 아마 그즈음이었을 겁니다. 네, 물론 외계인 운운하는 걸 다 믿었던 건 아니지만…… 그래도 그 모든 해답이 생명과학에 있을지도 모른다는 확신 비슷한 걸 얻었다고나 할까요?"

나중에 김호현이 사라지고 난 후, 몇 명의 기자들이 문제의 시립도서관을 방문했다. 혹 거기에 그때까지 남아 있을지도 모를 위대한 과학자의 흔적을 찾기 위해서였다. "오래전의 자료들은 모두 지하 서고에 보관하고 있습니다." 도서관장은 기자들과 직접 만난 자리에서 말했다. 사실 평소 같으면 이 정도 인터뷰는 사서들이 알아서 할 일에 속했지만, 이번 건은 다르다고 그는 판단했다. 인류 역사를 뒤바꿀 만한 획기적인 업적을 남기고 홀연히 사라진 과학자의 과거를 규명하는 일이었으니 말이다. 게다가 어쩌면, 그가 어린 시절 책을 대출했던 기록이 일종의 역사적 가치를 인정받아 언젠가 세워질 기념관의 한자리를 당당히 차지할지도 모르는데, 그건 도서관으로서도 환영할 만한 일이었다.

김호현이 도서관을 드나들던 시절, 사서로 근무했던 이경순씨가 매스컴과 인터뷰를 하게 된 것도 도서관장의 주선 덕분이었다. 그러나 그때는 이미 은퇴하여 요양원에서 노년을 보내고 있던 이경순씨는, 김호현에 대하여 아무것도 기억하지 못했다. 다만 꼼꼼했던 사서답게 그가 빌려 갔다가 결국 반납하지 못한 책만은 정확히 떠올렸다. "사실 그 책은 어디선가 기증받은 거였어. 제목만 보고 생물학 코너에 꽂았지만, 나중에 알고 보니 그게 아니더라고." 이경순씨의 말대로, 에드워드 김이 한 달 동안이나 방에 틀어박혀 탐독했던 책은 한 사이비 종교 단체에서 기증한 것이었다. 프랑스에 본거지를 둔 그 기이한 단체의 수장은 전직 자동차 레이서였다. 어느 날 그 남자는 프로방스의 한적한 시골길을 달리다가 차가 전복되면서 평생 잊을 수 없는 괴이한 경험을 하게 되는데, 바로, 외계인들에 의해 납치되고 말았던 것이다. 그런 식의 얘기들이 대부분 그렇듯, 이 남자의 스토리도 일종의 코미디로 마무리되는데, 왜냐하면 외계인들에게 모종의 계시를 받았다고 주장한 그가 급기야는 유사 종교 단체를 하나 만들기에 이르렀기 때문이다. 외계의 진보된 문명이 남자에게 내린 계시는 의외로 간단했다. 그들은 인류 창조의 비밀을 남자에게 귀띔했고(외계인들은 자기들이 아주 오래전 인간을 만들었다고 주장했다), 언젠가는 인간 역시 복제를 통하여 불멸의 존재가 될 것임을 예언한 뒤 유유히 사라졌다.

따라서 김호현을 생명공학의 세계로 이끌었던 책은, 다름 아닌 그 유사 종교 단체의 한국 지부가 출판한 일종의 교리서 같은 것이었던 셈이다. 무엇보다도 그 책은 상업적인 목적으로 제작된 것이 아니었기에, 김호현이 외조부와 함께 도서관을 방문하여 책을 분실했으니 변상하겠다고 말했을 땐 이미 어디에서도 구할 수 없는 상태이기도 했다. "물론 그 종교 단체에 전화를 걸었다면 백 권이라도 더 보내줬겠지"라고 이경순씨는 기억을 더듬어가며 말했다. "하지만 우린 그 책을 그냥 영구 분실 처리하고 말았어. 굳이 다시 들여놔야 할 만큼 중요한 책은 아니었거든."

도서관장은 지하 맨 아래층에 보관해둔 과거의 대출 기록을 모두 뒤져볼 것을 명했다. 그러나 먼지와 습기로 축축해진 서고를 아무리 뒤져도 대출 기록은 발견되지 않았다. 에드워드 김의 외조부가 남겼다는 서명은커녕 하다못해 그런 책의 이름이 적힌 목록마저 찾아내지 못했던 것이다. 결국 도서관장은 다시 한 번 기자들 앞에 서서 이렇게 말해야만 했다. "한 위대한 과학자의 행적을 찾아내기 위하여 저를 비롯한 우리 도서관 전 직원들은 혼신의 힘을 기울였지만, 애석하게도 대출 기록은 어디에도 없었습니다."

"그렇다면 그들은 모두 어디에 있는가? 만약 정말로 여기에 생명이 번성했었다면?"

한국으로 돌아온 에드워드 김은 곧바로 연구소 건립에 착수했다. 한동안 잠잠해졌던 바이오테크놀로지 붐이 다시 일고 있었기에, 자본을 끌어들이는 일은 의외로 쉬웠다. 무엇보다도 인간 게놈 프로젝트에 참여한 유일한 한국인 과학자라는 사실 덕분에 사람들이 앞다투어 돈을 가지고 왔다. 그들은 그가 무엇을 연구할 계획인지 혹은 어떤 식으로 이익을 낼 것인지에 대하여, 그야말로 묻지도 않고 투자했다. 이와 관련하여 그가 증권 방송의 투자 전문가들과 모종의 커넥션을 형성했다는 소문이 돌기도 했고, 그 근거로 유명한 애널리스트들이 너도나도 에드워드 김의 생명공학 회사인 코리아젠 사(社) 주식에 강력한 매수 추천을 날렸다는 사실들이 언급되기도 했지만, 어차피 그런 유의 일들은 원래부터 입증 자체가 불가능한 범주에 속하는 것들이기도 했다. 어쨌거나 에드워드 김은 그렇게 흘러들어온 막대한 자본을 투입하여 최첨단 시설을 갖춘 분자생물학 연구소를 설립했다. 그곳은 시설이나 연구진 면에서 대덕 연구단지의 생명공학센터를 능가한다는 말이 있을 정도로 대단한 규모를 자랑했지만, 워낙에 모든 것이 비밀리에 진행되었기에 자세한 사정을 알고 있는 이들은 거의 없었다. 몇 명의 대주주만이 당시 W시 외곽 첨단의료복합단지 내에 있던 연구소에 초청됐고,

거기서 대략의 돌아가는 상황을 듣고 돌아왔을 뿐이었다. 그러나 그 대주주들 역시 에드워드 김이 직접 강단에 올라 설명한 연구 계획의 의미나 중요성을 전혀 파악하지 못했다. 전문용어들로 가득한 그의 연설이, 어느 정도 그 분야를 이해하고 있던 사람들조차 알아듣기 힘들 만큼 난해했기 때문이다.

"정말 뭔 말인지 하나도 모르겠더라고." 나중에 김호현의 연구 결과가 세상에 공개되었을 때, 대주주 중 한 명은 이렇게 말했다. 강남구 도곡동에 거주하는 투자자라고 자신을 소개한 그 노인은, 당시의 경험에 대해 다음과 같이 털어놨다. "연구소는, 들어갈 때부터 범상치가 않았어. 엄청나게 큰 철문 앞에 서서 눈을 네모난 창 같은 거에 갖다 대면, 철컹, 하고 열리는 거야. 무슨 망막 인식 시스템이라나." 거기서 노인과 다른 대주주 일행은 마치 우주선처럼 생긴 연구소 내부를 돌고돌아, 어느 조용한 방으로 안내됐다. "에드워드 김은 어떻게 생겼던가요? 그때 나이는 얼마나 되어 보였습니까?" 이런 질문에 노인은 잠깐 망설였다. "글쎄, 잘 기억이 안 나. 나이는 한 마흔 중반이나 될까." 그러면서 그는 취재원이 내민 백악관 기념사진 속 에드워드 김의 얼굴을 봤다. 하지만 노인은 눈을 가늘게 뜨고 아주 오래도록 들여다보더니, 고개를 설레설레 저었다. "모르겠어. 사진이 너무 흐려. 어떻게 보면 닮은 것 같기도 하고." 결국 취재원은 재빨리 다음 질문으로 넘어갔다. "그래서 에드워드 김은 그날 어떤 말을 하던가요?" 노인은 한참 동안 우물거리며 가만히 있었다. 그러더니 느릿느릿 이야기를 시작했다. "그러니까 사람을 거꾸로 복제하는 것이 가능하다고 했어. 그걸 '역(逆)복제'라고 한다더군. 만약 그 연구가 성공하면, 우리가 투자한 돈은 몇천 배로 불어날 테니 걱정 말라고도 했고. 당최 뭔 말인지 알 수 없었지만, 난 그자를 믿기로 했어. 우리 같은 사람들이야 다른 건 몰라도 돈이 어디로 흘러가면 펑펑 불어날지는 정확히 아니까 말이야."

노인의 말이나 그 밖의 다른 정보들을 종합해보면, 에드워드 김이 처음부터 불사(不死)를 위한 유전자 조작법을 연구했던 건 아니라는 사실을 알 수 있다. 하긴, 그것은 그가 일간지 인터뷰에서 했던 얘기를 통해서도 유추할 수 있는 일이지만 말이다. "제가 관심을 가지고 있는 분야는 인간 복제입니다. 잘 아시겠지만, 영국에선 한참 전에 복제양 돌리가 탄생했고, 얼마 전 한국의 한 연구소는 개와 코요테를 복제하는 데 성공하기도 했지요. 미국의 어느 생명공학 회사에선 이미 인간 복제를 연구하고 있으며, 그게 거의 성공 단계에 접어들었다는 건 학계의 공공연한 비밀이기도 합니다. 하지만 제가 관심을 가지고 있는 건 그런 평범한 복제가 아닙니다. 저는 사람의 몸을 이루고 있는 세포의 유전자를 분석하고 재배열하는 과정을 통해 그 부모를 대신 만들어내는 일이 가능하다고 생각합니다. 일종의 역복제라고나 할까요?" 그러면서 에드워드 김은 웃었다. "처음에 나는 여기에 '부활 프로젝트'라는 이름을 붙였어요. 하지만 나중엔 그냥 '해피엔딩 프로젝트'라고 부르기로 했지요. 물론 별다른 의미는 없습니다. 단지 모든 결말은 행복해야 한다는 평소 제 지론이 반영된 거라고나 할까요? 어찌 됐든, 죽은 부모를 다시 살게 하는 것만큼 인간을 행복하게 하는 일은 어디에도 없을 테니 말입니다." 그러나 막상 기자가 "그럼 당신은 결국 돌아가신 어머니, 그러니까 얼굴도 못 뵌 그분을 다시 만나고 싶은 건가요?"라고 단도직입적으로 물었을 때, 왠지 에드워드 김은 아무 대답도 하지 않았다. 사실 기자는 좀 감동적인 인터뷰를 원하고 있었다. 독자들이 바라는 게 그런 뉘앙스의 기사였기 때문이다. 그래서 그는 인터뷰 내용을 정리할 때 아주 약간의 수정을 가했는데, 따라서 실제로 그 일간지에 실린 것은 다음과 같은 눈물겨운 맺음말이었다. "에드워드 김은 아무 대답도 하지 않고 가만히 한숨을 내쉬었다. 내가 잘못 본 것일까. 그의 눈에 약간의 눈물이 맺힌 듯 보였던 것은? 우리는 일어서서 악수를 나누고 헤어졌다. 돌아오는 나의 마음에 아련한 슬픔이 차올랐다. 그렇다. 세상의 모든 과학은, 그것이 겉으론 아무리 차가워 보일지라도 결국은 이런 애틋한 휴머니즘 위에서 피어나는 것이다. 위대한 한국인 과학자 에드워드 김으로부터 얻은 새삼스러운 깨달음이었다."

그런데 일간지에 인터뷰가 게재된 며칠 후, 터미널 가판대에서나 볼 수 있을 법한 얇고 허술한 주간지에 에드워드 김에 대한 또 다른 기사가 실린 것을 눈여겨본 사람은 별로 없었던 듯하다. 유명 인사나 연예인의 뒷소문을 캐는 것이 본업이었던 잡지답게 기사 제목은 꽤나 선정적이었지만("드디어 밝혀진 에드워드 김의 숨겨진 과거"), 사실 읽어보면 내용은 별것 아니었고 오히려 누가 봐도 말이 안 되는 허구임이 분명하단 생각이 들 정도로 어설프기 그지없었다.

거기엔 얼굴을 모자이크 처리한 익명의 남자가 등장했는데, 그는 자신이 그 유명한 과학자의 보육원 동기라는 주장을 하고 있었다. 그에 의하면, 김호현은 태어나자마자 버려져 부모의 이름조차 모르는 아이였다. "호현이란 이름도 보육원 원장님이 지어준 거였어요." 그러면서 남자는 단층 콘크리트 건물을 배경으로 수많은 아이들이 줄줄이 앉아 있는 흑백사진 한 장을 내밀었다. "여기, 뒤에서 두번째 줄에 있는 애가 바로 호현입니다. 그 옆에 있는 게 나고요." 그는 김호현을 책을 좋아하던 수줍은 아이로 기억했다. "그때 보육원에 자원봉사 오던 사람들이 있었어요. 무슨 교회였던가, 아무튼 그런 비슷한 시설에서 나온 아주머니들이었죠. 우리한테 책을 한 권씩 나눠주면서 설교를 했는데, 앞으론 누구나 영원히 살 수 있고 심지어는 죽은 사람도 다시 살려낼 수 있다는 둥, 막 호언장담을 하더라고요. 그런데 호현이가 그 책을 그렇게도 열심히 읽는 겁니다. 아, 그걸 어떻게 그렇게 잘 기억하냐고요?" 여기서 그 익명의 남자는 머리를 긁적였다. "실은, 우리가 호현이한테서 그 책을 뺏으려던 적이 있었어요. 뭐 나쁜 뜻은 아니었고, 그냥 장난이었지만요. 그런데 조용하던 애가 갑자기 눈빛이 확 변해가지고 달려드는데,

어휴 말도 마십시오. 그러니 제가 어떻게 잊어버리겠습니까?" 얘기 도중 남자는 주머니에서 가위로 오린 신문지 한 장을 꺼냈다. "이 사진을 보고 난 한눈에 알아봤습니다. 야, 이거 옛날의 그 호현이구나, 하고요." 그가 내놓은 것은 얼마 전 인터뷰 기사에 실렸던 백악관 기념사진이었다. "이렇게 흐릿하게 나왔어도, 나는 딱 보면 알거든요. 어려서부터 매일 책만 보더니 정말 훌륭한 사람이 되었구나 싶어 얼마나 기뻤는지 모릅니다. 나중에 기자님도 호현이를 보면 내 얘길 꼭 전해주세요. 아마 무척 반가워할걸요?"

그러나 비록 어린 시절 어머니를 잃긴 했어도 외조부모 밑에서 사랑받으며 유복하게 자랐다는 한 과학자를 졸지에 버려진 고아로 만들어버리고 만 그 주간지 기사에 관심을 쏟은 이는 당시 아무도 없었다. 하긴 그 기사를 작성한 기자 역시, 믿거나 말거나 식의 가벼운 마음으로 자판을 두드렸을지도 모르지만 말이다. 결국, 별로 팔리지도 않았던 그 주간지는 폐지 수거업자의 트럭에 쌓여 어디론가 실려 갔다. 그런 유의 회사들 거의 대부분이 그렇듯 잡지사는 얼마 뒤 문을 닫았고, 기자는 그즈음 우후죽순처럼 생겨난 인터넷 신문사에 재취업했다고 하는데, 그 또한 확실한 사실은 아니다.

*

에드워드 김이 사라지기 전 가졌던 마지막 언론 브리핑을 기억하고 있는 사람은, W시에도 꽤 있었다. 그때 시(市)가 그의 과학적 업적을 기리기 위해 떠들썩한 행사를 준비했었기 때문이다. 그러나 그들의 기억 속에서도 에드워드 김, 혹은 한국식으로 김호현이란 이름을 가진 과학자의 얼굴은 흐릿했다. 그는 당시에도 시가 공들여 마련한 행사장에 직접 나타나지 않았으며 대리인을 통해 감사 인사만을 전했을 뿐이었다. 연구소 내 대강당에서 열린 언론 브리핑에서도, 검은 뿔테 안경을 쓴 채 구석에 앉아 있던 에드워드 김 대신 대변인이 모든 것을 설명했고 기자들의 질문에도 답했다.

사실 그건 역사적인 발표였다. 그때부터 인간은 죽음을 면할 수 있는 존재가 된 셈이었으니 말이다. 나중에 결과야 어찌 됐든 간에, 그날 인류는, 35억 년 전 생명이라는 게 지구상에 탄생한 이래 처음으로 사망의 바다를 죽지 않고 건너는 법을 알게 됐다. 그랬다. 에드워드 김이 역복제를 연구하는 과정에서 우연히 발견한 건, 바로 죽음을 억제하는 유전자 조작법이었던 것이다.

"처음에 우린 계속해서 난관에 부딪혔습니다. 역복제로 만들어진 배아들이 초기에 모두 죽고 말았기 때문입니다. 그 이유를 알기 위해 에드워드 김은 발생학을 더욱 깊이 연구했습니다. 만약 탄생의 전(全) 과정을 이해할 수 있다면, 소멸의 메커니즘 역시 완벽하게 알 수 있을 거란 확신이 있었기 때문입니다. 결국 얼마 지나지 않아 에드워드 김은, 배아에서 첫 번째 세포분열이 일어날 때, 그러니까 쉽게 말하면 최초의 생명 현상이 발현될 때, 죽음을 유발하는 유전자 군(群)도 동시에 만들어진다는 사실을 알아냈습니다. 편의상 '소멸유전자'라고 이름 붙인 이 기이한 시스템은, 삶의 초기엔 죽은 듯이 잠들어 있다가 어느 시점이 되면 갑자기 깨어나 인간을 노화와 죽음으로 몰아가는 것이었지요. 역복제로 만들어진 배아에선, 소멸유전자가 처음부터 활동을 시작한다는 걸 알아낸 이도 바로 에드워드 김이었습니다. 즉 그동안 계속된 역복제의 실패는, 바로 이 유전자 군의 비정상적인 활성화 때문이었던 거지요. 그러나 모든 위대한 과학자들과 마찬가지로, 에드워드 김 역시 위기를 기회로 바꿀 줄 아는 사람이었습니다. 역복제의 실패에 좌절하는 대신, 그 과정에서 우연히 발견한 소멸유전자의 억제법을 찾아내는 쪽으로 연구 방향을 선회했으니까요. 그리고 지금 보시다시피, 마침내 에드워드 김은 성공했습니다. 약간의 조작만으로(물론 특허가 걸린 일이라 자세히 말씀드릴 순 없지만) 소멸유전자의 완전한 억제가 가능하다는 걸 발견했으니 말입니다."

대변인의 간략한 설명이 끝나자, 강당은 술렁이기 시작했다. 기자들은 인류가 생긴 이래 가장 놀라운 과학적 사실이 발견되었음을 직감적으로 알아차렸고, 한시라도 빨리 그것을 본사에 알리기 위해 미친 듯이 노트북 자판을 두드렸다. 흥분은, 연단 뒤 커튼이 열리며 한 노인이 걸어 나왔을 때 최고조에 달했다. "자, 주목해주십시오. 여기 최초의 신인류(新人類)가 있습니다. 이제 이분은 죽지 않는 존재로 다시 태어났습니다. 에드워드 김은 그의 소멸유전자를 완벽하게 억제했고, 따라서 더 이상의 노화는 진행되지 않을 것입니다." 대변인이 말을 마치자, 감탄과 함께 우레와 같은 박수가 일었다. 노인은, 사진기자들의 요구에 맞춰 여러 가지 포즈를 취했고, 자신이 얼마나 젊고 건강한지 알리기 위해 무대 위에 미리 준비되어 있던 소형 역기를 들어 보이기까지 했다. 인류 최초로 불사의 존재가 되는 영예를 얻은 노인의 정체는 끝내 밝혀지지 않았다. 에드워드 김의 코리아젠에 엄청난 돈을 투자한 대주주 중의 하나라는 말도 있었고, 혹은 아침마다 김호현과 약수터에서 마주쳤던 동네 노인이라는 설도 있었는데, 하긴 그게 누구든 그리 중요한 문제는 아니었을 테지만 말이다. 어쨌든, 꽤 오랫동안 진행된 사진 촬영이 끝난 뒤 잠깐의 질의응답 시간이 주어졌을 때, 기자들은 너도나도 손을 들고 노인에게 갖가지 질문을 던져댔다. 소란스러운 강당 한편 구석에선, 백 년이 넘는 세월 동안 라이벌 관계를 이어온 전통의 학술지 『사이언스』와 『네이처』의 편집인들이 에드워드 김의 대리인을 상대로 막후 협상 비슷한 걸 진행하고 있었다. 편집인들의 표정은 절박했는데, 이번 논문 게재를 놓치는 쪽이 감수해야 할 손해는 엄청난 것이었으니, 당연한 일이기도 했다.

여하튼 중요한 것은, 그런 와중에 에드워드 김이 조용히 자리에서 일어나 연단 뒤편의 문을 열고 나갔다는 사실이다. 그는 아무도 눈치 채지 못하게 강당에서 빠져나온 뒤 옆방에 마련된 휴게실로 들어갔다. 마침 거기선 연구소 관리직원 한 사람이 행사 후 제공할

다과를 준비하고 있었다. 그는 아직 일정이 끝나지도 않았는데, 한 남자가 무척이나 지친 모습으로 걸어 들어오는 걸 보고 깜짝 놀랐다고 했다. "네, 저 역시 처음엔 그분이 김호현 박사님인 줄 전혀 몰랐습니다. 박사님은 연구소에서도 항상 모습을 감추는 편이었으니까요."

에드워드 김은 피곤한 목소리로 그에게 차를 한 잔 만들어달라고 부탁했다. 미안하지만, 이라고 예절 바르게 덧붙이는 것도 잊지 않았다. 직원이 그의 신분을 궁금히 여기자, 그제야 약간 부끄러워하며 자기소개를 하더라는 것이다. "저는 얼른 일어나 홍차를 만들었습니다. 몰라뵈어 죄송하다고 했더니 괜찮다며 웃으시더군요." 잠시 뒤 에드워드 김은 다시 한 번, 미안하지만, 이라고 말하며 혹시 커피믹스는 없는지 물었다. "하지만 애석하게도 커피믹스는 미처 준비되어 있지 않았습니다. 제가 그렇게 말하자, 괜찮다고 하며 홍차를 두 손으로 받아 들더군요." 차를 마시며 김호현은 그에게 오늘 발표가 어땠냐고 물었다. "하지만 저는 휴게실에서 이런저런 준비를 하느라 발표를 듣지 못했습니다. 그래서 사실대로 말씀드렸죠. 분자생물학이나 그런 것들에 대한 전반적인 사항은 잘 모르지만, 굉장히 위대한 일을 해내셨다고 생각한다는 말을 덧붙이기도 했습니다. 이제 인간은 죽지 않아도 되니 얼마나 다행이냐고도 했고, 그런 모든 기술이 상용화되려면 얼마나 시간이 필요할지도 여쭤봤던 것 같습니다."

그러나 에드워드 김은 그의 말에 별다른 대답을 하지 않았다. 상용화가 되려면 꽤 오랜 시간이 걸리지 않겠느냐며 걱정스러운 표정을 지었을 뿐이었다. 차를 다 마신 그는 자리에서 일어섰고, 직원에게 고맙다며 공손한 인사를 건넸다. "먼저 연구실로 돌아가 있겠다는 말을 전해달라고만 하셨습니다. 그러고는 그게 끝이었지요. 그 후론 아무도 박사님을 뵙지 못했으니까요." 이후의 여러 증언과 자료를 취합해보면, 그는 브리핑을 마친 뒤 한동안 연구소 내 자기 방에서 두문불출했던 것 같다. 거기서 그가 무엇을 하고 있는지 아는 이는 아무도 없었지만, 여전히 역복제 연구에 매달리고 있을 거란 소문 또한 끊이지 않았다. 공개 브리핑 이후 쇄도하는 공동 연구 제안과 사업 제휴 요청은 모두 대변인이 다뤘는데, 그때마다 그는 이마의 땀을 닦으며 이렇게 말했다. "박사님은 지금 후속 연구를 위하여 휴식 중입니다." 그러나 대변인은, 그 후속 연구가 도대체 뭐냐고 묻는 질문엔 아무런 대답도 하지 못했다. 에드워드 김이 연구실에서조차 홀연히 사라져버렸다는 사실은 뒤늦게 알려졌는데, 그때도 대변인은 여전히 땀을 흘리며 그저 "잘 모르겠습니다"라는 말만을 되풀이할 뿐이었다.

그렇게 사라진 에드워드 김의 진짜 마지막 모습은, 나중에 한 CCTV 화면 속에서 발견됐다. 거기서 그는 커다란 여행용 가방을 끌며 연구소를 빠져나가는 중이었다. 곁엔 처음 보는 한 소녀가 가방에 손을 얹은 채 따라 걷고 있었다. 열 살쯤 되어 보이는 그 여자 아이는, 그러나 시종일관 고개를 숙인 채 걸었고, 따라서 후일 이 화면을 입수한 사람들이 소녀의 정체를 알아내기 위하여 백방으로 벌인 노력은 모두 허사가 되고 말았다.

*

선장은 이곳의 위치가 정확하다고 본국에 보고했다. 오래전 이루어졌던 최초의 이주로부터 헤아릴 수 없이 긴 시간이 지났음을 충분히 감안했으며, 그로 인한 위치상의 오차 역시 완벽하게 보정했기에 실수란 있을 수 없다고도 말했다.

— 어쨌든, 이곳엔 살아 있는 것이라곤 단 하나도 없습니다. 약간의 박테리아와 진균류 이외엔 말입니다.

그렇게 말하고 송수신기를 끈 다음, 선장은 우주선에 난 창으로 다가갔다. 그는 뭐라 말할 수 없는 회한 어린 표정으로 한때 자신들 종족의 고향이었던 지구를 바라봤다. 그가 어린 시절부터 봐왔던 사진 속에서 이 행성은 언제나 초록빛이었다. 그러나 지금 저기 아래 보이는 저 둥근 별은 그저 지루하고 우울한 회색을 띠고 있을 뿐이다.

— 좀 더 찾아보는 게 어떨까. 아직 뭔가 남아 있을지도 모르니 말이야.

그는 선원들에게 이렇게 말했다.

서기 2098년, 내셔널지오그래픽TV가 창사 210주년 기념으로 제작한 〈우주의 끝—생명의 비밀에 다가서다〉라는 다큐멘터리는, 에드워드 김에 대한 심층탐구 특집이었다. 거기서 제작진은, 그때 지구를 서서히 덮쳐오고 있던 거대한 위기의 근원을 진단하고, 그런 사태를 처음 초래한 장본인이라고도 할 수 있는 한 천재 과학자의 행적을 추적하고 있었다. 그 작업을 위하여 내셔널지오그래픽 다큐멘터리팀이 수집한 자료는 실로 방대했다. 그들은 아주 작은 신문 기사들까지도 샅샅이 긁어모았고(앞의 일간지 인터뷰를 포함하여, 오래전 망해버린 한 삼류 잡지사의 가십 기사까지 찾아냈을 정도로), 아무리 흐릿할지라도 에드워드 김의 얼굴이 찍힌 사진이라면 모두 입수했다(백악관 문서보관소에서 기념사진의 원본을 가장 먼저 찾아낸 이들도 내셔널지오그래픽 다큐멘터리팀이었다). 그를 알고 지냈던 수많은 사람들이 인터뷰에 응했고, 하다못해 그가 자주 들렀다던 W시의 식당 주인 아들까지도 모호한 기억 속의 에드워드 김을 떠올려야만 했다. 그들은 그 사라진 과학자가 어떤 음식을 주로 먹었는지(식당 주인 아들은 위대한 과학자가 김치찌개를 좋아했다고 증언했다), 어떤 옷을 입었는지(거의 대부분의 사람들이 그가 언제나 하얀 셔츠에 검은 바지를 입었던 것 같다고 말했다), 그리고 어떤 책을 읽었는지(비록 대출 기록까지 찾는 건 실패했지만)에 대하여 이야기했다. 그가 결국 무엇을 원했던 건지에 대해서도 다종다양한 추측이 이어졌다. 하긴, 그러고 보면 아마도 그 다큐멘터리가 최종적으로 알고자 했던 것은 자기도 모르게 세상을 바꿔버린 한 과학자의 영혼이었던 걸지도 모른다. 그러나 에드워드 김의 생이 거의 완벽하게 재현된 듯 보이는 영상 속에서도 그의 진짜 모습은 잘 보이지 않았다. 하다못해 그가 정말로 어머니를 역복제하는 데 성공했는지의 여부조차 불분명할 정도였으니 말이다.

어쨌든, 〈우주의 끝—생명의 비밀에 다가서다〉라는 다큐멘터리의 첫 장면은 다음과 같은 자막으로 시작되고 있었다.

> 21세기 초반, 한국인 과학자인 에드워드 김에 의해 인류는 영생을 얻었다. 그는 소위 '해피엔딩 프로젝트'라고 불리던 역복제 연구 과정 중 우연히도 불사(不死)를 가능케 하는 유전자 조작법을 발견했다. 혹은 그 반대의 순서로 일어난 일일지도 모르지만, 박사가 사라진 이래 그 정확한 내력을 알고 있는 사람은 아무도 없다. 중요한 것은, 그의 발견에 대한 반응이 상상을 초월할 정도로 열광적이었다는 사실이다. 기술은 빠르게 상용화됐으며 각국 의회는 그 시술에 공공의료보험을 적용하는 법안을 우선적으로 통과시켰다. 그리고 그때부터 인간은, 의외로 간단한 몇 단계의 유전자 조작만을 거쳐 누구나 영원한 삶을 누릴 수 있게 되었다. 얼마 지나지 않아, 애완견이나 애완고양이, 아끼던 뱀, 혹은 새장 안의 앵무새나 거실 한구석의 고무나무에게까지도 영생을 선사하려는 사람들이 줄을 서기 시작했다.

부작용의 징후는 뒤늦게 나타났다. 언젠가부터, 인간을 비롯하여 죽음에서 벗어난 모든 생명체들이 더 이상 번식하지 않게 되었던 것이다. 마치 오래전 번식에의 욕망이 그렇게도 강렬하게 일어났던 것처럼, 이젠 그것을 회피하고자 하는 본능이 모든 생명체를 지배하고 있다. 지금 여기에선 아무도 죽지 않는다. 그러나 또한 어떤 생명체도 새로 태어나지 않는다. 즉, 우리 모두는 현재, 살아 있지도 않고 죽어 있지도 않은 회색의 모호함 속에 머물러 있는 것이다.

그런 다음 다큐멘터리가 보여준 것은 2000년 6월 26일의 백악관이었다. 이어서 엄청나게 많은 자료를 종합하여 재구성한 에드워드 김의 과거가 차례로 소개되더니, 어느덧 장면은 각 대륙에 거주하고 있는 유명한 과학자들과의 인터뷰로 바뀌어 있었다. 거기서, 영생을 얻긴 했지만 무척이나 늙어버린 그들은, 현재 지구가 처한 위험에 대하여 갖가지 의견을 내놓았고 나름의 처방을 제시하기도 했다. 그러나 "에드워드 김은 자신이 발견한 유전자 조작법이 초래할 끔찍한 부작용을 정말로 몰랐던 걸까요?" 혹은, "도대체 그는 왜 사라져야만 했다고 생각합니까?"라는 제작진의 질문에 명확히 대답한 과학자는 한 사람도 없었다. 그들은 모두 고개를 저으며 기껏해야 추측에 불과한 이야기만을 몇 마디 중얼거렸고, 그다음엔 하나같이 침묵할 뿐이었다. 그나마 건질 만했던 건, 한때 김호현의 동료였으며 그가 사라지기 직전까지 연구 활동을 같이했었다는 한 중국인 과학자가 들려준 이야기였다. "에드워드 김이 사라지기 전, 한동안 연구소 내엔 괴이한 풍문이 떠돌았습니다." 그가 굳이 목소리를 낮추며 전해준 당시 소문의 전모는 대략 다음과 같았다. 즉, 에드워드 김은 결국 자신의 죽은 어머니를 되살려내는 데 성공했다. '역복제'라는 전대미문의 복잡다단한 과정을 통하여 얻어낸 성과였다. 그가 연구소 내부의 어떤 비밀 장소에서 아직 어린 그녀를 키우고 있다는 말이 돌았던 것도 그즈음이었다. 인터뷰를 한 중국인 과학자에 의하면, 그런 에드워드 김의 최종 목적은, 자기 자신을 복제한 배아를 미래의 어머니가 될 그녀에게 선사함으로써 오래전 잃었던 모자(母子) 관계를 부활시키는 것이었다. "실제로 한 소녀가 연구소 본관의 미로 같은 복도를 따라 걸어가는 모습을 봤다는 연구원들이 꽤 있었습니다. 사람들은 그 애가 역복제로 태어난 에드워드 김의 어머니임에 틀림없다고 수군댔어요. 물론 나는 한 번도 목격하지 못했습니다. 뭐가 사실이냐고요? 글쎄요, 나도 그저 알고 싶을 따름입니다." 그러나 그 중국인 과학자도 "만약 에드워드 김이 정말로 역복제에 성공했다면, 왜 굳이 그걸 숨기려 했던 걸까요?"라는 제작진의 질문엔 아무 대답도 하지 않았다. 대신 그는 오랜만에 W시에 다시 가보고 싶다는 뜬금없는 얘기를 할 뿐이었다. 어쨌든, 그래서 그런지 프로그램의 후반부엔 W시 외곽에 폐허처럼 버려져 있던 연구소 건물이 잠깐 비쳤다. 에드워드 김이 사라지면서, 그리고 그 기이한 부작용이 인류 전체를 휩쓸면서, 연구소 역시 서서히 몰락의 길을 걷게 되었다는 내레이션과 함께 말이다. 한때 W시가 그곳을 김호현 기념관으로 활용할 계획을 세웠었지만 결국 예산 부족으로 시행하지 못하고 말았다는 사실은, 그냥 자막으로만 처리됐다.

내셔널지오그래픽 창립 210주년 기념 다큐멘터리의 마지막은 『물거울』이라는 동화의 진짜 엔딩을 알려주는 것으로 마무리되고 있었다. 이제는 절판된 그 책을, 제작진은 한국의 고서점가를 뒤져 어렵사리 구했다. 작가는 이미 세상에 없었다. 안타깝게도 김호현이 영생을 얻는 방법을 찾아내기 전에 눈을 감은 것 같았다. 그런데 제작진이 전문 번역가를 통하여 알게 된 동화의 결말은, 오래전 에드워드 김이 일간지 기자에게 말했다는 것과는 완전히 달랐다. 원래의 이야기에선, 물거울을 찾아간 아이가 끝내 엄마의 얼굴을 보지 못한다. 노파가 아무리 열심히 샘을 휘저어도 수면엔 아무것도 나타나지 않았기 때문이다. 슬퍼하는 아이에게 마침내 노파는 천천히 말한다. "미안하다, 얘야. 누구든, 그리워하는 사람을 만나려면 먼저 그 얼굴을 기억하고 있어야만 하는데, 넌 너무 일찍 엄마를 잃고 말았구나." 그다음 만든 사람들의 이름이 차례로 올라갔고, 끝으로 암전(暗轉)이 찾아왔다.

*

그때 누군가가 외쳤다. 생명체의 신호가 잡혔습니다.

모두들 그쪽으로 관측 렌즈를 돌렸다. 정말로 멀리 한 남자가 걸어가는 모습이 보였다. 그는 한 소녀의 손을 잡고 있었다.

최대로 줌인(Zoom in)해봐.

선장이 다급하게 외치자, 먼 대륙까지 볼 수 있는 관측 시스템이 한때 극동아시아라고 불렸던 땅의 어느 한 지점을 잡아냈다. 곧이어 화면이 차례로 확대되어 열리며 회색의 지표면을 걷고 있는 두 사람의 얼굴이 우주선에 홀로그램 영상으로 나타났다. 중년의 동양인 남자와 열두 살쯤 된 소녀였다.

잠깐, 저 사람들에게 교신을 시도해볼 수 있을까?

하지만 그때 엄청나게 거대한 모래바람이 불어왔고, 순간 영상은 흐릿해지더니 순식간에 사라져버리고 말았다.

아, 하필 이런 때 모래바람이.

선장은 탄식했다. 그는 오래전 우주 개척 시대에 지구를 떠난 이들의 후손이었다. 많은 고난 끝에 머나먼 별에 정착한 뒤에도 사람들은 언제나 지구를 고향이라 불렀다. 거기서 그들은 지구에 대하여 노래하듯 되뇌었다.

우리의 고향은 이곳과 달라. 나무와 바다, 그리고 무수히 많은 사람이 있지.

하지만 긴 시간이 걸려 다시 찾아온 지구는 하루에도 수십 번씩 모래바람만 일어나는 죽은 행성으로 변해 있었다. 그리고 망가진 인공위성에서 입수한 타임캡슐이 하나 있을 뿐. 떨리는 손으로 캡슐의 봉인을 열었을 때, 그 안에 들어 있던 건 바로 내셔널지오그래픽의 다큐멘터리였다.

모래바람이 가라앉았어요.

한 선원이 보고하자, 선장은 다시 한 번 아까의 남자와 소녀를 찾았다. 하지만 그곳엔 이미 아무것도 보이지 않았다. 생명체의 신호 역시 다시는 나타나지 않았다.

환영(幻影)이 아니었을까요? 우주를 여행하다 보면, 때로 아주 오래전의 실재들이 빛과 시공간의 교란에 의해 현재의 관측 시스템에 포착되기도 하니까요.

아니, 그보다도, 아까 그 영상 다시 한 번 띄워봐.

선장은 소녀와 함께 지표면을 걷고 있던 홀로그램 속 남자의 얼굴을 가리켰다.

저 남자, 이 사진 속 얼굴이랑 좀 비슷하지 않은가?

그는 타임캡슐에서 찾아낸 신문지 조각을 꺼내 들었다. 누군가가 정성껏 오려낸 백악관 기념사진이 거기 있었다. 선원들은 저마다 돌려가며 그 흐릿한 사진을 봤고, 그런 다음엔 홀로그램 속 얼굴을 올려다봤다. 잘 모르겠어요. 사진이 너무 뿌옇게 나왔군요. 이런 의견이 대다수였고, 곧 관심을 잃은 그들은 그 사진을 테이블 위에 내려놨다. 그때 누군가가 말했다. 이제 어떡하지요?

뱃머리를 돌려야지. 다시 본국으로 돌아가자고.

선장이 말하자, 모두 환호하며 박수쳤다. 이제 그들의 고향은 이곳 지구가 아니었다. 멀리 있는 다른 행성이었다.

그때 통풍구에서 흘러나온 공기가 선내에 약한 바람을 일으켰다. 테이블 위에 놓여 있던 사진이 날아올랐다가 홀로그램 속 남자의 얼굴을 스쳐 지나며 바닥으로 천천히 떨어졌다. 김호현인 듯도 아닌 듯도 보이는 그 두 개의 얼굴은, 사실 잘 보면 서로가 서로를 향해 웃고 있는 것 같았다.

지상 최대의 쇼

허버트 조지 웰스는 19세기 런던의 어둡고 짙은 스모그 속에서 기괴하고 음침한 상상에 빠져들었던 남자다. 그는 녹색 광선을 쏘아대며 지구인을 사냥하는 사악하고 끔찍한 외계의 존재를 떠올리며 악몽에 시달렸고, 그 어두운 꿈을 바탕으로 『우주전쟁』을 썼다. 그가 소설 속에서 만들어낸 외계의 괴물들이 제국주의 영국의 거울상이었다는 것쯤은 이제는 잘 알려진 사실이지만, 또한 그 침략자들은 웰스 자신이기도 했다. 1902년, 『뉴리퍼블릭』지에 비분강개에 찬 어조로 이런 식의 사설을 썼던 사회생물학자로서의 허버트 조지 웰스 말이다. "그러면 신공화국은 열등한 인종을 어떻게 다룰 것인가? 황인종은? 유대인은? 능력이라는 새로운 요구 사항을 충족시키지 못하는 흑인, 갈색인, 더러운 백인, 황색인 무리는?"

1938년 뉴저지에선 라디오로 방송되는 웰스의 『우주전쟁』을 듣던 사람들이 울부짖으며 거리로 뛰쳐나왔고 도시는 대혼란에 빠져들었다. 그들은 외계에서 온 괴물들이 아무 이유 없이 인간을 죽이고 닥치는 대로 건물을 파괴한다는 라디오 속 상황을 실제로 착각했으며, 드디어 최후의 아마겟돈이 닥쳐왔다는 절망감에 허우적댔다. 사람들은 몇 가지 귀중품만을 챙겨 무작정 도시를 떠났고, 미처 탈출을 하지 못한 이들은 깊숙한 지하실에 숨어 마지막 기도를 올렸다. 나중에 그것이 모두 라디오 드라마에 불과했다는 당국의 공지에도 불구하고 많은 이들은 의구심을 떨쳐내지 못했으며, 하늘에 번쩍이는 섬광과 문어처럼 생긴 괴생명체를 정말로 보았다는 자들이 속출했다. 하긴, 그러고 보면, 외계의 존재들이 결코 인류에게 호의적으로 다가올 리 없다는 그 오래된 믿음이야말로 인간이라는 종(種)이 지닌 숙명적 한계일지도 모른다. 유사 이래 단 한 번도 다른 생명체나 다른 민족 또는 다른 국가에게 우호적으로 손 내미는 법을 알지 못했던 종족에게 내재된 상상력의 지평선 같은 것 말이다.

중요한 것은, 외계인의 침략과 지구 멸망에 대한 웰스의 어두운 공포가 그저 상상의 영역에만 머무르진 않았다는 사실이다. 그것은 냉전이 한창이던 1960년대 미국에서 한 권의 책이라는 구체적인 현실로 나타났다. 소지하기 쉽도록 얇고 가볍게 만들어졌던 그 책은 『재난 시 소방관 행동규정』이라는 거창한 제목을 가지고 있었으며, 국가안전관리국의 주도하에 당시 미 전역의 학교와 관공서 및 소방서 등지에 배포됐다. 지금은 그런 책의 존재를 기억하고 있는 미국인도 거의 없거니와, 실물은 국립소방박물관의 문헌 전시실에나 가야 겨우 볼 수 있는 그 규정집의 저자는 찰스 크레이머와 윌리엄 밤이라는 두 명의 소방관이었다. 저자 서문에 해당하는 제1장에서부터 그들은 그간 자신들이 미국 소방방재 업무에서 세운 여러 가지 혁혁한 공로를 나열하고 있지만, 가장 흥미로운 챕터는 책의 47쪽부터 시작되는 제5장, '비행접시의 공격에 대처하는 법'이었다.

하긴, 책 속에서 두 소방관이 가장 공들여 집필한 부분 역시 제5장인 게 확실했다. 거기엔, 지루하고 재미없는 설명 일색인 다른 장들과 달리, 조악하긴 해도 꽤나 정교하게 그려진 비행접시와 괴생명체들의 삽화가 가득했고, 두 명의 소방관은 다음과 같이 열정적인 어조로 미확인비행물체의 출현에 대응하는 법을 설파하고 있으니 말이다.

"…… 상공을 뒤덮은 엄청난 수의 비행접시들이 공격을 감행한다. 통신망은 모두 끊기고 급기야 전력 공급마저 차질을 빚으면 미 전역에 대규모 정전 사태가 초래될 것이다. 공항과 철도는 마비되고, 치안은 통제 불능 상태로 치달을 것이며, 혼란에 빠진 사람들이 거리로 뛰쳐나와 약탈을 일삼게 될 가능성이 높다. …… 비행접시를 발견하면 즉시 당국에 신고해야 한다. 그들은 매우 위험한 존재이므로 절대 가까이 가지 말아야 하며, 어떤 식의 접촉도 피해야 한다는 것을 명심하라."

공동 저자였던 두 명의 소방관, 찰스 크레이머와 윌리엄 밤이 정말로 외계인이 언젠가는 지구를 침공할 거라고 믿었던 건지는 확인할 길이 없다. 책이 나올 당시 이미 노인이었던 그들이, 그 후 외계인의 침략 같은 건 결코 일어나지 않았던 메릴랜드의 어느 농장 주택에서 각자 평화로운 여생을 누린 다음 고요히 눈을 감았기 때문이다. 두 소방관이 죽고 난 뒤에도 한동안 『재난 시 소방관 행동규정』은 중요한 안전관리 책자 중의 하나였고, 냉전이 끝난 후 새로운 버전의 규정집이 나온 뒤에야 국립소방박물관의 두터운 유리장 안에 안전하게 보관되었다.

그로부터 꽤 오랜 세월이 흘러 거의 완전히 잊힌 거나 마찬가지였던 『재난 시 소방관 행동규정』이 한 노인의 머릿속에 다시금 떠오른 것은, 미합중국 퇴역소방관협회 동부지회 제42분회 정기월례회가 열리고 있던 베드햄튼이란 작은 도시의 선술집에서였다. 한때는 용감하게 불 속에 뛰어들어 화마와 싸우기도 했지만 이제는 완전히 늙어버린 대여섯 명의 전직 소방관들이 술잔을 앞에 놓고 멍하니 텔레비전을 보고 있을 때, 갑자기 속보가 흘러나오기 시작했다. 극동아시아의 한 도시 상공에 갑자기 출현한 비행접시의 소식을 전하며, 중년의 앵커는 너무나 흥분한 나머지 말을 더듬기까지 했다. 어쨌든 놀라운 뉴스였다. 전직 소방관들은 손에 들고 있던 술잔을 내려놓았고, 가게 안의 다른 사람들처럼 입을 벌린 채 화면을 응시했다.

비행접시는 한국 동부 산간 지대에 위치한 W라는 도시에 난데없이 나타났다. 특이한 것은, W시 주민들이 미확인비행물체 앞에서 보인 태도였다. 그들은 별다르게 놀라지도 않았고 당국의 지시에 따라 모두들 조용히 방공호로 피신했는데, 앵커의 말에 의하면 이는 극히 이례적인 반응이라는 것이었다. 실제로, 접근이 금지되어 있다는 그 소도시의 상공을 멀리서 찍은 화면은 오히려 평화로워 보일 지경이었다. 맑고 푸른 하늘에 둥글고 거대한 비행접시가 하나 떠 있을 뿐, 그 밖에 달라진 것은 아무것도 없어 보였으니 말이다.

42분회 회장을 10년째 맡아온 전직 소방관 노인이 자리에서 벌떡 일어나 이렇게 외친 건 바로 그때였다. "그렇지! 우리가 가진 『재난 시 소방관 행동규정』을 저 사람들에게 보내줍시다. 여러분도 기억하고 있으리라 믿지만…… 거기엔 비행접시의 공격에 대처하는 법이 자세히 나와 있지 않습니까?" 그러면서 그가 자랑스러운 표정으로 동료들을 한 명씩 돌아보자, 모두 고개를 끄덕였다. 그래봤자 여섯 명의 지지를 얻은 것이긴 하지만, 어찌 됐든 노인의 제안은 만장일치로 통과됐고, 각자는 집으로 돌아가 자신들의 오래된 책장을 뒤져 그 소책자를 찾아냈다. 그리고 그렇게 모인 일곱 권의

1960년대 판 『재난 시 소방관 행동규정』은 페덱스 사(社)의 누런 소포 용지로 꼼꼼하게 포장된 뒤 다시 한 번 노끈으로 튼튼하게 묶여 한국으로 보내졌다. 항공우편 요금이 너무 비싼 탓에 어쩔 수 없이 선박 편으로 소포를 부친 후, 제42분회 회장 겸 총무였던 그 전직 소방관은 먼 하늘을 쳐다봤다. 위험에 처한 W시 주민들이 그 책들을 유용하게 쓸 거란 생각이 들었을 땐, 자기도 모르게 미소를 지었다. "신의 가호가 있기를." 그는 다시 한 번 중얼거렸고, 그런 다음 회계 장부를 펼치고 소포 발송에 소요된 경비 지출 내역을 기록하기 시작했다.

*

— 김훈석, 당시 31세

9급 공무원 시험 준비 중 W시에 나타난 비행접시와 첫 조우

그날 오후, 도서관 옆 매점에서 컵라면을 먹고 있는데 어디선가 엄청난 굉음이 들려왔다. 그렇다고 놀란 사람은 솔직히 아무도 없었다. 다들 고개조차 들지 않고 먹던 라면만 씹어 삼킬 뿐이었다. 어차피 도시 외곽의 비행장에선 하루에도 몇 번씩 공군이 전투기 훈련을 해왔기에 평소에도 사람들은 그 정도 굉음엔 눈 하나 깜짝하지 않았다. 그나마 우리가 조금 궁금해하기 시작한 건 곧바로 울린 사이렌 소리 때문이었다. 그 소

리는 꽤 오랫동안 불길하고도 길게 공기를 가르며 울려 퍼졌다. 민방위 훈련이라도 하나 싶어 창밖을 기웃거리는 순간, 매점 스피커를 통해 방송이 흘러나왔다.

"시민 여러분, 도시의 상공에 괴비행체가 출현했습니다. 현재 경찰과 군은 그것의 정체를 파악하기 위해 백방으로 노력 중입니다. 시민들은 지금 즉시 하던 일을 멈추고 방공호로 대피해주십시오. 방공호가 없는 지역에 거주하는 분들은 집 밖으로 나오지 말고 안전한 실내에 머물러 주시길 바랍니다. 다시 한 번 말씀드립니다. 이것은 실제 상황입니다."

우리는 모두 긴장했다. 언젠가 연평도가 공격을 당한 후부터 떠돌던 흉흉한 소문 때문이었는데, 그건 바로, 다음 폭격 예정지는 야전군 사령부와 미군 부대가 동시에 주둔하고 있는 이 도시가 될 거라는 확인되지 않은 루머였다. 하긴, 이곳은 한때 사회 교과서에도 실리곤 했던 유명한 군사도시이니, 그 루머가 완전히 틀렸다고 할 수도 없는 상황이었다. 여하튼 대국민 방송이 끝날 즈음 매점 안 사람들의 얼굴은 하나같이 흙빛으로 변해 있었다. 누가 먼저랄 것도 없이 나무젓가락을 내려놓고 얌전히 머리를 손으로 감싼 채 일렬로 걸어 방공호를 향했다. 아무도 떠들지 않았다. 노인들의 얼굴은 특히 어두웠다. 그들은 여전히 1950년 6월을 기억하고 있는 것일지도 몰랐다.

도서관 지하에 방공호가 있다는 사실을 처음 안 것도 그날이었다. 사서들의 안내에 따라 그 어두컴컴하고 눅눅한 공간으로 들어서자 불안이 더 심하게 밀려왔다. 휴대폰을 꺼내보니 역시나 불통이었다. 사람들은 작은 소리로 두런두런 이야기를 나눴다. 어디로 피난을 가는 것이 가장 안전한가를 두고 논쟁을 벌이는 노인들의 목소리가 간간이 들려왔다.

"어차피 다 죽어. 그놈들은 핵폭탄을 가지고 있다니까."

누군가가 소리치자 일순 방공호 내부는 쥐 죽은 듯 조용해졌다. 나는 집에 라면이 몇 개나 있을지를 생각했다. 부탄가스를 더 사두지 않은 것이 그렇게 후회되긴 처음이었다. 시간은 빠르게 흘렀다가 다시 느리게 흘렀고 그런 식으로 몇 번이나 출렁였다. 드디어, 방공호 벽 위쪽에 매달린 스피커를 통하여 또다시 방송이 들려왔다. 이번엔 안심하고 방공호에서 나오라는 내용이었지만, 사람들은 여전히 머뭇대며 문을 열고 나가길 망설였다. 대체 저 밖에서 어떤 일이 벌어지고 있는 건지 누가 알겠는가.

"다시 한 번 말씀드립니다. 현재 괴비행체는 어떠한 위해도 가하지 않고 있습니다. 그러니 시민들은 대피하고 있던 장소에서 나와 안심하고 생업에 종사하십시오. 군과 경찰은 여전히 경계를 늦추지 않고 있으며 빠른 시간 안에 그것의 정체를 밝혀내기 위해 노력하겠습니다."

방송이 몇 번이나 반복되자 결국 사서들이 가장 먼저 밖으로 나갔고, 나머지 사람들이 그 뒤를 따랐다. 나 역시 한 줄로 선 사람들 사이에 껴서 주춤대며 밖으로 나왔다. 방공호의 두꺼운 철문을 나서자, 새하얀 빛 속에 아름다운 색색의 꽃잎들이 무수히 흩날리고 있었다. "아!" 나도 모르게 탄성을 질렀다. 성급한 사람들은 두 팔을 벌리고 꽃잎들 속으로 뛰어들기까지 했다. 문득 눈을 들자 도시의 상공엔 엄청나게 거대한 비행접시가 떠 있었고,

꽃잎이라고 생각한 것은 바로 하늘에서 떨어지는 색종이 조각들이라는 걸 알게 됐다.

도시의 상공에 나타난 비행접시는 그렇게 장장 열흘 동안 색종이 조각들을 뿌려댔다. 처음엔 두려움과 공포에 빠져들었던 시민들은, 별다른 움직임도 없이 색종이 조각만을 뿌리며 우호적인 제스처를 보이는 비행접시 앞에서 서서히 긴장의 끈을 놓았다. 그러다 보니 나중엔 그 안에 타고 있을 외계 생명체와 대화를 나누고 싶은 욕구마저 느낄 정도였다. 아무리 생각해도 비행접시 안의 그들이 녹색 광선을 쏘아 인간을 사냥하거나 먼 우주로 납치해 가서 해부학 실습용 교재로 사용할 마음 같은 건 전혀 없어 보였다.

외계의 존재들이 왜 하필이면 지구상에서도 대한민국, 그중에서도 강원 내륙의 조용한 소도시였던 W시에 출현했는지에 대하여는, 당시에도 의견이 분분했다. 레이건 행정부 시절 우주기반 미사일 방어 시스템인 '스타워즈 계획' 수립을 주도했었다는 한 군사 전문가는 이렇게 말했다. "W시는 대한민국 육군의 야전군 사령부와 1군단 지원 사령부가 자리 잡고 있는 군사적 요충지이다. 무엇보다도 그 도시엔 미군 부대가 주둔해 있기도 하다. 그러니 외계의 비행접시가 기착지로 W시를 선택한 것은 결코 우연이 아니다. 우리는 절대로 그들의 평화적인 제스처에 속지 말아야 한다. 외계의 존재들은 분명 어떤 사악한 의도를 감추고 있을 것이 틀림없다. 마치 냉전 시대 악의 제국이었던 소련이 그랬듯이."

그러나 일부 전문가들의 억측과는 달리 외계인들은 별달리 숨기는 것도 없어 보였고 몇날 며칠 동안 그저 끊임없이 색종이만 뿌려댈 뿐이었다. 정부는 W시의 사태를 예의 주시했지만 그렇다고 특별한 조치를 취하지도 않았다. 그 거대한 비행접시가 서울 상공에 뜬 것도 아니니, 지방자치제의 본래 의미를 존중하여 별다른 간섭을 하지 않겠다는 것이 공식적인 입장이었다. 다만 그 괴비행체가 어떤 위험 요인을 지니고 있는지 알 수 없으니 당분간 도시를 드나드는 사람들과 차량에 대하여 방역과 검역을 강화하기로 한 게 전부였다. 이후 도시의 톨게이트와 하나뿐인 철도역엔 검역소가 설치되었고 시와 외부의 교류는 철저히 통제됐다.

그러나 외부에 형성되어 있던 이런 일련의 긴장들과는 달리, 정작 도시 내부는 일종의 축제 분위기 같은 것에 들떠 있었다. 언제나 조용하기만 했던 지방의 소도시가 갑자기 나타난 비행접시 덕분에 단숨에 화제의 중심으로 떠오르자, 시민들의 표정엔 생기가 돌았다. 하긴, 몇 년 뒤 그 지역에서 열릴 동계올림픽보다 더 신나고 즐거운 일이 이미 자신들 머리 위 하늘에서 벌어지고 있었으니, 그럴만도 했다.

— 김근석, 당시 24세

군 제대 후 W시 소재 전문대에 복학할 준비를 하던 중 비행접시 목격

"그래 봤자 달라질 건 아무것도 없어. 두고 보면 알지."

이건 아버지가 우리에게 한 말이었다. 비행접시가 나타난 날 저녁 밥상에서였다. 형(김훈석, 31세)과 나는 사실 엄청 흥분해 있었지만, 아버지(김판식, 55세)에겐 아무 대꾸도 하지 않았다. 그땐 텔레비전에도 온통 우리 시에 나타난 비행접시 얘기뿐이었다. 형은 나에게 라면과 부탄가스를 사다 놓자고 했다. 아무리 평화적인 척하고 있어도 걔들이 앞으로 어떤 짓을 할지 모르니까 뭐든 준비해두자는 것이었다. 마침 뉴스에선 군사 전문가라는 뚱뚱한 남자가 나와 무슨 얘길 하고 있었는데, 그걸 보고 더 불안해진 것일지도 몰랐다.

어쨌든, 그 며칠 동안은 아르바이트를 하러 가는 발걸음마저 가벼웠다. 복학하면 내야 할 등록금에 대한 걱정조차 잠시 잊을 정도였다. 아침에 일어나면 가장 먼저 창문부터 열었다. 하늘에 그 둥근 원반이 여전히 떠 있는지 확인하기 위해서였다. 비행접시는 밤새 미동도 않고 그대로 떠 있었고, 마치 앞으로도 영원히 거기 머물 것처럼 고요했다. 길엔 그들이 뿌린 색종이 조각들이 꽃잎처럼 수북이 쌓여 있었다.

아마 우리 집에서 그 신나는 사태에 불만을 가진 사람은 아버지뿐이었을 것이다. 환경미화원인 아버지는 비행접시에서 밤낮으로 시도 때도 없이 뿌려대는 색종이 때문에 격무에 시달리고 있었다. 온종일 거리를 쓸고 또 쓸어도 색종이는 날려와 쌓였다. 사실 그 일이 아니라도 아버지의 분노와 짜증은 이미 극에 달해 있었다. 그동안 시청의 10급 기능직 공무원이었던 환경미화원들이 얼마 전 예산 절감을 이유로 용역업체 소속의 계약직 청소부가 됐기 때문이었다. 아버지는 새벽에 거리 청소를 할 때마다 입던 연두색 야광조끼에 빨간 머리띠를 두르고 거의 한 달 동안 시청 앞에서 시위를 벌였다.

"데모하는 새끼들은 다 빨갱이지."

이런 말을 입에 달고 살던 아버지가 '고용 안정 보장하라' 같은 말들이 난무하는 깃발을 들고 시청 앞에 서 있는 광경은 낯설었지만, 어차피 아버지와 그 일행을 눈여겨보는 시민은 한 사람도 없었다. 그즈음 나는 버스를 타고 시청 앞을 지나다가, 아버지가 길 가는 중년 여자를 붙들고 미화원들의 고용 안정을 촉구하는 서명 운동에 동참해달라고 부탁하는 장면을 본 적도 있었다. 하지만 한 달 뒤 아버지는 결국 '우리환경'이라는 용역업체 소속 청소부가 되겠다는 각서에 사인을 하고 돌아왔다. 그 와중에 난데없이 나타난 외계인들이 하늘에서 색종이 조각들을 밤낮으로 뿌리기 시작한 것이었다. 아버지는 적의에 불타올랐다. 언제든 그것들이 비행접시에서 코빼기라도 내밀면 다 죽여버리겠다고, 깊은 밤 술주정을 하기도 했다. 그걸 아는지 모르는지 외계인들은 끝도 없이 색종이를 뿌려댔고 정작 비행접시 밖으론 얼굴도 내밀지 않았다.

그러던 어느 날 아침, 나는 창밖에서 들려오는 엄청나게 시끄러운 소리에 눈을 떴다. 아마도 비행접시가 나타난 지 열흘 정도 지났을 때였던 것 같다. 형과 아버지는 이미 마루에 나와 있었다. 창밖에서 들려오는 건 음악 소리였다. 어찌나 쾅쾅 울려대는지 마치 마당에 거대한 앰프라도 설치한 듯했다. 당연히 나와 형은 그 노래가 뭔지 알 수 없었다. 어디서 들어본 것 같긴 했지만 요즘 유행하는 노래가 아닌 것만은 확실했다. 나중에 정확히 알게 된 거지만, 그건 비행접시에서 울려 퍼지고 있었다. 멍하니 서서 듣다 보면 춤이라도 추고 싶어질 만큼 흥겨운 노래였다. 슬쩍 옆을 보니 형은 이미 발로 박자를 맞추고 있었다. 하지만 아버지의 표정은 심상치 않았다. 하긴 아버지로선 화가 날 만도 했다. 새벽에 나가 거리 청소를 하고 들어와 잠깐 눈을 붙이려던 참이었으니 말이다.

어쨌든 그날부터 매일 아침 여섯시면 비행접시가 그 신나는 노래를 틀어댔고 나와 형은 어쩔 수 없이 그 시간에 일어나야만 했다. 시끄러워서 도저히 눈을 감고 있을 수 없었기 때문이다. 아침에 일찍 일어나니 저녁에 잠드는 시간도 저절로 빨라졌다. 밤에 게임을 하려고 해도 졸려서 그냥 잠들어버리기 일쑤였다. 형은 라디오에서 들었다며 노래 제목을 알려줬다. 척 베리라는 옛날 가수가 부르는 〈Johnny B. Goode〉이라고 했다. 무슨 우주선에 그 노래가 실려 있다나.

처음에 불만이던 아버지는 오히려 점차 활기차게 변해갔다. 아버지 말로는 오래전 젊었을 적엔 아침마다 이런 비슷한 노래가 온 동네에 울려 퍼졌다는 것이다. "꼭 지금처럼 말이야. 그때가 좋았지." 이렇게 말하며 아버지는 정말로 아쉽다는 듯 입맛을 다셨다.

W시 상공에 나타난 괴비행체에서 척 베리의 〈Johnny B. Goode〉이 울려 퍼졌을 때, 그 해석을 놓고 격렬한 논쟁이 벌어진 것은 당연한 결과였다. 무엇보다도 그 음악은, 오래전이던 1977년 나사에

서 우주로 쏘아 보낸 보이저 2호와 깊은 관계를 가지고 있었다. 몇십 년에 걸쳐 태양계를 탐사한 후 먼 우주로 나아갈 운명인 그 우주선 안엔, 황금으로 도금된 레코드판이 하나 탑재되어 있었는데, 거기에 바로 척 베리의 〈Johnny B. Goode〉이 실려 있었기 때문이다. 사실 그 황금 레코드판은 지구인이 우주에 보내는 일종의 메시지였다. 비록 나중엔 나치의 전범으로 재판을 받았지만 당시엔 유엔 사무총장을 역임하고 있던 쿠르드 발트하임의 육성 인사말을 필두로 하여, 인류의 중요한 문화적 유산인 각종 소리들이 그 특수 제작 레코드판에 녹음되었다. 거기 녹음된 소리들이 어떤 기준으로 선정된 것인지는 아직까지도 불분명하지만, 한 가지 확실한 건, 그 음반을 만든 사람 중 하나가 로큰롤 가수인 척 베리의 열렬한 팬이었을 거라는 사실이다. 그렇지 않고서야 굳이 그 번쩍이는 황금 레코드판에 그의 신나는 노래인 〈Johnny B. Goode〉이 실릴 리 없었을 테니 말이다. 그리고 그렇게 녹음된 척 베리의 음악은, W시에 비행접시가 나타날 즈음, 아직도 태양계를 벗어나지 못한 채 명왕성 인근을 천천히 통과하고 있었다.

이런 사실들에 착안하여, 일군의 물리학자들은 보이저 2호가 태양계의 어느 지점에서 지적 생명체와 조우했음이 틀림없다고 발표했다. 어떤 식으로든 인류의 메시지를 읽은 그 외계인들이 척 베리의 음악을 앞세워 지구를 방문한 것이라는 게 그들의 추론이었다. 어떤 철학자들은 아무도 이해하지 못하는 기이한 논증을 이용하여, 모두가 우연의 일치일 뿐이며 세상에 확실한 것은 없다고 주장하는 기나긴 논문을 발표했다. 그런 논문에 따르면, 괴비행체가 척 베리의 노래를 들려준 건 무의미하고 우연한 사건의 연속에 불과했고, 사실 하늘에 떠 있는 거대한 둥근 원반이 비행접시라고 믿어야 할 이유 역시 아무 데도 없다는 것이었다.

하긴, 몇몇 음모론자들 역시 이와 비슷한 말을 했다. 그들은 매일 아침 여섯시에 울려 퍼지는 그 노래가 외계 생명체를 가장한 W시 행정 관료들의 소행이라고 주장했다. 비행접시 자체도 대형 애드벌룬 등을 이용한 일종의 시각적 속임수일 게 확실하다는 의견을 덧붙였는데, 왠지 모르게 억지스러워 보이는 그들의 주장을 요약하면 다음과 같다. "일단 음악이 즐겁고 경쾌합니다. 그러니 누구나 아침에 이 노랠 듣고 일어나면 절로 흥겨워지지요. 사실 눈떴을 때의 기분이 하루를 좌우한다는 걸 감안한다면, 꽤나 영리한 선곡이었다고 생각합니다. '활기찬 도시, 발전하는 경제'. 알고 계실지 모르지만, 이건 올해 초부터 W시가 정력적으로 내걸고 추진해온 범시민 운동의 슬로건입니다. 그렇다면 아침마다 울려 퍼지는 〈Johnny B. Goode〉만큼 거기에 어울리는 곡이 또 어디 있겠습니까? 이제 와서 새마을 노래를 틀어줄 것도 아닌 다음에야 말입니다."

음모론자들의 말이 사실이든 아니든, 도시의 분위기가 그 로큰롤 때문에 완전히 바뀌어버렸다는 것을 부인할 순 없다. 시민들은 아침에 일찍 일어나서 자기도 모르게 가뿐한 마음으로 하루를 시작했고 밤이면 피곤에 지쳐 일찌감치 곯아떨어졌다. 야간 전력 소비량이 눈에 띄게 감소했고 밤이면 유흥가를 중심으로 빈발하던 취객 상대 범죄도 현저히 줄었다. 그즈음 사람들은 시에서 지급했던 방독면도 더 이상 착용하지 않았다. 환경연구소에서 W시의 공기와 물, 토양 시료를 채취하여 정밀하게 검사했지만 비행접시로 인한 유독 물질은 하나도 발견되지 않았기 때문이다.

결국, 나타난 지 채 20일도 지나지 않아 비행접시는 도시의 일상이 됐다. 알람이 울리듯 새벽 여섯시에 울려 퍼지는 음악마저 없었다면 하늘에 괴비행체가 떠 있다는 사실조차 잊고 지낼 수 있을 정도였다. 그건 시 외부에서도 마찬가지였다. 외곽에서 서성대며 특종을 노리던 기자들은 거의 대부분 철수했고, 한때 W시에 관한 속보를 보며 흥분했던 지구 곳곳의 사람들은 이제 다른 뉴스를 보며 얘기를 나눴으니 말이다.

— 다시, 김훈석의 증언

비행접시가 나타난 뒤 며칠 지나자, 처음의 흥분 같은 건 다 사라져버렸다. 며칠 동안은 도서관에도 나가지 않고 하루 종일 뉴스를 지켜봤지만, 나중엔 아예 관심도 없어졌다. 아침마다 들려오던 노랫소리에도 완전히 익숙해지고 말았다. 나와 동생은 여섯시에 일어나 세수를 했고, 때론 새벽 일이 없는 아버지와 함께 동네 약수터에 다녀오기까지 했다. 거기서 나는 달리기를 했고, 동생은 줄넘기를 했으며, 아버지는 나무에 몸을 부딪쳤다. 그렇게 하면 혈액순환이 잘된다는 것이었다.

비행접시가 나타난 지 2주째 되던 날부턴 다시 도서관에 나갔다. 9급 소방공무원 수험서를 안고 걸어가는 발걸음도 어느새 전과 같이 무거워져 있었다. 도서관에서 매일같이 마주치던 이들이 이번에도 서로 눈을 내리깔며 모른 체하는 걸 보니, 새삼 일상으로 돌아온 게 실감났다. 벌써 몇 년째 여기서 각종 시험에 대비하여 공부를 해온 우리는, 평소에도 왠지 부끄러워 서로를 못 본 척하며 지내오는 중이었다. 그나마 웃으며 먼저 인사를 건네는 이들은 보통 필기 1차 정도라도 합격한 사람들뿐이었다.

창가 구석 자리에서 〈Johnny B. Goode〉을 속으로 흥얼거리며 한국사 문제집을 풀고 있을 때, 문득 바깥 복도에서 웅성대는 소리가 들려왔다.

"도대체 그놈들을 왜 받아주는 거지?"

"이러다 우리 다 죽는 거 아니에요?"

열람실 밖으로 나와보니, 사람들이 삼삼오오 모여 이런 말들을 나누고 있었다.

사실 어제저녁 밥상에서 아버지도 눈에 띄게 어두운 표정을 짓고 있었다. 나와 동생이 눈치를 보며 밥을 다 먹어갈 즈음, 아버지는 갑자기 숟가락을 소리 나게 내려놓으며 외쳤다. "소문 들었냐?"

아버지 말에 의하면, 곧 비행접시에서 외계인들이 대거 내려올 거라는 소문이 파다하다는 것이었다. 게다가 그들이 아예 여기서 눌러살게 될 거라고 사람들이 수군대더라는 말도, 아버지는 덧붙였다. "그놈의 인도주의가 문제지. 우리 먹고살 것도 없는데, 무슨 빌어먹을 놈의 인도주의는 인도주의야. 그리고 인도주의가 뭐냐고? 사람 인(人)에 법 도(道)잖아. 그런데 사람도 아닌 것들한테까지 그렇게 잘해줄 필요가 뭐가 있냐 이 말이야."

하긴, 외계인들이 비행접시를 타고 여기에 온 이유가 그들 행성에 닥쳐온 극심한 식량난 때문이라는 말이 인터넷에 떠돌고 있었기에, 그 소문도 아주 일리가 없는 것은 아니었다. 놈들이 색종이도 뿌리고 음악도 틀면서 저자세로 나오는 것도 다 그런 이유 때문이란 말도 여기저기서 들려왔다.

"그래도 아버지, 먹고살 게 없어서 여기 온 거면, 받아줘야 하는 거 아니에요?" 동생이 멍하니 텔레비전을 보다가 한마디 하자, 아버지는 갑자기 숟가락을 쥔 손에 힘을 줬다. "두고 보면 알 거야. 저러고 색종이 뿌리고 신 나는 노래 틀어대는 거에 속아서 이렇게 마음 턱 놓고 있다가 다 잡아먹히는 날이 올 테니. 거 왜, 너희도 영화 봐서 알잖아?" 아버지는 엊그제 '주말의 명화'로 방영된 〈인디펜던스 데이〉를 말하고 있었다. 거기서 미국 대통령이 전용기를 몰고 거대 문어처럼 생긴 외계인들에게 폭격을 퍼부을 때, 아버지는 흥분을 감추지 못하며 기뻐했었다.

오랜만에 찾은 도서관 매점에서도 사람들은 온통 그 얘기뿐이었다.

"아니, 외계인들이 깨끗하긴 하대요? 그러다 여기 전염병이라도 돌면 어쩌려고요?" 매일 공인중개사 문제집을 풀고 있던 한 중년 여자가 불안한 목소리로 중얼거리자, 분위기는 더욱더 뒤숭숭해졌다. 나는 고개를 숙이고 라면을 마저 먹었다. 외계인들이 지금 당장 떼 지어 내려온다 해도 무슨 뾰족한 수가 있는 것도 아니었고, 더군다나 나와는 전혀 상관없는 일이기도 했다. 9급 소방공무원 시험이 코앞으로 다가와 있었다.

— 박상만, 당시 48세

환경미화 전문 용역업체인 '우리환경'의 W시 담당 소장으로 근무 중 비행접시 목격

외계에서 왔다는 비행접시가 하늘에서 색종이를 뿌려댈 땐 정말 괴로웠다. 미화원들의 업무가 몇 배로 늘어났지만, 그렇다고 그들에게 초과근무수당 같은 걸 줄 순 없었으니 말이다. 하지만 다행히 며칠이 지나자 색종이는 더 이상 날리지 않았고, 아침마다 기상 음악까지 울려 퍼지기 시작했을 땐 왠지 희망찬 기분마저 들었다. 지금 생각해보면, 확실히 그런 식으로 온 국민이 일찍 일어나는 건 좋은 일인 것 같다. 일찍 일어나는 새가 벌레도 잡는다는데, 기왕이면 다들 일찌감치 일어나 부지런히 살아가는 게 보기에도 좋지 않겠는가. 무엇보다도 미화 업무가 용이해진 점이 마음에 들었다. 야간에 돌아다니는 사람들이 줄자, 쓰레기의

양도 그만큼 감소했기 때문이다.

하지만 어느 날 사무실로 김씨(김판식, 55세)를 비롯한 몇몇 미화원들이 찾아왔을 땐 뭔가 분위기가 심상치 않았다.

"그 소문이 사실이오?"

그들이 내게 묻는 건 이런 거였다. 즉 지금 하늘에 떠 있는 비행접시에서 조만간 외계인들이 무리 지어 내려올 예정이며, 난민 신세가 된 그들을 W시가 받아주는 대신 그 외계 생명체들에게 환경미화와 같은 단순 업무를 맡기기로 비밀 계약이 이루어졌다는 것. 따라서 외계인들이 내려오면 회사 소속 미화원들이 대량 해고당할 수밖에 없다는 것.

물론 그게 완전히 틀리다고는 할 수 없었을지도 모른다. 나 역시 그 소문을 들은 적이 있었으니 말이다. 하지만 그런 특급 기밀에 해당하는 사항은 내 선에서 확인 가능한 것이 아니었다. 그런 유의 일들은 언제나 완전히 결정된 다음에야 현장에 전달되곤 했으니, 나도 그때까진 기다리는 수밖에 없었다. 게다가 김씨 같은 이들이 잘못 알고 있는 부분도 있었다. 만약 정말로 외계인들을 업무에 투입한다 해도, 회사에선 기존의 미화원들을 대량 해고할 생각 같은 건 애당초 하지도 않았다. 물론 어느 정도의 구조조정이야 있게 될 테지만, 그런 건 어차피 언제 어디서나 흔하게 일어나는 일이므로 굳이 외계인의 탓을 할 필요도 없는 것이었다. 다행히 회사 내부 규정엔 그런 식의 항의에 대응하는 방법이 자세히 적힌 매뉴얼이 마련돼 있었다. 그 매뉴얼이 지시하는 대로, 나는 외계인들을 업무에 투입한다는 얘긴 금시초문이라고 대답했고, 만약 그 소문이 사실이라 해도 대량 해고와 같은 일은 절대 일어나지 않을 거라고 굳게 약속했다.

미화원들은 더 할 말이라도 있는 듯 잠시 서 있었지만, 결국 사무실 문을 열고 나갔다. 맨 뒤에서 나가던 김씨는 왠지 미심쩍다는 표정으로 다시 한 번 뒤를 돌아보다가 나와 눈이 마주치자 황급히 고개를 돌렸다. 뿌연 유리창 너머엔 둥글고 거대한 비행접시가 여전히 미동도 않고 떠 있었다.

W시에서 외계인 반대 시위가 열리기 시작한 것은 그즈음, 그러니까 시가 결국엔 외계 생명체들을 받아들이기로 결정했으며 아무도 모르게 그들과 계약을 맺었다는 소문이 일파만파로 퍼져 나가던 바로 그 시기였다. 인터넷 등지엔 "본 계약은 외계인에 대한 인도주의적 입장에 의거하여 W시(이하 "갑")와 외계 생명체(이하 "을") 간의 근로관계에 대한 사항을 정하며, 본 계약에 명시되지 아니한 사항에 대하여는 일반적인 노동 관계 법령 및 규칙을 준용한다"라는 문장으로 시작되는 데다 구체적인 협상 장소까지 거론되어 있는 계약서 사본마저 떠돌았다. 물론 시는 그런 계약의 존재를 즉각 부인했다. 그간 외계인과는 어떠한 교류도 이루어지지 않았다는 게 시 측의 공식적인 입장이었다. "사실대로 말하자면, 우리는 현재 비행접시 안에 무엇이 있는지조차 제대로 파악하지 못한 실정입니다. 그러니 시민 여러분, 앞으로는 그러한 유언비어에 동요되

지 말고 편안한 마음으로 생업에 종사해주십시오." 그러나 아홉시 뉴스가 끝나고 오 분 정도 이어지는 지방 뉴스에 시장이 직접 나와 이렇게 말했음에도 불구하고, 사람들의 의혹은 점점 커져만 갔다.

시 외곽의 폐교를 수리하여 외계인들이 묵을 합숙소를 만들고 있다는 소문이 돌자 그곳으로 직접 찾아간 리포터도 있었다. 카메라는, 학생 수가 점점 줄어 결국 다섯 명 정도 남았을 때 문을 닫은 시골의 작은 학교를 구석구석 훑었다. "시청자 여러분, 여길 보십시오." 그들은 텅 빈 교실과 먼지 쌓인 복도를 꼼꼼히 비췄고, 거기에서 바로 외계 생명체들이 단체로 묵게 될 거라고 추측했다. 리포터는 운동장 한구석에 있는 오래된 식수대의 수도꼭지를 돌려보기도 했고(당연히 거기선 물이 나오지 않았다) 창고에 쌓여 있는 망가진 의자와 책상을 가리키기도 했다. 마침 교문 앞에 파란색 1톤 트럭이 와서 약간의 목재를 내려놓자, 리포터는 그쪽으로 황급히 달려갔다. "혹시 여길 외계인 숙소로 개축하는 데 사용할 자재들인가요?" 리포터의 수선스러운 질문에 트럭 기사가 당황해하며 이마의 땀을 닦는 장면이 방송을 탔지만, 그가 생수병을 열어 물을 벌컥벌컥 마신 뒤 "그게 아니고, 제가 알기론 이 학교를 싼값에 산 사람이 지금 펜션으로 개조하는 공사를 하고 있다던데요"라고 말한 장면은 고스란히 편집됐다.

아무도 모르게 내려온 외계인들이 벌써 한참 전부터 여러 가지 단순 노동 업무에 종사하고 있다고 주장하는 사람들도 있었다. 그

증거로 그들은, 최근 눈에 띄게 증가한 W시의 실업률 통계 자료를 내놓기도 했다. 모두가 잠든 깊은 밤을 틈타 군용 낙하산을 타고 내려오는 외계인 무리를 목격했다는 이들도 있었는데, 특이하게도 그들이 하는 말은 다음과 같이 대략 비슷했고, 하나같이 극심한 혐오감을 드러내고 있다는 데서도 어딘가 모르게 일맥상통했다. "어두워서 잘 보이진 않았지만, 분명 몸이 녹색이었어. 코가 막혀서 잘은 모르겠지만 냄새도 났고. 하여튼, 어찌나 사납고 지저분해 보이던지……. 정말 다시는 마주치고 싶지 않은 족속들이라니까."

어떤 이들은 외계 생명체들이 투입되어 일하고 있는 분야가 도시 환경미화 업무임에 틀림없다고 주장했다. 그런 사람들은 새벽에 차들이 쌩쌩 달리는 도로 한구석에서 비질을 하고 있는 미화원들을 특히나 미심쩍게 쳐다봤다. 그러고는, 그런 주장들이 말도 안 되는 루머에 불과하다는 이들에게 아래와 같은 질문을 던졌는데, 안타깝게도 거기에 제대로 대답할 말을 찾아낸 사람은 아무도 없었다. "매일 새벽이면 주황색 모자를 깊숙이 눌러쓰고 야광조끼를 입은 채 어둑어둑한 거리를 쓸고 있는 그 사람들이 정말 누구인지 알아? 모자에 가려진 그들의 얼굴을 한 번이라도 주의 깊게 바라본 적 있냐고?"

— 이만호, 당시 54세

W시 A아파트에서 경비원으로 근무하던 중 비행접시 목격

그 소문을 처음 들은 건 아마 비행접시가 나타나고 20일쯤 지났을 무렵이었다. 아파트를 한 바퀴 둘러보고 경비실에서 점심을 먹으려는데 누가 문을 쾅쾅 두드렸다. 나는 얼른 도시락 뚜껑을 덮고 자리에서 일어섰다. 택배를 찾으러 온 입주민일 거라고 생각하니 좀 짜증이 났던 것도 사실이다. 이상하게 그 사람들은 꼭 밥 먹을 때면 그런 걸 가지러 오곤 했으니 말이다. '제길.' 속으로 중얼대며 문을 여니 뜻밖에도 김씨(김판식, 55세)가 서 있었다. 김씨는 전에 시청 환경미화원 일을 같이했던 동료인데, 우리 일이 용역업체로 넘어갈 때도 그만두지 않고 남은 몇 안 되는 사람 중의 하나였다. 그때, 용역업체 소속 미화원으로 일하겠다는 계약서에 서명을 한 사람들은 별로 없었고, 한동안 우린 좀 어색하게 지냈다. 뭐, 결국엔 다시 만나 술도 마시는 사이가 됐지만 말이다.

김씨는 내 도시락을 보더니 혀를 차며 말했다.

"지금 밥이 넘어가?"

나는 무슨 영문인지 몰라 어리둥절했다.

"아, 소문 못 들었어?"

새벽 근무조로 일했다는 김씨는 무척 피곤해 보였다. 하긴 그건 나도 마찬가지였다. 그 얼마 전, 같이 일하던 세 명의 경비 중 한 명이 그만뒀다. 정확히는, 아파트 입주자대표회의의 결정으로 권고사직을 당한 것이었다. 그때부터 나를 포함하여 남은 두 명이 열두 시간씩 교대 근무를 하게 됐다. 처음엔 그래도 잠깐씩 엎드려 눈을 붙이며 버텼지만, 어느 날 관리소장이 와서 한마디 한 뒤론 그마저도 할 수 없게 되고 말았다.

"주민들이 민원을 제기했어요. 경비가 맨날 엎드려 잠만 잔다고 말이에요." 그 뒤론 아무리 피곤해도 잠을 자지 않았다. 나는 하품을 하며 김씨에게 물었다. "왜, 무슨 일인데 그래?" 김씨의 말에 의하면, 이제 곧 저기 떠 있는 비행접시에서 외계인들이 내려오기로 되어 있다는 것이었다. "그게 뭐 어때서?"

사실 나는 외계인 같은 것엔 관심도 없었다. 하늘에 뭐가 떠 있든 나와 무슨 상관이란 말인가. 열두 시간을 꼬박 일하고 나면, 집에 가서 곯아떨어지기 바빴다. 그리고 눈을 뜨면 다시 경비실로 일하러 갈 시간이었다. 짜증 나는 건, 아침마다 울려 퍼지는 괴상한 노랫소리였다. 그 시끄러운 소리 때문에 깊은 잠을 잘 수 없었고, 가뜩이나 피곤한 몸은 점점 더 무거워져만 갔다.

"이런 한심한 사람을 봤나?"

김씨에 의하면, 시가 최근 그들과 비밀 계약 같은 걸 맺었다는 것이었다. 여기서 외계인들을 살게 해주는 대신 그들은 시의 여러 가지 일들을 공짜로 해주기로 했다는 게 그 계약의 내용이라고 했다.

"어디서 들었는데? 그리고 그게 뭐가 문젠데?" 나는 도시락을 쳐다보며 말했다. 김씨가 빨리 가줬으면 좋겠다는 생각뿐이었다. 그나마 하루 중 가장 한가한 시간이었는데, 그때를 놓치면 사실 밥은 다 먹은 거나 마찬가지였기 때문이다. "아, 그래도 모르겠어?" 김씨는 답답하다는 듯 한숨을 쉬었다. "외계인인지 뭔지가 내려오면 이씨나 나 같은 사람은 이제 끝장이라고. 생각해봐, 그놈들이 내려오면 어디서 일하겠어?

분명 쓰레기 청소나 시키고 경비나 돌게 하겠지. 뻔한 거 아니냐고. 그럼 우리는 또 뭐가 되겠어? 그러니까 이씨도 정신 바짝 차려야 할 거야." 그러면서 김씨는 외계인 반대 시위라는 걸 하기로 했다고, 엿듣는 사람도 없는데 귓속말로 속삭였다.

"꼭 와. 이럴 때일수록 일치단결해야지, 안 그래?" 시위 장소와 일정을 알려준 뒤 김씨가 나가자마자, 나는 도시락 뚜껑을 열었다. 밥을 한 숟가락 뜨는데, 누가 다시 문을 두드렸다. 택배를 찾으러 온 젊은 여자였다. '이런, 제길.' 뚜껑을 닫은 후 입을 닦았다. 결국 그날 점심은 남겨야만 했다.

그러나 외계인 반대 시위가 점점 고조되었다고는 해도 그것이 W시 상공의 괴비행체를 사라지게 한 직접적인 원인으로 작용하진 않았을 것이다. 시청 앞 광장을 가득 메운 사람들이 "외계인은 물러가라." 혹은 "더럽고 위험한 그들로부터 우리 아이들을 보호합시다." 같은 표어가 적힌 플래카드를 하늘에 대고 흔들었다고 해서, 비행접시 안에 있던 외계인들이 그걸 보고 심적 동요 같은 걸 일으켰을 리는 없을 테니 말이다. 그러니 어쩌면, 비행접시의 갑작스러운 소멸은 그저 처음 나타났을 때와 마찬가지로 별다른 이유 없이 진행된 일종의 수순 같은 것이었을지도 모른다.

어쨌든, 비행접시는 어느 날 홀연히 사라졌다. W시의 상공에 출현한 뒤로 거의 한 달쯤 지난 어느 초겨울 밤의 일이었다. 엄청난 굉음과 함께 나타났던 것과는 달리, 사라질 땐 무척이나 조용하게 자취를 감춘 점이 특징이라면 특징이랄까, 그 밖에 눈에 띌 만한 건 아무것도 없었다. 어떤 전언도 남기지 않았고, 하다못해 다시 돌아오겠다는 약속 비슷한 것도 하지 않았다. 마치 그동안 하늘에 그런 거대한 원반 같은 건 존재한 적도 없었던 듯, 그렇게 흔적도 없이 사라졌을 뿐이었다. 그들이 지구에 남긴 거라곤 한동안 흩날려대던 색종이 조각밖에 없었지만, 그것도 이미 모두 쓰레기장에서 소각되었기에, 그야말로 남은 것은 아무것도 없었다. 한밤중에 자지 않고 깨어 있다가 운 좋게도 비행접시가 사라지는 걸 목격했다는 여남은 명의 사람들이 있었는데, 그들은 그 비행체가 마치 하늘에 뚫린 구멍으로 쏙 빨려들기라도 하듯 갑자기 없어지더라고 입을 모아 말했다.

통제 구역 밖에서 진을 치고 기다리던 소수의 기자들은, 실망에 가득 찬 채 짐을 꾸렸다. 우주 전쟁은 일어나지 않았고, 외계인들은 얼굴도 내밀지 않았다. 검역소와 바리케이드가 철거됐고, 마지막으로 시장이 비행접시의 철수를 공식적으로 발표했을 땐 박수 대신 한숨이 흘러나왔다.

산으로 둘러싸인 그 작은 도시는 다시 조용해졌고, 전과 다를 바 없는 일상이 찾아왔다.

한때 도시의 하늘을 뒤덮었던 거대한 원반은 빠르게 잊혀졌다. 의심 많은 몇몇 사람들만이 두고두고 비행접시와 외계인에 대해 생각했다. 그들은 거기서 뭔가가 내려온 게 분명하다고 믿었지만, 아무리 주위를 둘러봐도 문어처럼 생긴 외계의 존재들은 눈에 띄지 않았다.

— 마지막, 김근석의 증언

그날 아침엔 깜짝 놀라서 잠에서 깼다. 창밖이 이상하게 밝고 환했기 때문이다. 머리맡을 더듬어 시계를 보니, 벌써 아홉시 반이 넘어 있었다. 옆에선 형의 코고는 소리가 들려왔다.

"형, 일어나. 아홉시 넘었어!"

내 말에 형이 부스스 눈을 떴다.

"아직 노랫소리도 안 들렸는데, 뭔 소리야?"

"그러니까 이상하다는 거지. 나도 지금 일어난 거야."

사실 그동안 우리는 매일 아침 여섯시면 비행접시에서 어김없이 울려 퍼지던 흥겨운 노랫소리에 맞춰 눈을 뜨곤 했다. 그래서 언제인가부터는 아예 알람조차 맞추지 않았던 것이다.

"어떻게 된 거지? 오늘은 노래 안 틀기로 했나?"

소방공무원 시험 1차 필기에 떨어진 형은 무척 우울해 보였다.

마루에선 아버지가 세상모르고 자고 있었다. 그즈음 아버지는 외계인 하강 반대 시위라는 걸 하러 다니느라 바빴다. 새벽일이 없는 날엔 시청 앞에 나가 전단을 돌렸고 저녁엔 같이 시위하는 사람들과 술을 마시다가 밤늦게 돌아오곤 했으니 말이다.

비행접시가 사라졌다는 사실을 깨달은 건 그때였다.

아버지를 깨우려고 마루로 나갔을 때 허전한 예감이 들어 위를 쳐다보니, 원래 거대한 원반이 떠 있던 자리엔 아무것도 보이지 않았다. 그야말로 구름 한 점 없이 맑고 깨끗한 하늘뿐이었다. 형과 아버지에게 이 사실을 알려야겠다는 생각이 든 건, 하늘을 바라본 지 적어도 10분 정도는 지난 다음이었다.

"비행접시가 사라졌어!"

내가 외치자, 신발도 제대로 안 신고 마당으로 뛰쳐나온 아버지는, 그놈들이 이렇게 쉽게 포기하고 떠날 리가 없다며 한참 동안 빈 하늘을 기웃거렸다. 형은 좀 늦게 걸어 나왔고, 주머니에 손을 찌른 채 가만히 서 있다가 담배를 꺼내 물었다.

밖에서도 사람들이 웅성거리는 소리가 들려왔다. 모두들 저 위를 올려다보고 있을 거란 생각을 하니, 내 뒷목까지 아파왔다.

아버지는 정말로 하늘에 아무것도 없다는 걸 확인하자 도로 방으로 들어갔다. 그러고는 내일 새벽 근무가 있다며 다시 베개를 베고 누웠다.

그동안 우리 도시의 하늘을 뒤덮고 있던 괴비행체가 완전히 사라져버렸다는 소식은, 저녁 뉴스에서도 아주 짧게 다뤄졌다. 별다른 문제도 일으키지 않고 싱겁게 사라졌으니 그럴 만도 했다. 이어서 앵커는 유로존 문제니 실업률이니 이런 얘기를 잠깐 했고, 올겨울이 사상 최고로 추울 거라는 말도 덧붙였다.

밤엔 일찍 잠자리에 들었다. 아르바이트가 없는 날이었기 때문이다. 자다가 문득 눈을 뜨니 새벽이었다. 창밖은 여전히 어둡고 깜깜했는데, 그때까지도 컴퓨터 앞에 앉아 게임을 하고 있는 형의 뒷모습이 새삼 낯설어 보였던 기억이 난다.

"어디로 간 걸까?"

내가 묻자, 형은 돌아보지도 않고 대답했다.

"응? 뭐가?"

"아니야, 아무것도."

나는 다시 눈을 감았다. 잠시 후, 밖에서 분주한 소리가 들려오기 시작했다. 아버지가 일하러 나갈 준비를 하고 있었다.

W시 시청으로 한 꾸러미의 페덱스 소포가 도착한 것은, 하늘에서 비행접시가 완전히 사라진 뒤로도 며칠이나 더 지난 다음이었다. 소포의 발신자란엔 낯설기 그지없는 미 동부의 한 도시 이름과 '미합중국 퇴역소방관협회 동부지회 제42분회'라는 생소한 단체명이 적혀 있었다. 어떤 부서에서 그 의문의 소포를 처리해야 하는가에 대한 간단한 회의가 있었고, 결국 그것이 외국에서 온 선물의 일종이라는 사실에 착안하여 시청 대외홍보실이 개봉의 임무를 떠맡게 됐다. 홍보실 구석에서 복사와 서류 전달을 맡아온 공익근무요원이 커터칼로 조심스럽게 포장을 뜯었을 때, 멀찍이 서서 그 장면을 지켜보던 시청 직원들은 실망 섞인 한숨을 내쉬었다. 그럴 만도

한 게, 누런 종이로 겹겹이 싸인 소포 안엔 겨우 몇 권의 낡은 책이 들어 있었을 뿐이기 때문이다. 그중 맨 위에 놓여 있던 책갈피 사이엔 "친애하는 W시 시민들께"라는 말로 시작하는 편지 한 장이 끼워져 있었지만 그걸 주목하는 이는 아무도 없었다. 결국 책들은 모두 시립도서관으로 보내졌다. 사서들은 이 책에 어떤 분류기호를 부여해야 할지 잠시 고민했고, 책 속에 그려진 외계인과 비행접시 삽화를 고려하여 어린이 장서실의 영어 도서 코너에 비치하는 걸로 최종 결정을 내렸다.

*

꽤 오랜 시간이 흐른 후에, 도시에 출현했던 비행접시에 대하여 기록물을 제작하고 있던 한 아마추어 사학자가 도서관 서고 구석에서 먼지를 뒤집어쓴 채 방치돼 있던 『재난 시 소방관 행동규정』 한 권을 발견했다. 그때 이미 표지마저 뜯겨 나가 너덜너덜해진 책 속에서 그는 한 장의 편지를 찾아냈고, 인터넷 검색을 통해 미합중국 퇴역소방관협회 동부지회 제42분회의 연락처를 얻어낼 수 있었다. 몇 번의 전화 끝에 그가 알아낸 건, 소포를 부친 전직 소방관이 이미 세상을 떴다는 것과 현재의 분회장 자리가 공석이라는 사실 정도였다. 책의 표지 사본을 구할 수 없냐는 향토사학자의 질문에, 회장 대리를 맡고 있다는 노인은 이렇게 대답했다. "글쎄올시다. 아마 그건 구할 수 없을 거요. 그때 우리가 가지고 있던 책들을 다 모아서 보냈거든. 정 필요하다면, 소방박물관에 한번 연락해보구려."

전화를 끊은 뒤, 아마추어 사학자는 사전을 펼쳐놓고 편지를 읽었다. 군데군데 잉크가 번져버린 탓에 해석에 어려움을 겪었지만, 대충 이런 내용인 듯했다. "한때 지구인들은 서로에게 총을 겨눴지만, 이제 밖에서 온 적에게 대항하기 위해 하나가 되어야 할 시간이 왔습니다. 오래전, 우리는 외계로부터 온 사악한 존재들의 공격에 대응하는 법을 한 권의 책으로 엮어낸 적이 있습니다. 그 책이 정말로 필요하게 될 날이 올 거라곤 단 한 번도 상상하지 못했지만, 지금 이 순간, 미확인비행물체의 출현으로 공포에 떨고 있을 당신들을 생각하니, 그저 감개무량할 뿐입니다. 부디 이 책이 조금이나마 도움이 되기를 간절히 바랍니다." 그는 편지의 사본을 자신이 그즈음 한창 제작에 열중하고 있던 기록물 파일에 끼워 넣었다.

몇 년 전부터 그 아마추어 사학자는 오래전 비행접시를 목격했던 각계각층의 시민들을 대상으로 인터뷰를 진행해오고 있었다. 그러나 어쩌면 그의 작업은 불필요하고도 무의미한 일일지도 몰랐다. 최근 들어 점점 많은 학자들이 당시 일어났던 W시의 비행접시 사건이 그저 하나의 허구에 불과할지도 모른다는 연구 결과를 속속 발표하고 있기 때문이다. 이미 학계에선, 주민 전체가 집단 최면 상태에 빠져들었던 비극적이고도 희극적인 역사적 사건의 증례 목록에 W라는 도시의 이름을 추가한 상태였다.

하지만 그럼에도 불구하고, 무명의 사학자가 남긴 기록물 속에서 그 모든 일은 여전히 실재했던 사건이자 생생한 진실처럼 보인다. 어쨌든 그는 인터뷰 자료들에 대한 대충의 정리를 끝내고 맨 마지막 장에 아래와 같은 코멘트를 적은 다음 파일을 덮었다. 어느 문구사에서나 흔히 파는 녹색 표지의 파일이었다. "만약 그때 W시 상공에 나타난 비행접시가 공격을 감행했다면, 그래서 우주 전쟁 비슷한 사태라도 벌어졌다면, 사건은 다른 식으로 기억됐을지도 모른다. 그러나 불행인지 다행인지 비행접시는 조용히 사라졌고, 그저 평온한 일상이 한없이 계속됐을 뿐이다. 모든 평범함이 그렇듯 과거는 잊혀갔고 사람들이 겪은 일들은 허구가 되었다. 상황은 종료됐으며, 결국 아무 일도 일어나지 않았던 것이다."

개들의 사생활

1

문밖에서 트럭을 세우는 요란한 소리가 들린다. 곧이어 남색 작업복을 입은 두 명의 남자가 뛰어들어와 외친다. "어디에 내려놓을까요?"

그들은 제약회사에서 나온 배송 직원들이고, 박카스 상자를 쌓아 둘 장소에 대하여 묻고 있다. 내가 약국 앞 한구석을 가리키자 두 남자는 빠르게 박스를 쌓아 올린다. 개수를 확인한 뒤 거래 명세서에 도장을 찍어 주자, 그들이 나간다. 약사는 여전히 처방전을 보며 약을 짓고 있다. 어쩌면 조제실 유리 너머로 흘낏 내다봤을지도 모르지만.

나는 스물일곱 살의 전형적인 북방몽골계 남자다. 그러니까, 길에서 마주친 나의 얼굴을 기억할 만한 사람이 아무도 없다는 얘기. 이 빌어먹을 거리엔 온통 북방몽골계 남자들이 우글거린다. 여긴 동아시아 한구석에 우두커니 자리 잡은 한국, 거기에서도 수도 서울이니까.

그러나 만약 누군가가 나를 자세히 본다면, 내 눈이 약간 사시라서 양쪽 눈동자가 서로 다른 방향을 보고 있다는 걸 알아차릴 것이다. 그리고 턱 아래 난 세 줄의 상처. 얼마 전 약사는 나에게 상처에 대해 물었다.

"제니랑 놀다가 그랬어요."

나는 배송되어 온 약 상자를 뜯으며 대답했다. "제니는 우리 집 강아지 이름이에요. **귀엽죠?**" 애완견을 키우는 젊은 남자는 어디서든 일단 먹고 들어간다. 제니를 안고 산책을 할 때, 많은 사람들이 내게 말을 걸어오는 것만 봐도 알 수 있다. 그중엔 눈이 번쩍 뜨일 만한 미인도 있었다. 난 그녀들에게 개를 만져보라고 하고, 그러면서 이런저런 대화를 나누기까지 했었다. 예상대로 약사 역시 내게 미소를 보냈다. 하긴, 나는 개를 사랑하는 착한 남자니, 그런 반응은 당연한 일이겠지만 말이다.

약국에서 일한 지는 석 달 됐다. 내가 구인 광고란에서 혼자 찾아냈고, 전화도 직접 걸었다. 약사는 면접을 보러 오라고 했다. 나는 거울을 보며 몇 번이나 연습했다. 안녕하세요? 어제 전화 드린 ㄱ입니다.

ㄱ은 좀 굼뜨지만 유순하고 성실하다. 고등학교 3학년 시절 교통사고를 당했는데, 그것 때문에 이렇게 덜떨어진 인간이 됐다. 그때 ㄱ은 반년이나 종합병원에 누워 지냈고, 대학도 그래서 포기했다. 그러나 일하는 데는 지장이 없다고 힘주어 말할 생각이었다. 내가 실제로는 지방에 있는 4년제 대학 생물학과를 다니다 말았다든가 사소한(정말 별것 아닌) 법을 위반하여 약식 재판을 받고 벌금을 낸 적 있다든가 하는 이야기는 절대로 털어놓지 않을 작정이었다.

약사는 바로 출근하라고 했다. 아침 여덟시에 와서 무인 경비 시스템을 해제하는 법도 알려줬다. 그런 다음 셔터를 올리고 들어와 청소를 하는 게 내 일이었다. 청소를 다 마치면, 여덟시 반에 약사가 나오고, 그런 다음엔 낮 내내 허드렛일을 하면 된다. 주로 노인이 약국 문을 밀고 들어올 때 부축해주는 일, 그리고 갑자기 약 재고가 바닥났을 때 가까운 도매상에 뛰어가서 사 오는 일. 나는 달리기를 잘한다. 그래서 약을 사 올 일이 좀 더 자주 있길 바란다. 아무 생각 없이 달릴 때 나는 진짜 ㄱ이 된 기분이다. 그럴 때 간혹 개들이 지나간다. 그럼 나도 모르게 돌아보게 되지만, 당분간은 개 곁에 다가가지 않는 것이 좋다는 걸 ㄱ은 잘 알고 있다. 어쨌든, 약국 일은 힘들지 않고, 무엇보다도 제니의 주인들에게 손을 벌리지 않을 수 있다는 점이 마음에 든다.

제니의 여주인(ㄱ의 엄마다)은 울었다. 내 벌금을 내주면서, 제니를 품에 안고. 그녀의 손톱은 부드럽고 연한 복숭아색으로 칠해져 있다. 아버지는 오지 않았다. 바빠서 올 수가 없었다. 그는 언제나 바빴다. 그리고 내겐 아버지가 오지 않는 편이 더 나았다.

그의 안경 너머로 보이는 차가운 눈초리.

저녁이면 어둑어둑해지는 군청색 하늘엔 항상 아버지의 얼굴이 둥둥 떠 있었다.

그는 나의 성적표를 보고, 한마디 말도 하지 않았다. 제길, 겨우 두 개 틀렸다고. 그러나 ㄱ은 두 개나 틀린 머저리 같은 놈이었다. 아버지는 성적표를 내려놓고 한마디 했다. "애 공부에 신경 좀 써." 엄마는 알겠다고 했다. 신경질적인 목소리였다. 그런 다음 두 사람은, 그러니까 아버지와 엄마는 제니를 안고 산책을 갔다. 그때의 제니가 제1대 제니였다. 벌금을 내주는 여자의 품에 안긴 것은 제3대 제니다. **제니. 제니. 제니.** 대를 이어 사랑받는 그놈의 제니.

동물보호법 위반. 이게 내 죄명이었다. 벌금은 3백만 원.

판사가 왜 그런 짓을 했느냐고 물었을 때, 나는 아무 말도 하지 않았다. 그저 고개만 숙이고 서 있었다. 내 계획을 아무도 알게 해선 안 되기에, 개를 학대한 악마 같은 놈으로 오해받아도 어쩔 수 없었다. 적을 알고 나를 알면 백전백승이라고, 손자라는 사람이 말했다. 나는 개를 알고 또한 나도 안다. 그러니 이제 앞으로 남은 건

백전백승뿐이다. 인류를 구하는 건 그렇게 쉬운 일이 아니라고요. 검사가 뭐라고 주절주절 떠들고, 판사가 또 무슨 이야기를 할 때, 몇 번이나 이 말이 튀어나오려는 걸, 겨우 참았다.

"이 젊은이는 현재 **정상**이 아니라는 것을 참고해주십시오."

변호사가 말하는 소리도 들려왔다.

나는 정상이 아니었다. 증인인 엄마도 그렇게 말했는데, 변호사가 적어준 내용 그대로였다. 어린 시절, 자전거를 타고 가던 나는 언덕을 내려오는 택시와 부딪쳤다. 그리고 어느 날부턴가 ㄱ은 말하는 게 어눌해졌고, 아주 잠깐씩 정신을 잃었다. 지금은 몇 년째 신경과에서 치료를 받고 있다는 게 엄마의 증언이었다. 그러면서 여러 가지 증거 서류들을 내밀었다. 물론 변호사가 어딘가에서 급히 구해 온 것들이었다.

박카스 상자는 무겁다. 여긴 잘되는 약국이라서 일주일마다 오는 배송 차량이 박카스를 보통 열 박스씩, 그러니까 천 병씩 약국 앞에 내려놓는다. 그걸 안으로 옮겨 와서 조제실 뒤편 창고에 쌓아 두는 것도 나의 일이다. 그리고 한 상자는 이렇게 커터로 뜯어서 스무 병씩 선물용 케이스에 담은 뒤 진열해 둔다. 도대체 박카스를 선물로 사 가는 사람들은 뭐 하는 이들일까? 나는 포장을 하며 그런 궁금증을 가진다. 타우린과 비타민이 들어 있어서 피로가 금방 풀린다는 이 노란색 음료. 약사는 자주 박카스를 마시고, 때론 나에게도 준다. ㄱ은 공손하게 받아 마신다.

그런 다음엔 조제실로 들어가 약서랍을 하나씩 열어보고 빈 곳이 있으면 채운다. 약사는 바쁠 때 조제약 서랍이 비어 있는 걸 가장 싫어한다. 약을 채우며 곁눈으로 보니, 약사가 손에 바리움 병을 들고 있다.

바리움. 원래는 'Valium®'이라는 상표로 등록되어 있는 이 작고 동그란 알약은, 스위스에 본사를 둔 다국적 제약기업 로슈의 스테디셀러 항불안제다. 성분명은 디아제팜(Diazepam). 저건 그중에서도 상대적으로 함량이 높은, 5밀리그램짜리 노란색 정제다. 만약 당신이 불면증에 시달린다면, 병원에 가서 바리움을 처방받으면 된다. 밤에, 이 노란 알약 하나를 삼킨 뒤 가만히 누워 있으면 곧 꿈도 없는 깊은 잠으로 빠져들 테니 말이다. 약을 다 지은 약사가 조제실 밖으로 나간다. 저 중년의 약사는 정말 친절하고, 그래서 환자에게 약 먹는 법을 엄청나게 자세히 설명한다. 그동안 나는 조제대를 가린 유리 바깥을 기웃대며 재빨리 두 알의 바리움을 바닥으로 떨어뜨린다. 그러고는 발로 조용히 밀어 약장 밑의 좁은 틈에 숨긴다.

사이코패스.

이게 당시 나에 대하여 사람들이 떠들어댄 말이었다.

신문 기사와 텔레비전 뉴스에 모자이크 처리된 사진으로 등장한 ㄱ에게 그랬다는 말이다. 그러나 나는, 아니 ㄱ은 사이코패스가 아니다. 외로운 연구자이며 오히려 희생자일 뿐이다. 그 일이 꼬리가 밟힌 것은 순전히 운이 나빠서였다. 내가 조심성이 부족했던 이유도 있다. 원래는 **그것들**을 종량제 봉투에 담아 내놓을 생각이었다. 하지만 공교롭게도 그날은 종량제 봉투가 하나도 남지 않았다. 그렇다고 방에 **그것들**을 둘 순 없었다. 분명 지독한 냄새가 날 테고, 이웃 사람들이 이상하게 여길 게 확실했다.

2

프리온이라는 기이한 단백질에 대해 연구하기 시작한 건 벌써 3년도 더 전의 일이다.

프리온(prion).

이렇게 말하면 열에 아홉은 전혀 모른다고 고개를 젓지만, 그게 광우병이나 크로이츠펠트-야콥병을 일으키는 원인이라고 말하면 열에 여덟은 알겠다고 다시 머리를 끄덕인다. "아, 그거요. 알다마다요." 그러나 사실 그들이 알고 있는 건 뉴스나 신문에 나오는 표면적인 이야기 정도일 뿐, 그 무서운 병의 진짜 의미를 알고 있는 이는 아무도 없을 거라는 게 내 생각이다.

이 괴상한 단백질 덩어리가 인간의 삶에 슬그머니 끼어든 건, 1970년대 영국에서였다. 형질 개량을 통해 만들어진 서퍽(Suffolk)

품종의 양들이 갑자기 주저앉으며 죽어갈 때만 해도 지금까지 자연계에 존재한 적 없는 단백질이 나타날 거라곤 아무도 믿지 않았다. 지금 생각하면 정말 아쉬운 일이다. 그 양들을 지키던 몇 마리의 보더콜리종 개를 눈여겨본 사람은 아무도 없었을 테니 말이다. 어쨌든, 그때까지만 해도 양이 왜 그런 식으로 죽어가는지 알 수 없었다. 그러다가 한 미국인 의사가 뭔가 이상하다는 걸 깨달았다. 이 병, 그러니까 양들이 미친 듯이 행동하다가 천천히 힘이 빠진 끝에 털썩 주저앉아 죽어버리는 이 괴상한 질병을 어디선가 본 적 있다는 사실을 떠올렸기 때문이다. 그건 쿠루병이었다. 그리고 그에겐, 오래전 그러니까 1950년대 즈음 쿠루병이 만연하던 파푸아뉴기니의 한 섬에서 의료 봉사 활동을 한 경험이 있었다.

파푸아뉴기니의 그 섬에서 쿠루병에 걸려 죽어간 이들은 모두 여자 아니면 어린애들이었다. 그들도 마치 서펙 품종의 양들처럼 그렇게 죽었다. 처음엔 말이 어눌해지고 광기 어린 행동을 한다. 그러다가 쓸데없이 웃어댄다. 미쳐버린 거다. 마지막에 죽음이 찾아온다. 영국의 농장에서 죽어간 양들처럼 그렇게, 다리에 힘이 빠져 털썩 주저앉고 그게 끝이다. 땡. 마침표처럼 종이 울리는 거다. 의사들은 장시간에 걸친 광범위한 역학 조사 끝에, 쿠루병의 이유를 알아냈다. 그건 바로 인육을 먹는 관습 때문이었다.

그 섬에 사는 사람들은, 친척이나 지인이 죽으면 모여서 그 고기를 먹었다.

그렇게 함으로써 죽은 이를 자기 안에 영원히 간직할 수 있다고 믿었던 거다.

남자들은 주로 근육을 먹었다. 일종의 살코기였다. 여자와 애들이 뇌와 척수, 내장을 먹었다. 아마 찌꺼기였을 것이다. 쿠루병에 걸려 죽은 사람들은 바로 그들, 뇌와 내장을 먹은 여자와 애들이었다. 죽은 자의 시체를 먹어치우는 관습은 법으로 금지돼 있었지만, 섬 주민들은 몰래 그들의 풍속을 이어갔다. 여하튼 그 역학조사를 통해 쿠루병이라는 괴이하고 끔찍한 질병의 원인이 어쩌면 뇌와 내장, 그리고 척수에 있을지도 모른다는 걸 알게 됐다. 미쳐서 비틀거리다 죽어버린 서퍽 품종의 양들 역시 뇌와 내장을 갈아 넣은 사료를 먹었다는 게 나중에 밝혀졌다. 하지만 쿠루병을 조사한 의사들도 그 부족들 주위를 맴도는 음험한 개들을 눈여겨보지 않았다. 하긴 그럴 수밖에 없었을 것이다. 개들은 어디에나 있으니까.

당신 옆에도 있고

지금 내 옆에도 있다.

개들은.

또 다른 인간광우병의 일종인 게르스트만-슈트라우슬러-샤인커병은 어떤 유대인들에게서 발견됐다. 역시 기형적으로 변형된 프리온 단백 때문에 생기는 병이었다. 크로이츠펠트-야콥병과 조금 달랐던 건, 그저 병의 진행 속도가 조금 느리다는 것뿐이었다.

그렇다고 해도 결국엔 어눌해지고, 웃고, 급기야 털썩 주저앉아, 끝. 이런 말로를 피할 순 없었다.

그 유대인들은 리비아에서 건너왔고, 이스라엘의 한 키부츠에 정착했다. 알고 보니, 리비아에서 살 때 그들은 양의 뇌를 특별히 즐겨 먹었다. 그들 가계의 전통적인 식습관이었다. "야훼여, 양의 뇌를 즐겨 먹은 대가가 너무 큽니다." 그들 부족의 랍비는 가슴을 치며 외쳤을지도 모른다. 그러나 소용없는 일이었다. 그들은 서서히 무너졌고, 결국 죽었다. 그런데 그 유대인들이 정착했던 키부츠에 있던 개들은? 누가 그 개들에게 관심이나 가졌을까? 어쩌면 인간이 먹다 버린 양의 뇌와 내장을 포식했을지도 모르는 그 동물에게?

영국 정부는 당황했다. 이젠 이 기이한 질병이 서퍽 품종의 양들에게만 국한된 게 아니라는 사실이 점점 드러났으니까. 국가의 낙농과 육우 산업이 존폐의 기로에 서 있었다. 결국 소들도 하나둘, 그렇게 털썩 주저앉아 죽어가기 시작했다. 그다음엔 다른 동물들도 죽어갔다. 사슴도, 원숭이도, 그저 미친 듯이 돌아다니며 웃었고 (만약 동물들도 웃을 수 있다면 말이다) 마지막엔 그 자리에 앉아서 죽었다. 모두 다 사료 때문이었다. 늙은 양의 뇌와 내장을 갈아 넣어 영양가를 높인 그 사료들. 그 짧은 시기에, 영국에서 그런 사료를 먹은 동물들은 모두 같은 질병을 앓았다. 그리고 그런 동물을 먹었던 사람들 역시 뇌에 이상한 단백질이 덕지덕지 쌓이는 크로이츠펠트-야콥병에 걸려 죽어갔다. **오직 개들만 빼고**. 알려진 바에 의하면, 지금까지 세상의 그 어떤 개들도 이 병에 걸리지 않았다.

그러나 어떤 사실과 사실 사이의 연관성을 찾아내는 데엔, 천재적인 직관 같은 게 필요하다. 유명한 생화학자나 의학자들은 나보다 훨씬 똑똑하겠지만, 나열된 사실들 뒤에 감춰진 본질을 직시할 만한 능력을 가지고 있진 않았다. 그들 중 어느 누구도 개들에게 주목할 생각을 못 했던 걸 보면 말이다. 오직 나만이 그 둘, 그러니까 개와 프리온 사이의 관계를 간파했다. 그리고 이게 바로 내가 지금까지 이렇게 외로운 실험과 연구를 계속해오고 있는 이유다. 사람들에게 진실을 알려줄 의무가 나에겐 있는 것이다.

1982년, 드디어 프리온이 발견됐다.

미국의 콜드 스프링 하버 연구소의 스탠리 프루시너라는 유전학자가 프리온이라는 낯선 단백질의 존재를 알아냈고, 바로 학계에 보고했다. 참고로 말하자면, 콜드 스프링 하버 연구소는 원래 인간 우생학 연구를 위해 1940년대에 정부 주도로 세워진 곳이다. 물론 나중엔 전 세계 생화학과 유전학 연구의 중심이 되었지만 말이다. 사실 나는, 그런 좋은 기관이 한낱 생화학 연구소 따위로 추락하고 만 것이 안타깝다. 아마 그런 곳에서 제대로 된 우생학을 연구하고 전 인류에게 실행했다면, 지금쯤 지구는 낙원이 되어 있을지도 모른다. 우월한 인자들로만 똘똘 뭉친 사람들이 우글대는. 내 생각을 들은 ㄱ이 말한다. 그럼 너도 태어나지 못했을 거야. 넌 **열성**인자로만 이루어져 있으니까. 그럼 나는 대답한다. 상관없어.

잠깐. 이야기가 딴 데로 흘렀다.

어디까지 얘기했지?

그렇다. 콜드 스프링 하버 연구소의 스탠리 프루시너.

그는, 기이한 모양으로 변형된 채 자기 복제를 거듭하며 서서히 신경계를 파괴하는 괴상한 단백질을 찾아냈고 프리온이란 이름을 붙였다. 프리온은 죽은 서픽 품종 양의 뇌에서, 광우병에 걸려 죽어간 소의 뇌에서, 동물원에서 사료를 먹고 죽은 각종 네발 달린 짐승들과 원숭이들에게서, 그리고 마지막으로 쿠루병 혹은 크로이츠펠트-야콥병이나 게르스트만-슈트라우슬러-샤인커병에 걸려 죽은 인간의 뇌에서 발견됐다.

더 놀라운 일은 그 얼마 뒤에 일어났다.

양이나 소의 뇌와 내장을 전혀 먹은 적 없고 가족 중에 관련 질병의 유전력도 없던, 그야말로 **정상**인 사람들도 이 병에 걸린 것이다. 단지 그들 사이에 공통점이 있다면, 같은 병원에서 뇌수술을 받은 적이 있다는 사실뿐이었다. 알고 보니 그들을 수술한 도구가 문제였다. 그 도구들은 바로 얼마 전 크로이츠펠트-야콥병에 걸린 환자의 뇌를 수술하는 데 썼던 것들이었고, 그들은 바로 그것을 통해 프리온에 감염된 게 확실했다.

모두 당황했다.

수술 도구들은 완벽하게 살균 소독된 것들이었으니 말이다.

결국 이 사건으로 명백해진 건, 프리온이란 단백질은 일반적인 살균 방법 같은 걸 써서는 절대 없애지 못한다는 사실이었다(포르말린이나 끓는 물에도 끄떡없었다). 그건, 지금까지 알려졌던 자연계의 룰과는 완전히 다른 방식으로 자기 복제를 해나가는 불멸의 단백질이었던 것이다. 네발 달린 모든 짐승과 인간까지도 그 감염의 공포에서 자유롭지 못하지만, 오직 개들에게만은 결코 전염되지 않는 기이한 단백질 덩어리. 안타까운 건, 프리온에 대한 지식이 여기서 더 이상 한 발짝도 나가지 못하고 있다는 사실이다. 스탠리 프루시너가 프리온을 발견해서 노벨상을 탄 이후로 어떤 진전도 없었다는 얘긴데, 하긴 당연한 결과다. 왜냐하면, 개를 주목하지 않는다면 결코 영원히 알아낼 수 없을 테니까. 프리온의 진짜 의미 같은 건.

“그러므로 이 병의 배후에 존재하는 음모에 우리는 주목해야 합니다”라고 나는 썼다. 처음에 내가 편지를 보낸 곳은 당연히 콜드스프링 하버 연구소였다. 그러나 아무 답장도 받지 못했다. 답장을 받지 못한 것에 대해 나는 전혀 실망하지 않았다. 프루시너가 프리온을 발견했을 때도 연구소 안팎에서 얼마나 많은 비웃음을 샀던가. 수많은 과학자들이 대놓고 그를 비난했다. “말도 안 됩니다.

지구상의 모든 단백질은 **똑같은 방식**에 의해 복제됩니다. 그런데 DNA나 RNA 없이 자기 복제가 가능한 단백질이라뇨? 그런 것은 세상에 존재할 수 없습니다. 존재해서도 안 되고요." 이게 그들, 뛰어난 과학자들의 말이었다.

프루시너 같은 사람도 새로운 학설을 발표하고 10년 동안 비웃음의 대상이 됐는데, 하물며 오직 천재적인 직관에만 의존해서 연구하는 나 같은 사람은 오죽하겠는가.

3

저녁이다.

군청색의 어둑한 시간.

약사는 퇴근 준비를 하고 있다. 오늘 하루 들어온 처방전을 정리하는 것이다.

ㄱ은 청소를 한다. 최대한 꼼꼼하게 구석구석 쓸고 닦는다. 그는 앞으로도 될 수 있는 한 오래 이곳에서 일하고 싶다. 적어도 바리움이 더 이상 필요 없어질 때까지만이라도.

그런데 당신은 궁금하겠지? 내가 바리움이란 약에 대해서 잘 아는 이유 말이야.

그건 간단해. 난 아주 오랫동안 그 약을 먹어왔거든.

의사들은 그 노란 알약 몇 개를 처방해주며 나를 무시했지.

끝없는 질문들 속에서 허우적대게 만들었다고.

"아직도 악몽을 꾸니?"

"아직도 누군가가 널 해칠 것 같아?"

"폭식에 대한 충동을 멈추기가 힘들어?"

"갑자기 기분이 급격하게 변하기도 하지?"

그러면서 그들은 곁눈질로 힐끗 본다.

ㄱ이 손톱을 문지르거나 물어뜯는 모습을.

불쌍한 ㄱ.

오래전, 의사 앞에 앉아 있을 때마다 ㄱ은 뭐라고 대답해야 할지 몰라 당황했다. 그는 땀을 흘렸다. 제니의 여주인, ㄱ의 엄마가 지켜보고 있으니까. 그녀의 길고 말끔하게 다듬어진 복숭아색 손톱이 하얗게 변하고 있었으니까.

의사들은 바로 그 순간을 놓치지 않았어.

"지금, 초조하니?"

ㄱ은 아니라고 말했다.

"괜찮아, 이분들에겐 사실대로 말해. 널 **도와줄** 분들이야."

복숭아색 손톱의 여자가 ㄱ에게 말하는 것이 꿈결인 듯 웅웅대며 들려왔다. 지금은 물론 다르다. ㄱ은 다 컸고, 180센티미터에 가까운 큰 키에 건장한 체격을 가졌다. 살도 뺐고, 배엔 군살 하나 없는 그는 더 이상 겁에 질린 어린 남자애가 아니다. 학교에서 갑자기 사라졌다가 어디선가 발견되어 질질 끌려오기나 하는 그런 덜떨어진 애가 아니란 말이다. 어려서부터 노란 알약이나 삼켜야 했던 그런 등신도 이젠 아니다. 어두운 저녁, 거실 창밖으로 군청색 하늘이 보일 때쯤 현관문을 열고 들어온 당신, 제니의 주인 중 나머지 한쪽, 그러니까 ㄱ의 아버지, 그가 위아래로 훑어보며 내뱉던 말. **"개만도 못한 놈."** 그런 말을 듣고 가만히 있던 어린 ㄱ이 아니란 말이야, 알겠어?

중요한 건 의사들이 마지막으로 하는 질문이 언제나 똑같았다는 사실이다.

난 그걸 똑같이 외워서 따라 할 수도 있었어.

"누군가에게서 거절당하거나 무시당할까 봐 두렵니? 그게 공포로 다가오지?"

그런 다음 의사들은 ㄱ의 차트에 이렇게 휘갈겨 썼다.

전형적인 경계선 인격장애. 호전의 기미 — 없음.

그러니까 그 빌어먹을 의사들은 내가 어린 시절 부모에게 거부당하고 무시당한 끝에 도저히 회복 불가능하리만치 너덜너덜해진 영혼을 가지게 됐다고 말하는 거다. 나는 이 모든 것을 나중에 학교 도서관에서 알게 됐다. 무시. 거부. 거절. 이런 게 일상이었던 사람들의 영혼(이 있기나 하다면)에게 내려지는 판정은, 너무 간단한 나머지 허무하기까지 한 일곱 개의 글자에 불과했다. '경계선 인격장애.' 국제질병분류기호로는 F60.3. 이유도 없고 설명도 없고 미래 혹은 과거조차 없는, 글자와 숫자들의 조합.

"김군, 못 들었구나?"

약사가 내 앞으로 다가온다.

순간 나는 당황한다.

아니, 당황하는 것은 ㄱ이다. 나는 태연하게 아까 약장 밑으로 밀어 넣은 바리움을 주워 바지 주머니에 넣고 있다. "아, 죄송합니다, 약사님. 잠깐 딴생각하느라 못 들었어요." "내일 공휴일이니까, 오늘은 좀 일찍 퇴근하라고 했어." 그러면서 약사는 웃는다. 참 선량한 사람이다. "그런데 김 군은 쉬는 날 뭐 해? 여자 친구라도 만나나?" 그러고 보니 내일은 공휴일이다. ㄱ도 미소 짓는다. "제니 데리고 산책이라도 해야죠. 정말 **귀여운** 녀석이거든요."

나는 **그것들**을 음식물 쓰레기를 수거하는 커다란 플라스틱 통에 넣었다.

이게 내가 위반한 동물보호법의 실체다.

정말 별것 아니었다.

개의 뇌에 숨어 있을 어떤 조직을 찾아내기 위해 난 연구를 해야 했고, 그러려면 실험이 필요했다.

실험에 쓸 개를 구하는 건 힘들었다. 처음엔 마트에서 산 개 껌을 들고 이리저리 돌아다녔다. 그러나 알려진 것과 달리, 의외로 개들은 사람을 잘 믿지 않는다. 그들은 교활하게 나를 노려봤다. 자기를 실험 도구로 쓰려고 한다는 걸 단번에 알아차린 표정이었다. 나는 손을 내밀었다. "제니, 이리 와봐. 착하지, 제니?" 1대, 2대, 3대 제니들 덕분에 내가 아는 개의 이름은 제니뿐이다. 그런데 제니들은 오지 않았다. 그들은 잔뜩 경계하며 털을 곤두세우고 으르렁거렸다. 그럴 때면 십중팔구, 멀리서 핫팬츠를 입은 젊은 여자가 뛰어오곤 했다. 조깅하다가 줄을 놓친 개 주인들이었다. 아니, 사실은 개가 주인이지만, 그들은 모른다. 어쨌든, 그 개 주인들은 귀여워 못 견디겠다는 듯 그 동물을 안고 다시 뛰어간다. 나는 실망했다. 어디서 개를 구하지?

그건 촌각을 다투는 일이었다.

개들은 자신들의 대뇌 전두엽에서 나오는 텔레파시 신호를 통해 인간을 조종한다.

지금도, 즉 당신이 이 글을 읽고 있는 바로 이 순간에도 말이다.

이게 내가 알아낸 개들의 비밀, 숨겨진 사생활이었다.

내게 이런 통찰이 혜성처럼 떠오른 건 어떤 신문 기사를 읽었을 때였다. 그 기사의 제목은 이랬다. "미래엔 인간의 뇌에 이식한 칩 통해 텔레파시 가능해질 것."

나는 그 신문 기사를 오렸다.

머릿속에선, 그즈음 한창 관심 있던 단어들이 모여들어 하나의 구조를 만들어내고 있었다. 제니. 주인들. 우생학. 열성인자. 개만도 못한 놈. 콜드 스프링 하버 연구소. 스탠리 프루시너. 프리온. 자연계엔 없는 기이한 단백질. 신경계 파괴. 지금까지 개들은 결코 걸리지 않았던 질병. 그리고 개들. 그 병이 나타난 곳엔 언제나 개들이 있었어. **그것들**이 문제였던 거야.

유레카.

신이시여.

나는 게르스트만-슈트라우슬러-샤인커병에 걸렸다던 유대의 랍비처럼 하늘을 향해 기도할 뻔했다. 아무도 모르는 것을 혼자만 알고 있는 존재의 외로움이라니. 그것은 상상을 초월하는 고독이었다. 세상엔 나와 ㄱ, 단둘뿐이었다. 우리는 서로를 도와야 하고, 서로에게 의지해야 한다. 적어도 그 비밀이 완전히 밝혀지고 모두가 우리의 말을 이해해줄 때까지.

개들과 늑대들은, 지금은 사라진 공통의 조상에서 갈라져 나왔다.

갈라져 나온 후로 늑대는 황야에서 갖은 고생을 하며 살아왔고 결국 지금은 몇 마리 남지도 않았다. 하지만 개들은 달랐다. 진화의 엄청난 힘이 개들의 머릿속에 뭔가를 심어줬기 때문이다. 아마도 그건 일종의 생물학적 칩이었을 것이다.

내가 찾으려고 그렇게도 노력했던 그 기관.

개들이 대뇌 전두엽 어딘가에 가지고 있을 그 기관은 바로 텔레파시를 만들어내는 곳이었다. 그게 전두엽에 있을 거라 생각한 이유는 간단하고도 과학적이었다. 포유류 뇌에서 가장 나중에 발달한 부분이 바로 대뇌 전두엽이니까. 그곳을 통해 우리는 '생각'이라는 이성적이고도 지적인 행위를 수행한다. 그건 개들도 마찬가지일 것이다. 따라서 그들이 만약 우리를 조종한다면, 그 텔레파시 신호를 만들어낼 곳은 대뇌 전두엽뿐이었다.

프리온 단백질 역시 인간 뇌에 이식된 일종의 생체 칩이었다. 개들이 처음에 어떤 식으로 인간의 뇌에 프리온을 설치했는지는 알 수 없지만(이것도 앞으로 연구해서 명확하게 밝혀내야 할 부분이다) 그게 머릿속에 들어오자, 인간은 개를 위해 헌신하게 됐다. 개를 사랑하라. 이게 바로 개들이 프리온을 통해 우리에게 보내는 신호였다. 개를 인간처럼 사랑하라. 이건 좀 더 나중에 만들어진 신호, 그러니까 조금 더 **진화**한 신호였던 것 같다.

개를 인간보다 더 사랑하라.

결국 이것이 궁극의 신호였다. 가장 진화된 신호. 프리온을 통해 전해지는. 그리고 나는 이 신호들이 이미 개들에게서 발산되어 인간을 지배하고 있는 것을 본다. 그들이 뿜어내는 텔레파시 신호들이 마치 마르코니의 무선전신기, 아니 통신사의 기지국에서 쏟아지는 전파들처럼 공간을 꽉 채우고 있다는 말이다. 믿어지지 않는다고? 그렇다면 지금 당장 컴퓨터를 켜고 그저 한번 쭉 훑어보기만 하면 된다. 거기에서 당신은, 개들의 사악한 음모 때문에 결국 개만도 못한 삶을 살게 된 인간들이 도처에 널린 걸 볼 수 있을 테니까. 지구 곳곳에서 그 사람들은, 비쩍 말라 배가 툭 튀어나온 채 텅 빈

눈초리로 허공을 응시한다.

4

인간에게 크로이츠펠트-야콥병이나 게르스트만-슈트라우슬러-샤인커병, 쿠루병을 일으키고 소나 양의 뇌를 완전히 망가뜨리는 것은, 사실 정상적인 상태의 프리온이 아니었다. 정상일 때 프리온은 아무런 병도 일으키지 않는다. 모두의 뇌에 존재하며 그저 개들이 보내는 텔레파시 신호를 수신하는 일만을 할 뿐이다. 그런데 운 나쁘게도 프리온을 만드는 유전자에 돌연변이가 일어날 때가 있다. 그럼 곧바로 기형적 구조를 가진 프리온이 생성되고, 바로 그게 병을 일으키는 것이었다.

콜드 스프링 하버 연구소의 스탠리 프루시너가 더 이상 연구를 진척시키지 못한 건 한 가지 문제를 해결하지 못했기 때문이었다. 그는 프리온이 인간의 뇌에 왜 존재해야만 하는지, 그 이유를 알 수 없었다. 평상시엔 아무 기능도 수행하지 않다가, 어느 날 갑자기 변형되어 치명적인 질병을 일으키는 단백질이라니. 이건 진화적 측면으로 봐도 어불성설이라고, 프루시너는 생각했다.

그러나 이 모든 게 나에겐 명백하다.

다시 한 번 말하지만, 정상의 프리온은 우리 뇌에서 개들의 텔레파시 신호를 감지하는 안테나 역할을 한다. 그러나 그것도 때론 망가진다. 우리가 쓰는 칩들이 어쩌다 망가지는 것처럼 말이다. 그리고 그 망가진 칩, 그러니까 돌연변이가 일어나버린 프리온만이 생물체의 뇌에 치명적인 질병을 일으키는 것이다. 마치 바이러스에 감염된 컴퓨터가 안에서부터 와르르 무너져 내리듯, 그렇게.

실험용 개를 구할 수 있는 길은, 갑자기 나타났다.

유기견 보호소. 나는 인터넷 기사를 검색하다가 그런 곳이 있다는 걸 우연히 알게 됐다. 보호소 책임자는 상냥했다. 하긴, ㄱ이 워낙 단정한 차림에 서글서글한 눈매를 가진 청년이었으니, 호감을 가질 법도 했다.

"잘 생각하셨어요. 이런 광고도 있잖아요. 강아지 분양받지 말고 입양하세요, 라는."

그러면서 그 책임자는 나에게 어떤 여자 연예인이 커다란 흰 개를 끌어안고 있는 사진을 보여줬다.

나는 마음이 아팠다.

그렇다면 그 여자 연예인의 머릿속 프리온도 이미 개들의 신호에 점령당했다는 얘기 아닌가. 어쨌든 나는 따뜻하게 웃었다. 그러면서 고개를 끄덕이기까지 했다. 그다음 세 마리의 개를 골랐다. 하얀 몰티즈와 아직 덜 자란 갈색 미니어처푸들, 그리고 품종을 알 수 없는 누르스름하고 작은 새끼 개 한 마리. 모두 제니라고 이름 붙일

생각이었다.

제니. 제니. 제니.

책임자에게서 개들을 건네받을 때, 그중 한 마리가 내 턱을 할퀴었다.

세 줄의 상처. 거기서 피가 흘렀다.

보호소 책임자는 마치 자기가 상처를 내기라도 한 듯 미안해했다. "어머나, 얘가 왜 이러지? 원래는 아주 얌전한 아이거든요." 나는 다시 한 번 따뜻하게 웃었고, 그 조그만 푸들을 품에 꼭 안았다. "괜찮습니다. 정말 괜찮아요. 낯선 사람에게 가는 게 겁나서 그러는 걸 거예요."

집에 와서, 개들을 잠재웠다.

바리움을 곱게 갈아서 그것들이 환장하고 핥아 먹는 우유에 잘 녹였다(적어도 너희에게 큰 고통을 주고 싶진 않아. 그때 이렇게 중얼거렸던가?).

그것들의 머리를 베어내는 건 어렵지 않았다. 먼저 커터로 목둘레의 가죽을 동그랗게 베어냈고, 독일제 부엌칼로 그 선을 따라 조심스럽게 잘랐다. 피가 흘러내렸지만, 바닥엔 미리 김장용 비닐을 빼곡하게 깔아뒀으니 문제없었다.

작고 따뜻한 **제니**들의 머리.

공구 상자 안에 들어 있던 톱으로 두개골을 열자, 훅 하고 비린내가 끼쳤다. 여기 어딘가에 그 기관이 있으리라. 텔레파시 신호를 만들어내 우리를 조종하는 그 칩.

나는 일회용 비닐장갑을 낀 손으로 두부처럼 부드러운 개들의 뇌를 뒤적였다.

하지만 찾을 수 없었다.

하긴, 당연하다. 개들이 그렇게 쉽게 자신들의 비밀을 내놓진 않을 테니 말이다.

곤히 잠든 두번째 제니의 머리를 잘라냈다.

그다음엔 세번째 제니의 머리도.

그러나 아무 데도 없었다. 혹시 그런 기관은 따로 존재하지 않는 걸까? 그저 개들은 뇌 전체로, 어쩌면 털로 뒤덮인 몸 전체로 우리 머릿속의 프리온에 신호를 보내고 있는 걸까?

여기까지 생각이 미치자 ㄱ은 크게 당황한다. 비린내로 가득한 방에서 피 묻은 비닐장갑을 낀 ㄱ이 거울에 비쳤다. 그는 미리 준비해둔 비닐봉투에 아직도 미지근한 제니들을 담고 끝을 봉한다. 몸집이 작은 개들로 고르길 잘했다고 생각하며.

여행용 가방 하나엔 세 마리의 **제니들**이 다 들어간다.

그는 가방을 끌고 길을 건넌다. 이럴 때를 대비하여 미리 봐둔 곳이 있었다.

개들이 그런 능력을 가지게 된 건 순전히 우연이었을 것이다.

진화라는 게 원래 그렇다. 우연히 얻은 어떤 기관, 혹은 어떤 능력. 그것이 생물의 생존에 유리하다면, 바로 채택된다. 그렇게 선택된 그 무언가는, 개들의 두뇌 어딘가에 본능으로 자리 잡았다. "나는 이 모든 과정이 개들 스스로도 인식하지 못하는 사이에 이루어졌다고 봅니다. 그리고 인간 역시 우연한 진화 과정을 거친 끝에, 거기에 반응하는 프리온을 만들어내기 시작했을 겁니다." 내가 콜드 스프링 하버 연구소에 보낸 편지엔 이런 내용이 있었다. 나는 똑같은 편지를 영국의 생어 연구소에도 보냈다. 참고로 말하자면, 이 연구소의 이름은 20세기 최고의 생화학자인 프레더릭 생어를 기려 명명됐다. 물론, 어디에서도 답장은 없었다. 하지만 괜찮다. 어차피 그들이 이 문제를 진지하게 인식하기까진 꽤 많은 시간이 걸릴 테니까.

나는 그 편지들 속에 개들의 사진도 첨부했다. 그 칩, 그러니까 인간을 조종하는 텔레파시를 발산하는 바로 그 기관이 있을 거라고 생각되는 위치에 빨간 매직으로 커다란 화살표를 그린 사진들이었다.

하지만 제니들을 음식물 쓰레기 수거함에 버린 건 정말 멍청한 짓이었다.

아침에 쓰레기를 버리러 나왔던 한 젊은 여자가 엄청난 비명을 질러댔기 때문이다.

개의 몸통과 머리들(하필 그것들은 눈을 둥그렇게 뜨고 있었다)이 생선뼈와 돼지 등뼈, 닭발, 배춧잎, 이런 것들 속에 둥둥 떠 있었다.

게다가 운 나쁘게도 여자는 동물 애호가이기까지 했다. 자기도 그 좁은 원룸에서 개를 두 마리나 키우고 있었다. 그녀는 부들부들 떨며 동물보호단체에 연락했고, 곧이어 사람들이 현장에 달려왔다.

음식물과 뒤섞인 세 개의 몸통과 세 개의 머리.

그들은 여러 방향에서 사진을 찍었다. 동네 주민들이 무슨 일인가 싶어 구경을 나왔고, 혀를 차며 개들을 동정했다.

경찰은 골목길 전봇대 위에 달려 있던 감시 카메라를 분석했고, 거기서 전형적인 북방몽골계의 얼굴 골격을 가진 한 남자가 슬리퍼를 신고 여행용 가방을 질질 끌며 걸어오는 모습을 찾아냈다. 그는 음식물 쓰레기 수거용 플라스틱 통 앞에 서더니, 검은 비닐로 싼 뭔가를 주섬주섬 꺼냈다. 툭하면 쓰레기를 몰래 버리고 달아나는 사람들 때문에 동사무소에서 설치한 카메라의 성능은, 심하게 좋았다. 선명하게 보이는 개의 머리와 몸통, 그리고 내 얼굴. 그러고 보면 세상엔 온통 개들뿐이고 그다음으로 많은 게 감시 카메라일지도 모른다. 어쨌든, 화면 속에서 난 너무 당당하게 카메라를 응시하고 있었다. "이거 완전 미친놈이네." 경찰 중 누군가가 이렇게 중얼거렸다. 하지만 난 정말로 괜찮다. 그런 말엔 상처받지 않는다는 뜻이다. 개들의 비밀을 모두 밝혀낼 때까진 오해 속에 살 수밖에 없고, 원래 이런 길은 고독한 법이니까.

내 이야기가 세상에 알려지는 건 순식간이었다.

악마.

사이코패스.

이런 것들이 익명인 나의 이름이 됐다.

하지만 역시 나는 개의치 않는다.

모든 것이 밝혀지면 난 영웅이 될 테니까. 개들로부터 인류를 구한 외로운 선지자.

5

내가 약식재판을 받은 건 그로부터 며칠 뒤였다.

별일 없을 거라는 건 알고 있었다. 엄마가 고용한 변호사가 귀띔해줬다. 하긴, 어차피 내가 죽인 건 사람도 아니었다. 그저 몇 마리의 개였을 뿐이다.

재판은 지루했다.

판사의 갖가지 질문에 난 변호사가 시킨 대로만 대답했다. 거기서 내가 한 말은 이런 것들이었다. 사고를 당한 게 사실입니다. 그 후로 머리가 자주 멍해졌던 것 같아요. 결국 생물학과를 중퇴했습니다. 아니요. 아버지의 권유로 입학했습니다. 의학전문대학원에 진학할 예정이었지요(아버지의 뒤를 이어서, 라는 말은 뺐다). 네, 더 이상 학업을 계속하긴 어려웠습니다(여기서 슬프고도 멍한 표정 짓기).

정상이 참작되어 동물 학대에 대한 법정 최고형(그래 봤자 벌금 오백만 원이었지만)을 면했고, **'사연'**이 알려지자 이번엔 동정을 받았다.

악마, 사이코패스. 이런 말도 없어졌다. 이제 난 그저 예전에 머리를 다친 덜떨어진 인간에 불과했다. 자기가 무슨 일을 하는지도 모르고 개의 머리를 자른 남자. 그게 나였다.

엄마가 와서 벌금을 내줬을 때, ㄱ은 수치스러웠다.

그녀가 우는 모습을 보았을 땐, 약간의 미안함을 느꼈던 것도 같다.

하지만 울고 있는 엄마와 그 품에 안긴 제3대 제니를 물끄러미 보고 있는 동안, 혜성처럼 아이디어가 떠올랐다. 그리고 그건 일종의 역발상이었다. 완전히 처음부터 거꾸로 생각하기.

나는 앞으로 걱정을 끼치지 않겠다고 약속했고, 오랜만에 우리는 함께 밥을 먹었다. 그때 ㄱ은 평이한 어조로 질문했다. "엄마, 요즘 체중이 얼마나 나가?"

실험을 위하여, ㄱ은 차근차근 준비했다. 먼저 56킬로그램의 생물체를 거의 완전히 잠재울 수 있을 만큼의 바리움을 모았는데, 체중 1킬로그램당 어느 정도의 디아제팜이 필요한지는 약병에 들어있던 약품 사용설명서를 통해 알아냈다. 온라인으로 수술 도구 세트를 주문했고, 그다음엔 『인체해부학』(ㄱ이 아직 어릴 때 아버지의 서재에서 들고 나온 책이었다)을 다시 한 번 복습했는데, 특히 두뇌와 두개골의 형태 및 기능에 집중했다. 위험할 거란 생각은 없었다. 그럴 거면 아예 처음부터 시작하지도 않았을 테니까. 연구 끝에, 성공의 관건은 소요되는 시간에 달려 있다는 결론에 도달했다. "최대한 빠르게 시술할 것." 나는 노트에 이렇게 메모했다. 그간의 모든 실험 과정과 구상을 기록해둔 녹색 표지의 공책이었다.

돌연변이가 일어나 비정상적으로 변형된 프리온 단백은 사람의 뇌를 스펀지처럼 만든다. 말 그대로, 구멍이 숭숭 뚫리는 거다. 내가 주목한 건, 그런 식의 해면체 조직이 가장 많이 발견되는 부위가 바로 대뇌 측두엽이라는 의학자들의 보고서였다.

하긴, 텔레파시나 신(神)의 목소리 같은 것이 측두엽과 긴밀하게 연관되어 있다는 논문을, 나는 이전에도 꽤 여러 편 읽었었다. 텔레파시가 느껴진다거나 혹은 하늘에서 신의 목소리가 들린다는 사람들의 뇌를 관찰하면, 그들의 측두엽 부위에 강한 전기적 흥분이 일어나 있더라는 게 그 논문들의 내용이었다. 이 모든 사실들을 고려한 끝에 나는 바로 다음과 같은 결론에 도달할 수 있었다. 즉, 어떤 사람의 대뇌 측두엽을 적절하게 건드려주면, 그가 앞으로는 그 어떤 텔레파시에도 반응하지 않게 될 거라는 사실. 심지어는 개들의 텔레파시에도 말이다.

이제 눈치챘는가? 나의 아이디어가 뭔지?

그렇다. 난, 신호를 받아들이는 칩에 해당하는 프리온 단백이 다량 분포돼 있을 인간의 대뇌 측두엽에 간단한 시술을 행한 뒤, 그가 개들의 텔레파시에 어떤 반응을 보이는지 살펴볼 생각이다. 모든 실험 과정과 결과는 꼼꼼히 기록할 것이며, 그게 완성되면 나중에 콜드 스프링 하버와 생어 연구소에 다시 한 번 보낼 계획도 세우고 있다. 그때 그들은 드디어 내 노트의 위대함을 알아볼 테고, 그럼 나는 더 이상 외로운 연구자의 길을 가지 않아도 될 것이다. 내겐 수많은 동료들이 생길 테니까.

나는 제니의 주인을 아프지 않게 시술할 자신이 있다.

책에서 본 대로만 하면 되기 때문이다.

난 측두엽이 어디 있는지도 몇 번이고 봐뒀다. 눈을 감고도 정확하게 떠올릴 수 있을 만큼. 그 모든 처치가 이루어지는 동안 제니의 주인은 곤히 잠들어 있을 것이다. 나에겐 충분한 양의 바리움이 이미 준비돼 있다.

오늘 엄마는 내가 따로 나와 살고 있는 이 집을 방문할 예정이다. 제니도 데리고 오겠지. 며칠 전 나는 그녀에게 전화했다. 다음 주 화요일이 내 생일이라고 말하자, 엄마는 당황하며 그러나 마치 언제나 기억하고 있었다는 듯 반가운 목소리로 대답했다. "레스토랑 예약할 생각이었는데…… 그래? 네 집으로 오라고? 그럼, 당연히 가야지. 케이크도 사 갈게." 간만의 밝은 분위기 속에서 우린 서로 즐거워하며 전화를 끊었다.

그녀의 측두엽을 아주 조금 건드리면, 과연 어떤 결과가 나타날까?

잠에서 깨어난 엄마에겐 가장 먼저 제니를 보여줄 생각이다. 제3대—빌어먹을—제니. 내 가설이 옳다면(당연히 옳겠지만), 엄마는 더 이상 제니를 사랑하지 않게 될 것이다. 그리고 어쩌면 나를 더 사랑하게 될지도 모르지만, 그건 정중히 거절할 생각이다. 이제 ㄱ은 다 컸고 지금으로선 더 이상 '엄마'를 필요로 하지도 않으니까.

드디어 모든 준비가 끝났다.

마지막으로 방바닥에 깔아둔 비닐의 귀퉁이를 반듯하게 잘 편 뒤, 조용히 방문을 닫는다.

시계는 6시 55분을 가리키고 있다.

밖에서 발소리가 들린다.

제니의 주인, 엄마가 오고 있다.

6

□ 사건 개요

피의자 김범식(남, 27세 약국 종업원)은 절도 및 마약류관리법위반(향정)으로 거주지인 서울시 송파구 방이동 123-○○번지 다가구주택에서 2013년 ○월 ○일 저녁 6시 55분에 검거되었음. 현장에서 32정의 바리움 5밀리그램(성분명 디아제팜, 향정신성의약품. 항불안제) 정제를 수거했으며, 주방 싱크대 위에서 이미 가루 상태로 분쇄되어 있는 약 20정 분량의 동(同) 약품 추가로 발견 후 수거 조치함. 이는 김범식이 ○○약국에서 3개월간 근무하며 틈틈이 절도한 것들로 확인됨.

□ **사건 경위 및 현 상황**

김범식이 약국에서 일하게 된 이후로 매일 몇 정씩의 바리움이 사라지는 걸 수상하게 여긴 약사 박씨는, 고심 끝에 조제실에 감시 카메라를 설치했다. 다음은 약사의 증언. "설마 김군이 그러랴 싶었어요. 워낙 성실하게 일했으니까요. 그래도 매일 약이 없어지니 도저히 안 되겠더라고요. 이게 마약류로 분류된 약이라—정확히는 향정신성의약품이지만 어차피 그게 그거고, 관리 기준은 마약류와 똑같으니까요—범인을 찾지 못하면 약사인 내가 다 책임져야 할 상황이었거든요."

카메라가 설치된 줄도 모르고 평소와 똑같이 바리움을 훔친 피고가 집으로 돌아가자, 약사는 곧바로 112에 신고했으며, 이에 경찰은 신속하게 대처하여 마약 사범인 김범식을 현장에서 검거할 수 있었다.

김범식은 경찰이 벨을 누르자 마침 기다리고 있었다는 듯 문을 열었다. 이는 보통의 마약 사범들이 창문 등을 통하여 도주를 시도하는 것과는 매우 상이한 행동이었으며, 따라서 검거는 매우 빠르고 수월하게 이루어졌다. 김범식의 부모에겐 겨우 연락이 닿았는데, 그들은 지난 금요일부터 9박 10일 일정의 해외여행을 떠난 상태이기에 바로 귀국하긴 힘들다고 답해 왔다. 다만 김범식과 관련된 모든 법적인 문제는 법무법인 ○○의 오모 변호사에게 일임할 것임을 알려왔다.

현재 변호사는 김범식의 정신감정을 의뢰한 상태다. 그는 김범식이 제정신이 아니라고 강변하였으며, 의뢰인의 집에서 찾아낸 한 권의 노트를 증거물로 제출했다. "존경하는 재판장님, 이걸 읽어 보십시오. 이 청년의 심신미약 상태가 어느 정도인지 파악하실 수 있을 것입니다. 특히 제목을 보시면…… 김범식군의 지적 수준이 어디에 머물고 있는지도 금방 아시게 될 거라 믿습니다." 그러면서 변호사가 내민 노트의 녹색 표지엔 다음과 같은 제목이 검은 매직으로 적혀 있었다. '**개들의 死生活**'.

어느 멋진 날

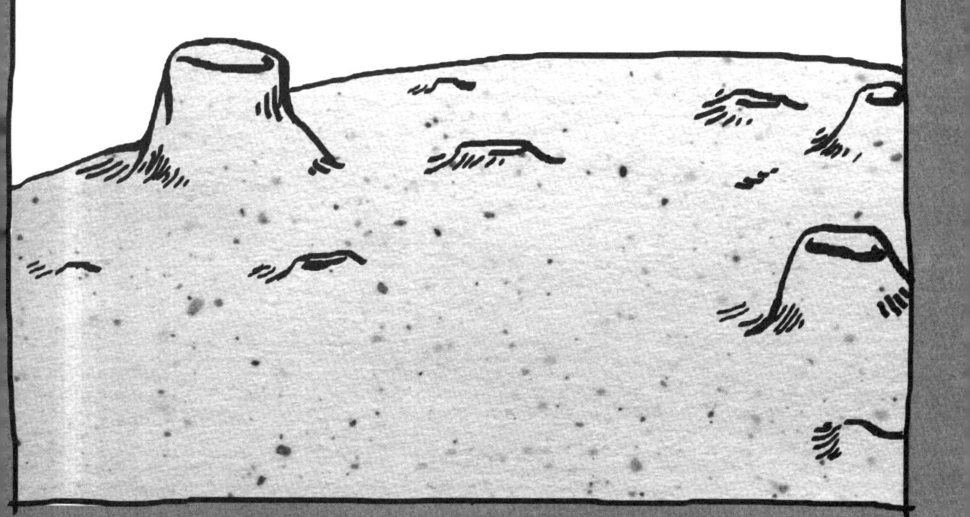

2013년 1월 20일 서울

한 남자가 빠르게 걷고 있다. 주머니에 두 손을 찌른 그는 불안한 듯 수시로 뒤를 돌아본다. 마치 미행이라도 당하고 있다는 것처럼. 만약 누군가 나타난다 해도 몸을 숨길 곳은 없다. 재개발을 앞둔 쪽방 골목은 이미 절반 이상 철거가 진행됐고, 남아 있는 거라곤 부서진 집들의 잔해와 버려진 세간들뿐이기 때문이다. 어쨌든 이 폐허 어딘가에 남자의 거처가 있다. 이곳만큼 내게 어울리는 장소가 또 있을까, 그런 생각을 하는 듯 잠시 주위를 둘러보던 남자가 갑자기 쓰러진다. 곧 두 명의 괴한이 달려들고 순식간에 그의 몸엔 수십 군데의 자상(刺傷)이 생긴다. 그들은 남자의 숨이 완전히 끊어진 걸 확인한 뒤에야 어둠 속으로 조용히 사라진다.

다음 날 아침 남자의 시체가 발견된다. 관할인 구로경찰서에서 형사가 오지만, 어차피 그의 죽음은 그리 심각하게 여겨지지 않을 것이다. 극빈국에서 온 노동자들은 자기들끼리 곧잘 칼부림을 벌였다. 그들은 원래 그런 족속이다. 가난에 찌들었고 그래서 돈이 되는 일이라면 아무렇지도 않게 범죄를 저지른다고, 형사들은 누구나 생각했다. 그의 주머니를 뒤지자 신분증이 나온다. 아부엘. 47세. 이슬라마바드. 파키스탄. 대사관에 연락해보지만, 그런 사람은 없다. 당연한 일이다. 그는 가짜 여권을 가지고 있는 불법체류자일 뿐이니까. 그러나 만약 전문가가 그의 시체를 꼼꼼히 살펴봤다면, 뭔가 좀 이상하단 생각을 했을지도 모른다. 남자의 사인(死因)이 칼에 찔린 상처와 출혈 때문이 아니라는 걸 알게 될 테니 말이다. 전문가는 죽은 남자의 귀 바로 아래서 급소를 정확하게 뚫은 바늘 자국을 찾아낼 것이고, 그가 수십 개의 자상을 입기 전에 이미 숨이 끊어져 있었다는 사실도 알게 되리라. 어쩌면 남자를 죽인 사람들은 고도의 훈련을 받은 살인의 고수들일지도 모른다고, 전문가는 생각한다. 암살을 위해 특별히 제작된 날카로운 침을 사용한 것만 봐도 충분히 짐작할 수 있는 일 아닌가.

"나 참, 아주 소설을 써라, 소설을 써." 편집장의 말에, 나는 못 들은 척 서류를 뒤적였다. "대체 이게 말이 된다고 생각해?" 편집장은 책상 앞까지 와서 원고를 내밀었다. 하긴, 내가 생각해도 무리한 내용이긴 했다. 아무리 우리 잡지가 갖가지 음모론이나 미스터리를 전문으로 다루는 그렇고 그런 삼류 잡지라고 해도, 이런 건 비웃음이나 살 게 뻔했다. "음모론에도 품격이 있다 이거야. 그리고 불법체류 노동자 얘기 같은 건 절대로 쓰지 말라고 내가 말했지? 사람들은 걔네들한테 관심도 없다고. 이런 거 말고도 쓸 건 많잖아. 그 뭐더라, 전에 인도네시아에 쓰나미 난 게 알래스카에 있는 비밀기지에서 일으킨 전리층 교란 때문이었다는 소문 같은 거 말이야."

사실, 그 신원 미상의 외국인에 대해 조사를 하게 된 건, 구로경찰서 관할인 공장 밀집 지대 인근에서 일어난 살인 사건이 내 관심을 끌었기 때문이다. 죽은 남자는 47세의 파키스탄인. 물론 여권상의 신분이 그랬다는 것이다. 어차피 신분증은 가짜였다. 살해 현장에 특별한 점은 없었고 당연히 단서가 될 만한 것도 없었다. 그의 옷에서 몇 장의 사진을 발견한 사람은 구로경찰서 강력반 형사인 김이었다. 사진은 피에 흥건히 젖었다가 그대로 말라버려 적갈색으로 굳어 있었고, 그래서 무엇을 찍은 건지 제대로 알아보기조차 힘들었다. 말라붙은 피를 조심스럽게 닦아내자, 동물원에 서 있는 한 소년이 흐릿하게 나타났다. "여기가 어딘지 알아?" 김은 동료들에게 사진을 보여줬지만 아무도 거기가 어딘지 알지 못했다. 소년이 좀 더 어린 남자애와 함께 서 있는 사진도 있었는데, 역시 같은 곳이 배경인 듯했다. 두 아이의 등 뒤론 멀리 기린이 보였고 홍학도 몇 마리 보였다. 어쨌든 그 동물원은 아주 작고 황량한 곳임에 틀림없었다. 동물들은 하나같이 비쩍 말랐고 시멘트벽은 금이 간 데다 약간 부서져 있기까지 했으니 말이다.

그날 밤, 김은 술을 마시다 말고 휴대폰을 열어 그 사진을 보여줬다. "여기가 어딘지 혹시 알겠냐?" 나는 그가 휴대폰으로 찍어 온 사진을 유심히 들여다봤다. *이상한 기시감이 밀려왔다. 언젠가 혹은 어디선가, 난 바로 이렇게 생긴 동물원을 본 적이 있다.*

자료 1.

"샤론 전 총리, 자극과 소리에 반응했다."(2012. 12. 20. 텔아비브 로이터-연합통신)

식물인간 상태로 치료를 받아온 이스라엘의 아리엘 샤론 전 총리(82)가 눈을 떴다는 주장이 제기됐다. 샤론 전 총리의 주치의는 19일(현지 시간) 한 TV 프로그램에 출연해 "코마에 빠져 있던 총리가 자극에 반응하고 소리에 눈을 떴다"고 밝혔다. 하지만 대변인은 곧바로 "총리의 상태엔 전혀 변화가 없었다"고 반박했다.

2006년 뇌출혈로 쓰러진 뒤 식물인간 상태로 병원에서 치료를 받고 있는 아리엘 샤론 전 총리는, 1967년 동예루살렘과 요르단 서안, 가자 지구 등을 확보하며 끝난 '6일전쟁'에서 기갑 사령관으로 이름을 날렸으며, 1974년 이츠하크 라빈의 보좌관으로 임명되면서 행정 관료의 길을 걷기 시작했다. 그의 강력한 철권 정책은 많은 부작용을 낳았는데, 특히 1982년 팔레스타인 게릴라를 소탕하겠다는 명목으로 수행한 베이루트 침공 작전에서 민간인 수천 명을 학살한 사건은 유명하며, 당시 국제사회의 많은 비난을 받기도 했다.

자료 2.

"시카고대 연구진, 꿈의 영상화에 한발 더 다가서다."(2012. 11. 20. 뉴사이언스저널)

지난 18일, 레이캬비크에서 열린 수면 및 꿈 학회 제32차 총회에서 시카고대 마크 솔름스 교수팀은 뇌파를 이용하여 꿈을 영상화하는 기술이 거의 실현 단계에 도달했다고 발표해 화제를 모았다. 연구진은 수면 중 측정된 뇌파를 분석함으로써 피험자가 꾸는 꿈의 내용을 영상으로 전환하는 데 성공했으며, 이 기술이 앞으로 다양한 뇌신경과학과 심리학 연구에 응용될 수 있기를 기대한다고 말했다.

2012년 12월 25일 텔아비브. 오전 10시

침대에 누운 남자의 발가락이 미세하게 꿈틀댄다. 굳어버린 남자의 얼굴엔 고통의 흔적이 역력하고 하얗게 세어버린 머리칼 아래론 땀방울이 흘러내린다. 바이털사인이 크게 요동치자, 의사들이 뛰어왔다. 이 남자, 아리엘 샤론. 그는 무의식의 심연 어디쯤을 헤매고 있는 것일까.

마크 솔름스 역시 의사들과 함께 병실로 들어왔다. 사실 일주일 전 시카고에 있는 연구실로 두 명의 남자가 찾아왔을 때, 솔름스는 너무 바빠서 누가 들어온 줄도 모르고 있었다. 결국 두 남자 중 하나가 인기척을 냈고, 그 소리에 고개를 들어보니 검은 양복을 입은 남자 둘이 부동자세로 서 있었던 것이다. 그들은 무척 조급해 보였는데, 자기들이 이스라엘 첩보 기관인 모사드의 최정예 요원이라고 주장했다. 물론 솔름스가 그런 말을 처음부터 믿었을 리는 없다. "당신들이 모사드면, 난 KGB야." 그는 방금 출력한 뇌파 기록을 살피며 비웃듯 대답했다. 그러나 이런저런 대화가 오간 끝에 솔름스는 그들이 정말 모사드 요원이란 걸 알게 됐고, 순간 온몸이 굳었다. "그런데, 당신들이 여긴 왜?"라고 마크 솔름스가 떨리는 목소리로 묻자, 자신을 라시드라고 소개한 요원이 말했다. "지금 당장 우리와 함께 텔아비브로 가줘야겠습니다. 자초지종은 차차 알려드리지요." 이어서 대부분의 첩보영화에 나오는 것과 비슷한 얘기가 오갔다. 즉, 만약 솔름스가 그들의 부탁을 거절한다면 억지로라도 데려갈 수밖에 없다고, 라시드가 위협적인 목소리로 덧붙였으니 말이다. 결국 마크는 일주일의 휴가를 낸 뒤 두 남자를 따라나서야만 했다.

"정신적…… 테러라고요?" 텔아비브로 향하는 비행기 안에서 요원들이 털어놓은 이야기는 사실 좀 황당했다. 그들은, 팔레스타인의 어떤 저항 조직이 새로운 형태의 대요인(對要人) 테러를 계획하고 있으며 그 일부가 이미 실험 중에 있다는 첩보를 입수했다고 했다. 그리고 그 첫번째 대상이 바로 현재 식물인간 상태에 빠져 있는 아리엘 샤론 전 총리라는 것이었다. "물론 확실한 증거가 있는 건 아닙니다. 다만 이 첩보를 완전히 무시할 수 없는 게, 개종한 이슬람 신비주의자인 이븐 알 하둔이라는 자가 얼마 전 이집트에서 팔레스타인으로 뚫려 있는 비밀 터널(그런 동굴은 주로 팔레스타인 놈들이 생필품 따위를 밀수입하기 위해 파놓는 겁니다. 국경 일대에만 수백 개가 있는데, 어떤 터널의 입구는 가정집 마루로 직접 나 있기도 하지요. 그리고 그게 바로 우리가 민간인 주거지를 폭격하는 주된 이유 중 하나이기도 하고요)을 통해 가자 지구로 들어간 사실이 확인되었기 때문입니다."

그러면서 라시드는 이븐 알 하둔이라는 인물에 대하여 간략히 설명하기 시작했다. "…… 그의 정체는 여전히 베일에 싸여 있습니다. 어떤 이들은 그자의 본명이 레오니드 몰로디노프이며 원래는 구소련 항공우주국에 소속되어 있던 뇌신경학자였다고도 합니다만, 그 또한 떠도는 소문에 불과할지도 모릅니다. 여하튼 그나마 확실한 것은, 원래 무신론자였던 이븐 알 하둔이 어느 날 이슬람 신비주의인 수피즘에 경도되어 개종했으며, 8세기경 생존했던 유명한 연금술사인 자비르 이븐 하이얀의 비밀문서를 접한 뒤 어떤 깨달음을 얻었다는 사실 정도일 겁니다. 그러니까 결론은 다음과 같아요. 즉, 이븐 알 하둔이라는 인물은 자신의 전공에 이슬람 신비주의를 결합하여 사람의 무의식에 침투하는 방법을 만들어냈고, 그걸 테러에 이용하기로 마음먹은 사악한 인간이라는 것이지요."

1982년 6월 17일 레바논 베이루트의 팔레스타인 난민촌

털썩. 어디선가 기린이 날아와 떨어졌다. 목 윗부분이 없는, 몸통뿐인 기린이었다.

"저길 봐, 저기."

"피해, 어서."

이런 소리들이 할리우드 재난 영화의 배경 음향처럼 귓가에서 웅성댔다. 하지만 지금 펼쳐지는 광경은 영화가 아니었다. 그냥 현실이었다. 그러는 동안 얼룩말이 떨어졌고 그다음엔 분홍빛 홍학들이 떨어져 내렸다. 그 새들은 날지 않았다. 그저 모두 하나같이 고개를 툭 떨어뜨린 채 한없이 하강하고 있을 뿐이었다.

그러니까 어떤 순서였지? 버스에서 내렸을 때, 소년이 가장 먼저 달려간 곳은 홍학 우리였다. 그 신비로운 분홍색 새들. 그다음엔 이 작고 황량한 동물원에서 가장 멋진 동물인 기린을 보기 위해 서둘렀다. 그때 들려온 사이렌 소리. 누군가가 "도망쳐!"라고 외칠 때,

소년은 갑자기 나타난 거대한 탱크를 보고 있었다. 어쩌면 그 또래 남자아이답게 그 역시 당당한 위용을 자랑하는 장갑차의 모습에 잠시 넋을 잃었던 걸지도 모른다. 혹은 공포 때문에 완전히 몸이 굳었거나.

소년이 동생을 떠올린 건, 그 순간이었다.

"할레드!"

그는 달렸다. 파편과 흙먼지 때문에 앞이 보이지 않았지만, 어쨌든 달렸다. 어디에나 죽은 동물 천지였다. 적어도 여기엔 사람보다 동물이 더 많은 것이다. 죽어가는 할레드를 발견한 건, 폭격으로 부서진 사슴 우리 옆에서였다.

주저앉아 있던 사슴의 눈이 소년을 응시했다.

"넌 죽지 않았구나."

소년이 속삭이며 손을 내밀자, 부드러운 갈색 털을 가진 그 동물의 목이 갑자기 푹 꺾였다. 쫑긋한 귀 사이로 한 줄기 검은 피가 흘러내렸다. 그리고 동시에, 바로 옆 시멘트벽에 기댄 채 앉아 있던 할레드의 고개도 앞으로 떨어졌다. 소년은 동생 곁으로 다가가기가 두려웠다. 천천히 발을 내디딜 때 무한한 시간이 흘렀다. 하지만 아무리 걸어도 이젠 할레드에게 닿을 수 없다는 걸, 소년은 이미 알고 있었다.

2012년 12월 25일 텔아비브. 오전 11시 30분

아리엘 샤론의 입술이 또다시 미세하게 떨리기 시작했다. 데스 마스크처럼 굳어 있던 그의 얼굴근육이 일그러지더니, 감긴 두 눈에서 갑자기 한 줄기 눈물이 흘러내렸다.

"확실합니다. 그는 꿈을 꾸고 있어요." 환자용 침대 곁에서 샤론을 지켜보던 마크 솔름스가 뒤로 돌아서며 말했다.

"총리가 꿈을 꾸고 있다고요?"

"그렇습니다. 그것도 무척이나 고통스러운 꿈을 말이에요."

각진 얼굴의 모사드 요원은, 믿어지지 않는다는 듯 재차 반문했다.

"완전히 마비된 뇌가 꿈을 꾼다는 게 정말 가능합니까?" 솔름스는 대답 대신 뇌파를 나타내는 그래프가 기록된 한 장의 기다란 종이를 펼쳤다. "물론, 과학적으론 불가능합니다. 하지만 이상하게도 그는 정말로 꿈을 꾸고 있어요. 우리로서도 믿어지지 않지만, 뇌파는 거짓말을 하지 않으니까요. 보십시오. 여기 이 그래프들, 이건 사람이 꿈을 꿀 때 활성화되는 부위에서만 특별하게 발생하는 전기적 신호를 나타내거든요. 그리고 만약 이게 사실이라면, 우린 그야말로 초과학적인 어떤 기이한 현상을 목격하고 있는 셈이 되는 겁니다만."

2013년 1월 20일 가자 지구 알부르즈 난민촌

"지상의 모든 것은 소멸한다. 영원히 변치 않는 것은 존엄과 영광에 충만한 그대 주님의 자비로운 얼굴뿐." 할레드는 코란의 한 구절을 암송하다 말고, 침대 매트리스 밑을 더듬어 낡은 공책을 꺼냈다. 책상 앞에 앉아 뭔가를 쓰려던 소년은, 도로 공책을 덮은 뒤 천천히 고개를 저었다. 오늘은 목요일. 원래대로라면 아부엘이 이곳 부르즈 난민촌으로 돌아오는 날이다. 하지만 그는 벌써 몇 주째 소식이 없다. 그의 집 덧창은 모두 내려져 있고, 현관문은 굳게 잠겨 있었다. 어쩌면 이제 그는 국경 검문소를 통과할 수 없게 된 걸까.

"사람들은, 이런 걸 소설이라고 한단다."

할레드가 침상 밑에 감춰둔 공책에 아무도 모르게 써온 이야기를 처음 보여줬을 때, 아부엘은 이렇게 말했다. "그런데 너에겐 재능이 있구나. 정말이야." 그 의사가 이런 말을 덧붙였을 때, 소년은 왠지 기분이 좋아 으쓱해지기까지 했었다. 게다가 '소설'이라는 말은 또 어찌나 신비로운지. 그는 속으로 그 낯설고도 생소한 단어를 발음해보며 대답했다. "난 단지 머릿속에 떠오르는 이야길 공책에 적었을 뿐인데요. 그냥, 이런 세상도 어디엔가 있지 않을까, 하는 상상 말이에요." 할레드의 말에, 아부엘은 빙긋 웃었다. "모든 소설은, 세계에 대한 상상이야. 네가 쓴 그 이야기처럼 말이다. 그래, 언젠가 너에게 정말로 좋은 소설을 읽게 해주고 싶구나. 다음번 텔아비브에서 돌아올 때 책을 한 권 사다 주지." 그때 소년은 문득 불안해져서 말했었다. "어머니에겐 비밀로 해주세요. 내가 코란을 읽는 대신 이런 거나 쓰고 있다는 걸 알면 슬퍼하실 테니까요." 아부엘은 소년의 부탁에 큰 소리로 웃었다. "걱정 마라. 그런 일은 없을 거야. 대신 너도 소설의 뒷부분을 꼭 완성해다오. 정말 읽고 싶으니까 말이야." 그제야 할레드는 웃으며 고개를 끄덕였고, 아부엘이 책을 사가지고 돌아오기로 한 다음 목요일을 손꼽아 기다렸던 것이다.

의사인 아부엘은, 이스라엘 땅을 자유롭게 드나들 수 있는 사람이었다. 무슨 허가증 같은 걸 가지고 있기 때문이라고 했다. 그렇다고는 해도 매주 월요일 아침 텔아비브의 병원으로 출근할 때나 목요일 저녁 다시 가자 지구의 집으로 돌아올 때 국경 검문소에서 몇 시간씩 기다려야 한다는 사실엔 변함이 없었지만 말이다.

"바깥세상에 대한 얘길 해주세요."

아부엘을 알게 된 이후로 소년은 툭하면 이렇게 졸랐다. 그는 의사가 집으로 돌아오는 목요일 저녁마다 문 앞에 앉아 있었고, 멀리서 아부엘의 낡은 자동차가 보이면 벌떡 일어서서 손을 흔들었다. 그러면 의사는 차에서 내려 트렁크를 열고는, "자, 이걸 기다린 거 아니니?"라고 말하며, 텔아비브에서 사 왔다는 콜라 한 캔을 건네주는 것이었다.

"고마워요, 아부엘!" 소년은 이렇게 말한 뒤, 딱, 소리를 내며 캔

뚜껑을 열었고 검문소에서 몇 시간을 기다리느라 완전히 미지근해져버린 그 탄산음료를 아껴가며 조금씩 마셨다.

처음 집 앞에서 그 낯선 남자를 마주친 날을 — 그때 할레드의 가족은 공습으로 무너진 집을 뒤로하고 이곳의 비좁은 거처로 옮겨 온 지 얼마 되지 않았을 때였다 — 소년은 아직도 기억하고 있었다. "네가 옆집에 이사 온 아이로구나?" 아부엘은 먼저 그에게 말을 걸었다. 하지만 소년의 이름을 처음 들었을 때, 의사는 잠시 동안 가만히 있었다. 그러더니 한참 뒤에야 "할레드, 네 이름은 오래전 죽은 내 동생과 같구나"라고 말하고는 꽤 오랫동안 소년의 눈을 들여다봤다. 물론 할레드는 그에게 동생이 왜 죽었는지는 묻지 않았다. 이곳에선 그런 질문들이 아무 의미를 지니지 못한다는 걸, 누구보다도 잘 알고 있었기 때문이다.

의사는 언젠가 딱 한 번, 그것도 아주 간단하게 자신의 어린 시절 이야기를 들려준 적이 있었다. 만약 할레드에게 해준 얘기들이 모두 사실이라면, 아부엘은 오래전 베이루트의 팔레스타인 난민촌에서 태어났고, 1982년의 그 일 — 당시 이스라엘 국방장관이었던 아리엘 샤론의 지휘 아래, 군인들이 베이루트의 난민촌을 습격하여 사람들을 닥치는 대로 죽이고 마을을 없애버렸다는 무서운 이야기 — 이후, 가족과 함께 가자 지구 서안으로 들어와 정착했다. 그리고 당연한 일이지만, 그곳에서 아부엘 역시 다른 애들과 마찬가지로 연필이나 축구공 대신 소련제 구식 소총을 더 가까이 여겨야 하는 분위기 속에서 자라났다. "너도 알겠지만, 그 총을 어깨에 멘다는 건, 일종의 운명이었거든. 하지만 난 그걸 거부했어. 그러자 아버지는—이미 이스라엘군에게 다리 하나를 잃은 분이었는데—불같이 화를 내며 내게 집에서 나가라고 소리치셨지. 그러나 다행히 할아버지가 나를 이해해주셨단다. 병석에 누워 있던 그분은, 누군가를 죽이는 대신 누군가를 살리는 사람이 되고 싶다는 내 소망을 듣더니, 비쩍 마른 몸을 일으켜 나에게 손을 얹고 알라의 축복을 빌어주셨던 거야."

결국엔 아부엘의 아버지도 아들의 뜻을 받아들였다고 한다. 그가 공부를 하기 위해 이집트로 떠날 때, 아버지는 "잘 가라. 너라도 제대로 된 삶을 살아야지"라고 말하더니, 아부엘이 탄 버스가 출발하기도 전에 획 돌아서버리고 말았다. 그런 다음 터미널 대신 쓰이던 먼지투성이 천막 뒤에 숨어서 눈물을 닦았는데, 그때까지도 그는, 그게 아들과의 마지막 순간이 되리라는 것을 전혀 알지 못했다. 물론 덜컹거리는 버스 안에서 멀어져가는 마을을 바라보던 아부엘 역시 그 뒤로 영원히 가족을 볼 수 없을 거라는 건 짐작조차 못 했지만 말이다.

그렇게 아부엘이 떠난 얼마 뒤 난민촌엔 대규모 공습이 있었고, 그의 가족은 하나도 남김없이 죽고 말았다. 아부엘은 한 손엔 핫도그를 나머지 한 손엔 이집트 전통차인 샤이가 가득 채워진 컵을 든 채 가족의 몰살 소식을 들어야만 했는데, 왜냐하면 당시 그가 카이로 뒷골목에 좌판을 차리고 핫도그 장사를 하고 있었기 때문이다. 사람들은 아부엘이 만든 핫도그를 좋아했고, 그는 빵을 구워 반으로 가른 뒤 거기에 양고기를 끼워 넣고 소스를 뿌리느라 너무 정신이 없어 의사가 되고자 했던 꿈마저 깜빡 잊고 지내던 중이었다. 그런 그가, 자기 앞에 서 있는 일본인 관광객에게 핫도그 두 개를 건네고 있을 때, 엄청나게 어두운 얼굴의 한 남자가 다가왔다. "어서 오십쇼! 뭘 드릴까요?" 아부엘이 외치자, 남자는 쓰고 있던 모자를 벗었다. "날 모르겠니, 아부엘?" 알고 보니 그는 아부엘의 먼 친척이었다. 그럼에도 아부엘은 핫도그를 굽느라 너무 바빠 제대로 인사도 못 한 채 말했다. "형, 반가워요. 이따 장사 끝나면 저와 차 한 잔 해요." 그러자 그 먼 친척은 쓸쓸하게 웃었다. "널 찾아온 이유는, 아부엘, 네 가족이 몰살당했단 소식을 알려주기 위해서다. 네가 떠난 뒤 마을에 공습이 있었거든."

그러나 아부엘은 그 순간 별다른 반응을 보이지 않았다고 한다. "그냥…… 올 것이 왔구나, 싶었지." 그는 할레드에게도 당시의 심정에 대해 이렇게만 말했을 뿐이다. "나는 그 먼 친척에게 소식을 전해줘서 고맙다고 한 뒤 핫도그 하나와 차 한 잔을 대접했어. 그분 역시 내가 구운 핫도그를 맛있게 먹고는 잘 지내라는 인사를 한 뒤 어디론가 가버렸고. 그래, 우리에겐 오히려 그게 자연스러운 거였어. 눈물 흘리고 울부짖는 건, 슬픔이 일상이 아닌 사람들에게나 어울리는 일이었으니까."

하지만 그 소식 덕분에 아부엘은 다시 의학을 공부하겠다는 처음의 결심으로 되돌아갈 수 있었다. 그는 그간 닥치는 대로 일을 해 모은 돈으로 카이로의 학교에 들어갔고, 거기서 장학금을 받아 캐나다로 유학까지 가게 되었다. 박해받는 팔레스타인인이라는 이미지는 떠나면 외국에선 오히려 이점(利點)으로 작용했는데, 그곳에선 사람들이 (진심이든 아니든) 아부엘을 동정했고, 할 수 있는 한 도움을 주려고 했기 때문이다. 그렇게 하여 그는 무사히 학업을 마치고 외과 전문의가 됐으며 텔아비브의 유명한 병원에서 일할 수 있는 기회까지 얻게 되었다. 그건 팔레스타인 출신인 그에겐 기적이나 마찬가지였는데, 그 모든 게 그가 졸업한 캐나다 대학교의 교수와 유력 인사들의 추천이 있었기에 가능한 일이었다.

사실, 그즈음 그의 미래는 전도유망했고 앞길은 창창했다. 마음만 먹는다면 그 역시 텔아비브의 중류층이 되어 고지대의 주택가에서 평온한 삶을 살아갈 수도 있게 되었으니 말이다. "그런데 왜 이곳으로 돌아왔죠?" 하지만 할레드가 이렇게 질문했을 때, 의사는 한참 동안 가만히 있더니 농담처럼 한마디 대답할 뿐이었다. "글쎄, 나도 그게 의문이다. 도대체 이유가 뭘까?"

그러나 소년은, 그날 그 의사가 어떤 이야기들은 일부러 빼놓고 말하지 않았다는 걸 알지 못했다. 즉, 어느 날 수염이 텁수룩하고 키가 큰 데다 러시아식 억양이 섞인 독특한 아랍어를 쓰는 한 남자가 갑작스레 아부엘을 찾아왔더라는 이야기 같은 것 말이다. 그리고 그 남자—그는 자기 이름이 이븐 알 하둔이라고 했다—를 만남으로써, 자신이 이 끔찍한 땅으로 되돌아온 이유를 이해하게 되었단 얘기 같은 것들도. 그런 말을 하는 대신, 아부엘은 그냥 소년의 어깨에 손을 얹었다. 그러고는 자동차 트렁크에서 콜라 하나를 더 꺼내 할레드에게 건넸다. "어두워졌구나. 이제 집에 가보렴. 다음 목요일에 또 봐야지." 의사는 이렇게 말한 뒤 천천히 계단을 올라 집으로 들어갔는데, 그게 몇 주 전 할레드가 본 아부엘의 마지막 모습이었던 것이다.

지금 생각해보니, 그때 아부엘의 얼굴이 무척 슬퍼 보였어. 할레드는 이제는 완전히 어두워진 방에서 공책을 손에 든 채 기억을 더듬었다. 그리고 당시엔 잘못 들었을 거라 여겼지만, 의사가 작별인사를 하며 이렇게 덧붙였던 것도 떠올렸다. "그래, 만약 정말로 다음번이라는 게 있다면 말이야." 그러자 갑자기 소년의 마음에 공포가 밀려왔다. 혹시 아부엘도 소멸되고 만 걸까, 지상의 모든 것들처럼? 아니면 이곳에서 툭하면 사라지는 그 많은 어른들처럼? 순간 소년은 오싹한 한기를 느끼며 몸을 떨었다. 어쩌면 옷을 좀 더 껴입어야 할지도 모른단 생각을 하며, 그는 벽장 앞에서 오래도록 가만히 서 있었다.

2012년 12월 25일 텔아비브. 오후 2시

"그러니까, 지금 누군가가 총리의 무의식에 침투했다, 이겁니까?"

솔름스의 질문에 라시드는 대답 대신 조그만 휴대용 비디오 플레이어를 꺼냈다. 재생 버튼을 누르자 화면에 나타난 건 아리엘 샤론이 누워 있는 텔아비브 병원의 초호화 병실이었다. 잠깐의 정적이 흘렀을 즈음, 화면 구석의 문이 열리며 한 남자가 나타났다. 흰 가운을 입고 있는 걸로 보아 의사인 듯했다. 그는 마치 샤론의 병세를 살펴보기라도 하려는 듯 가까이 다가가더니, 입고 있던 가운 안 주머니에서 뭔가를 꺼냈다. 자세히 보니 그것은 탐스럽게 피어 있는 붉은색 장미였다. 그다음, 남자의 기이한 행동이 마크 솔름스의 눈길을 끌었다. 그가 아리엘 샤론의 코앞에 장미꽃을 바짝 들이밀었기 때문이다. 잘못 본 걸까? 그 순간 샤론의 굳어진 얼굴이 살짝 흔들리는 것처럼 보인 건? 어쨌든, 남자는 그렇게 한동안 가만히 서 있었다. 뇌졸중으로 쓰러져 식물인간이 되어버린 전(前) 총리 앞에서. 얼마나 시간이 흘렀을까. 그는 장미를 다시 품에 넣고, 아무 일도 없었다는 듯 밖으로 걸어 나갔다.

요원이 비디오 플레이어의 정지 버튼을 누르며 말했다. "병실에 설치되어 있던 CCTV에서 확보한 영상입니다. 우린 이걸 분석하여 몇 가지 단서를 얻었고, 결국 저 자가 총리에게 가한 테러와 중세 이슬람 신비주의 사이의 연관성을 찾아냈던 것입니다." 그러면서 그 음울한 얼굴의 모사드 요원은 단호한 목소리로 덧붙였다. "어쨌든, 우린 저 자의 신원을 파악했고—그는 아주 오래전부터 테러를 계획하고 준비해온 사악한 팔레스타인 놈이더군요. 외국의 유명 대학에서 공부했다든가, 혹은 거기서 엄청난 추천장을 받았다든가, 하는 사실 때문에 별다른 의심을 하지 않은 건 우리의 실수였지만 말입니다—팀의 최정예 요원들이 그의 뒤를 쫓고 있어요. 그가 가짜 여권을 만들어 극동 아시아의 어떤 나라로 떠났다는 것까지 다 밝혀낸 이상, 그래요, 이건 당신에게만 하는 말인데, 놈은 이제 죽은 목숨이나 마찬가지입니다. 이런 짓을 하고도 자신이 무사할 줄 알았다면, 그건 우릴 잘못 봤어도 한참 잘못 본 거지요." 라시드는 이렇게 말하며 주먹을 불끈 쥐었는데, 그런 그의 이마에선 땀이 흘러내리고 있었다.

그러나 솔름스는 광기 어린 모사드 요원의 복수 계획 같은 것엔 전혀 관심이 없었다. 그래, 어떤 미치광이 팔레스타인인이 정말 장미꽃으로 테러를 했다손 치자. 그런다고 달라질 게 뭐란 말인가. 그리고 저 음침한 얼굴의 요원이 용의자를 찾아내 없애버린다고 한들, 또 뭐가 바뀌겠는가. 어차피 코마에 빠진 전 총리는 영원히 꿈을 꿀 것이고 세상은 아무 일 없다는 듯 굴러갈 텐데 말이다. 그는 비디오 플레이어의 영상을 다시 한 번 돌려보며 요원에게 물었다. "도무지 이해가 가지 않는군요. 그럼 저자가 들고 있던 장미꽃이 일종의 테러 도구였단 말인데, 그게 가능한 얘깁니까?"

그러자 지금까지 마치 그림자처럼 서 있던 또 다른 남자(기억하겠지만, 그는 처음부터 솔름스의 연구실에 라시드와 함께 찾아왔었다)가 앞으로 나섰다. 그는 음산한 표정으로 고개를 숙이더니, 자신을 이슬람 신비주의 전문가라고 소개하며 말했다. "이해하기 힘들겠지만, 문자와 소리로 이루어진 사물 저마다의 이름이 일종의 물질성을 띤다는 게 그들 신비주의 사상의 핵심입니다. 따라서 어떤 특정한 사물로부터 유발되는 소리의 입자가, 인간의 뇌에 침투하여 무의식을 조종하고 특정한 꿈을 꾸도록 유도하는 것도, 이론상으론 충분히 가능한 일이지요."

요원들이 모두 나간 다음, 솔름스는 혼자 CCTV 영상을 여러 번 돌려봤다. 갑자기 (자기 자신을 포함하여) 이곳에 있는 모든 사람이 제정신이 아니라는 생각이 들었다. 저 의사는 그저 한 송이의 꽃을 가지고 왔을 뿐이다. 아마도 총리를 문병하기 위해 그랬던 건지도 모르지. 도대체 장미꽃 하나로 사람의 꿈과 무의식을 조종할 수 있다고 믿는 자들 틈에 내가 섞여 있다니. 그는 피식 웃으며 비디오 플레이어의 종료 버튼을 눌렀다. 어쨌든, 이제 얼마 뒤면 시카고로 돌아갈 것이고, 그럼 여기에서 있었던 말도 안 되는 일들도 모두 잊어버리게 될 것이다. 하긴, 요즘 같은 시대에 누가 중세 신비주의니, 언어의 물질성이니, 그런 말들을 떠들고 있겠는가 말이다.

2012년 12월 15일 알부르즈 난민촌. 의사 아부엘의 집

8세기경 생존했던 전설적인 연금술사 자비르 이븐 하이얀은, 그의 신비로운 책 『문자의 저울』에서 궁극의 무게를 재는 방법에 대해 논했다. 그는, 언젠가는 인간이 영혼이나 문자, 사물의 이름 같은 것들의 무게를 측정할 수 있게 될 것이며, 만약 그런 궁극의 무게를 잴 수 있게 된다면 사람은 세상의 진짜 모습을 파악하게 될 거라 말했다. 그러나 그 위대한 연금술사는 결국 궁극의 무게를 측정하는 방법을 찾아내지 못한 채 세상을 떠났고, 그의 제자들은 사방으로 뿔뿔이 흩어지고 말았다.

그렇게 잊히는 듯했던 자비르 이븐 하이얀이 다시 사람들의 입에 오르내리게 된 건, 수피즘 수도사들 사이에 이상한 소문이 떠돌기 시작하면서부터였다. 그들은, 그 위대한 연금술사가 죽기 전에 궁극의 무게를 측정하는 방법과 그것을 자유자재로 다루는 법칙을 찾아냈지만 그걸 아무에게도 밝히지 않은 채 눈을 감았다고 믿었다. 그리고 제자 중 어느 하나가 스승의 비밀을 받아 적었으며 어디엔가 분명 그 문서가 존재하고 있을 거라고 주장했던 것이다. 물론 대부분의 연구자들은 그게 뜬소문에 불과하며, 세상 어디에도 그런 책은 없다고 잘라 말하곤 했다. 적어도 구소련 출신의 뇌신경학자이자 심리학자였던 레오니드 몰로디노프가 이란 북동부 호라산 지방 시골구석에 있던 오래된 이슬람 사원에서 그 비밀문서의 필사본을 찾아내기 전까진 말이다(덧붙이자면, 당연히 아직도 많은 학자들은 그 필사본이 가짜이며 몰로디노프야말로 세상에서 가장 비열한 사기꾼임에 틀림없다고 믿고 있다).

어쨌든 그 신비로운 책을 발견한 뒤 레오니드는 이슬람으로 개종했고(그가 진정한 무슬림이 되기 위하여 그런 건지, 아니면 단지 책의 필사본을 손에 넣기 위해 그랬던 건지는 아무도 모르지만), 마침내 자신의 과학적 지식에 중세의 비의를 결합하여 인간의 무의식에 침투하는 방법을 알아냈던 것이다.

자신을 이븐 알 하둔이라고 소개한 남자에게서 이런 얘기를 처음 들었을 때, 당연히 아부엘은 그의 말을 믿지 않았다. 도대체 이 괴상한 남자, 엄청나게 체구가 큰 데다 러시아식 억양이 섞인 독특한 아랍어를 쓰는 낯선 사람을 어떻게 믿으란 말인가. 게다가 그는 그야말로 땅에서 불쑥 솟아나기까지 하지 않았는가. 사실, 이븐 알 하둔이 아부엘의 집 거실에 깔린 널판을 들추며 휙 튀어나왔을 때, 마침 마루에서 신문을 읽고 있던 그 의사는 거의 기절할 뻔했다. "당신 뭐야?" 겨우 숨을 고른 아부엘이 그 침입자에게 더듬거리며 외치자, 머리에 묻은 흙과 검불 같은 걸 툭툭 털며 남자는 이렇게 대답했던 것이다. "나는 이븐 알 하둔입니다. 당신이 신의 선택을 받았다는 걸 알려주기 위해 찾아온 전령이라 믿어주면 되겠군요."

그의 말을 들었을 때, 아부엘은 아주 오래전 어린 시절에 들었던 노크 소리를 떠올렸다. 그 소린 한밤중에 크게 세 번, 작게 두 번, 다시 크게 세 번 울렸고, 그러면 할아버지는 조용히 문을 열어 밖에 있던 남자를 안으로 맞아들이곤 했다. 어린 아부엘에겐 그렇게 찾아오던 남자가 마치 죽음의 전령처럼 느껴졌는데, 왜냐하면 그런 노크 소리가 들린 다음 날이면 반드시 삼촌 중 하나가 어디론가 영원히 사라져버렸기 때문이다. 아부엘이 잠자리에 누워 있으면, 그 음산한 전령이 할아버지와 거실에서 나누던 대화가 띄엄띄엄 들려왔고, 거기엔 항상 이런 단어들이 섞여 있었다. "신…… 선택…… 당신의 의무……."

나중에 아부엘은, 사라진 삼촌들이 모두 어디로 가버린 건지 알게 됐다. 성스러운 전쟁을 위해 신(혹은 그의 대리인들)에 의해 선택된 그들이, 몸에 폭탄을 주렁주렁 매달거나 혹은 구식 수류탄 같은 걸 품에 안은 채 향한 곳은, 정말 있는지 없는지 확실치도 않은 영원한 천국이었던 것이다.

여하튼, 이븐 알 하둔의 등장과 함께 어린 시절의 그 음울한 노크 소리를 떠올린 아부엘은, 자신에게 드디어 때가 왔다는 것을 깨달았다. 즉, 오래전 터미널 대신 사용되던 먼지투성이 천막 곁에 숨어 울고 있던 아버지를 뒤로하면서까지 벗어나려고 했던, 바로 그 운명으로 되돌아가야만 하는 시간 말이다. 또한 그걸 깨닫는 순간 아부엘은 오히려 마음이 편안해지는 걸 느꼈으며, 자신이 왜 텔아비브 고지대의 평온한 주택가를 마다하고 이 지옥 같은 땅으로 다시 돌아와 있었던 건지도, 한꺼번에 이해하게 되었다. 그러니까 그에겐 태어날 때부터 핏줄에 새겨진 의무가 있었고, 이제 그걸 실천할 때가 도래한 것뿐이었다.

"앉으십시오. 차 한잔 하시겠습니까?" 의사는 그제야, 이집트에서부터 기나긴 터널을 지나오느라 무척이나 지쳐 보이는 이븐 알 하둔에게 자리를 권했다(하필이면 그 비밀 동굴의 출구 중 하나가 아부엘의 집 마루 밑에 뚫려 있었을 거라고 누가 상상이나 했겠는가). 잠시 후, "그래요. 내가 해야 할 일은 뭐죠?"라고 아부엘이 물었을 때, 차를 마시며 조용히 방 안을 둘러보던 낯선 남자는 주머니에서 장미 한 송이를 꺼냈다.

"이걸 할 수 있는 사람은 당신뿐입니다."

아부엘이 그 꽃을 의아하다는 표정으로 바라보자, 이븐 알 하둔은 자신들의 조직과 목적에 대하여 간단히 설명한 끝에 말했다. "…… 따라서 언젠가는 그 모든 것이 가능해질 거라고 우린 믿고 있습니다. 즉, 사람들의 무의식을 변형시키고 꿈을 꾸게 함으로써 세상을 바꾸는 일 말입니다." 그의 말을 들으며, 아부엘은 손을 뻗어 꽃잎을 만져봤다. 그건 정말로 살아 있는 장미꽃이었다. "물론, 일을 마친 다음에는 이곳과는 완전히 동떨어진 아주 먼 나라로 떠날 수 있는 새로운 여권과 비행기 표도 마련해뒀으니, 뒷일은 전혀 걱정하지 않아도 된다는 것도 알려드리고 싶군요."

이븐 알 하둔의 말이 끝났을 때, 아부엘은 방금 전까지 만지던 꽃잎에서 손을 떼며 다시 한 번 질문했다. "그럼, 끝으로 한 가지만 더 묻겠습니다. 이 일을 하고 나면, 나는 어디로 가는 거지요? 그 티켓의 최종 목적지는 대체 어디란 말입니까?" 그러자 마루 널판을 뜯고 올라온 그 낯선 남자가 빙긋 웃으며 대답했다. "서울이라는 도시입니다. 거기가 어딘지 아는 사람이, 아마 여기엔 아무도 없을 터이니…… 그만큼 멀리 떨어진 곳이라 할 수 있지요. 하여튼 가보면 알겠지만 그리 나쁜 곳은 아닙니다. 물론 최선의 장소라고도 할 수 없겠지만 말입니다." 순간 아부엘은 그럴 줄 알았다는 듯 미소를 지었다. 왠지 모든 게 맞아떨어지는 느낌이었다. 그는 서울이라는 도시를 알고 있었다. 아니 정확히는, 그 도시를 *상상하*는 한 아이를 알고 있다. 아부엘은 자리에서 벌떡 일어섰다. "좋습니다. 내가 그 일을 하지요. 그런 다음 그곳…… 서울이라는 도시로 떠나겠습니다. 알라의 축복을 빌어주십시오."

차를 다 마신 이븐 알 하둔이 다시 거실의 마룻장 아래로 사라진 후에도 아부엘은 한동안 의자에 앉아 있었다. 그리고 한숨을 한 번 내쉰 뒤 짐을 챙기기 시작했다. 너무 간단해서 그저 가까운 시장에나 다녀오려는 사람 같은, 그런 짐이었다. 문을 나서기 전, 그는 뭔가 잊은 게 있기라도 한 듯 잠시 서 있었다. 그러고는 방으로 돌아가 서랍 속에서 사진을 하나 꺼냈다. 오래전 그와 동생이 난민촌 부근의 작은 동물원에서 찍은 사진이었다. 그걸 찍을 때 그들은 잠시 후 할레드가 죽을 거라는 걸 알지 못했고, 그래서 두 아이는 무척이나 행복하게 웃고 있었다.

2012년 12월 25일 텔아비브. 오후 5시

"대체 여긴 어디지?"

마크 솔름스는 병원 안에 마련된 연구실에서 아리엘 샤론이 꾸고 있는 꿈의 영상물을 검토하며 중얼거렸다. 지금 그가 보고 있는 것은, 산산조각 난 동물들과 거기서 솟구쳐 오르는 핏방울, 그리고 그 앞에서 울부짖고 있는 한 소년이다. 아니, 잠깐. 솔름스가 정지된 화면의 어느 한 구석을 좀 더 자세히 살펴보자, 죽은 홍학과 사슴들 사이, 거의 부서져가는 시멘트벽에 한 아이가 기대앉아 있는 것이 보였다. 처음에 솔름스는 그 애가 웃고 있다고 생각했다. 입이 반쯤 벌어져 있었고, 영상은 너무 흐릿했기 때문이다. 그러나 아이는 웃고 있는 게 아니었다. 하긴 웃을 수도 없었다. 왜냐하면 아이의 이마에서 한 줄기 피가 흘러내리더니 곧이어 목이 앞으로 푹 꺾이기 때문이다. "이런, 죽은 건가?" 그가 중얼거릴 때, 화면 저쪽에서 아까의 그 소년이 달려왔다. 비록 이 영상이 꿈속의 소리까진 재현해내지 못하고 있음에도 불구하고, 마크 솔름스는 소년의 고통에 찬 비명이 들리는 것 같아 자기도 모르게 귀를 막았다.

그는, 코마에 빠진 전 총리의 바이털사인이, 이 장면에서 가장 심하게 요동친다는 것을 알고 있었다. 아리엘 샤론이 매번 눈물을 흘리는 것도, 바로 이 순간에서였다.

“이게 다입니까? 뭔가 더 무섭고 더 끔찍한, 그래서 총리를 두려움과 공포에 빠뜨릴 만한 어떤 협박이나 위협 같은 꿈의 메시지는 없었는가, 이 말입니다.” 라시드를 비롯한 정보기관의 요원들이 영상을 처음 봤을 때 보인 반응은 모두 같았다. 그들은 믿어지지 않는다는 듯 머리를 흔들었다. 아리엘 샤론. 그 많은 난민촌을 탱크로 밀어버리라고 명령하면서도 눈 하나 깜짝하지 않던 그가 겨우 저 정도의 꿈에 눈물 흘리고 괴로워하다니. 그럴 리가 없다고 고개를 흔드는 라시드의 눈에 불신이 가득 담겨 있는 걸 보며, 솔름스는 이제 시카고로 돌아갈 때가 됐다는 걸 알았다.

“그렇습니다. 이게 다입니다. 총리는 이 꿈을 무한히 반복하며 꾸고 있고…… 그건 아마 앞으로도 영원히 계속되겠지요. 하지만 우리의 영상이 백 퍼센트 확실한 건 아니라는 사실을 잊지 마십시오. 어쩌면 모든 건 그저 코마에 빠진 사람이 나타내는 이상 반응에 불과할 수도 있으니까요.”

연구실 문을 열고 나가려는 솔름스에게, 라시드가 마지막으로 질문했다. “그렇다면 방법이 뭡니까? 총리가 저 고통에서 벗어날 수 있는 길 말입니다.” 그러자 마크 솔름스는 씁쓸하게 웃었다. “우린 꿈을 분석할 줄만 알지, 그 꿈을 바꾸진 못합니다. 그러니 둘 중 하나겠지요. 지금이라도 온 세상에 사람을 풀어 이븐 알 하둔, 아니 레오니드 몰로디노프라는 자를 찾아내 총리가 더 이상 악몽에 시달리지 않게 해달라고 부탁하거나……." 여기까지 말한 솔름스가 잠시 멈칫하자, 라시드가 재차 물었다. "부탁하거나, 또 뭐요?" "아니면, 그의 생명유지 장치를 떼어내 영원히 꿈도 없는 깊은 잠으로 빠져들게 해주는 겁니다. 그런데 이건 둘 다 불가능하지 않은가요?"

2013년 1월 10일 서울

"아부엘, 기시감이란 정확히 뭘까요?"

"그건, 우리 모두가 세상의 기저에선 서로 맞닿아 있다는 걸 보여주는 증거야. 그렇지 않고서야 어떻게 처음 보는 장소와 시간들이 그렇게도 낯익어 보일 수 있겠니?"

"흠, 그렇군요. 기시감…… 좋은 단어예요. 이번에 글을 쓸 땐 반드시 이 말을 넣어야겠어요."

"그래, 그런데 말이다, 할레드. 넌 왜 하필이면 그렇게 멀리 떨어진 도시를 *상상하며* 소설을 쓰는 거지? 서울엔 가본 적도 없고, 내 생각엔 아마 앞으로도 영원히 갈 일은 생기지 않을 것 같은데? 그야말로 그곳은, 거기가 어딘지 아무도 알지 못하는 장소 아닌가?"

"왜냐하면…… 어차피 모든 이야기는 상상이니까요. 어쩌면 내가 지금 서 있는 이 땅이, 가장 깊숙한 밑바닥에선 바로 그 도시와 연결되어 있는 걸지도 모르고요. 아니, 생각해보니 난 그곳에 기시감을 느꼈던 것 같아요. 그런데 아부엘, 거기서도 누구 한 사람쯤은 이곳에 기시감을 느끼고 있지 않을까요? 그리고 나처럼 이렇게, 한 번도 가보지 않은 장소에 대하여 이야기를 만들어내고 있지 않을까요?"

아부엘은 주머니에 두 손을 찌르고 왠지 폐허처럼 보이는, 그래서 그가 떠나온 난민촌을 떠올리게 하는 쪽방 골목을 지나갔다. 이곳에선 툭하면 이렇게, 멀쩡한 집들을 모두 없애버리고 새로 길을 낸 뒤 더 큰 아파트를 짓곤 했다. "그럼 원래 여기 살던 사람들은 다 어디로 가는 거지?" 아부엘이 동료에게 묻자, 방글라데시에서 왔다는 그 남자는 피곤한 얼굴로 고개를 저을 뿐이었다. "몰라, 내가 알 바 아니잖아." 하긴, 그랬다. 우리가 알 바는 아니다. 어쨌든, 이 어둡고 컴컴한 길이야말로 그에게 딱 어울리는 곳이었다. 그처럼 자신을 숨겨야 하는 사람, 최대한 몸을 낮춘 채 하루하루를 보내야 하는 사람. 그는 할레드와 나눴던 대화를 떠올리며 언젠가 기회가 된다면 소년에게 '진짜 서울'의 모습이 담긴 엽서를 한 장 보내야겠단 생각을 한다. 그러느라 아부엘은, 뒤에서 누군가 조용히 다가오고 있다는 걸 알지 못했다. 또한 그는, 자신이 잠시 후면 수십 개의 자상을 입은 시체가 되어 이 삭막한 폐허 위에 누워 있게 되리란 것도 당연히 알지 못한 채 걸음을 서둘렀다. 서울의 밤공기가 무척이나 차가웠기 때문이다.

2013년 1월 20일 알부르즈 난민촌. 할레드의 집

깊은 밤, 소년은 연필을 깎은 뒤 촛불 아래서 낡은 공책을 펼친다. "…… *이상한 기시감이 밀려왔다. 언젠가 혹은 어디선가, 난 바로 이렇게 생긴 동물원을 본 적이 있다.*" 여기까지 써둔 소설의 뒷부분에 대한 좋은 생각이 떠올랐기 때문이다. 그는 빠르게 적어나간다. 떠오르는 얘기들이 너무 급하게 흘러가, 소년의 연필이 그 속도를 따라가지 못하고 있다. 그는 자신의 새로운 이야기 속에선 결코 아부엘(이라고 이름 붙인 소설의 주인공)이 죽지 않으며, 시체 안치소에서 갑자기 벌떡 일어나 모두를 놀라게 할 거라는 걸 안다. 그리고 길고 긴 코마에서 깨어난 아리엘 샤론이 팔레스타인의 지도자와 서로 손을 잡으며 악수를 하게 되리라는 것도 알고 있다. 왜냐하면 이제 샤론은, 동물원에서 동생이 죽어가는 걸 지켜봐야만 하는 어떤 소년의 슬픔을 정말로 느껴봤으니까. 또한 소설이 완성될 즈음이면 사라진 의사가 마치 아무 일도 없었다는 듯 돌아올 것이며, 그 이후의 모든 나날은 (좀 불안하긴 해도) 천천히 평온하게 흘러갈 것임을 확신한다.

2013년 1월 20일 서울

하긴, 기시감이란 게 기억을 관장하는 뇌의 일부분에 문제가 생겼을 때 나타나는 현상이라는 걸 모르는 사람은 없을 것이다. 해마라고 했던가…… 여하튼 그 어딘가에 순간적인 이상이 오면, 사람은 처음 본 뭔가를 아주 오래전 어디선가 봤다고 착각하게 된다.

"…… 이상한 기시감이 밀려왔다. 언젠가 혹은 어디선가, 난 바로 이렇게 생긴 동물원을 본 적이 있다."

나는 쓰다 만 원고를 다시 한 번 읽어본 뒤, 삭제 키를 눌렀다. 어차피 완성한다 해도 잡지에 실을 일은 없을 테니, 굳이 저장해둘 필요까진 없을 것이다.

그날 저녁, 인도네시아에서 일어난 쓰나미와 알래스카의 군사기지 사이에 얽힌 비밀을 파헤치다 말고, 나는 김에게 전화를 걸었다. 지난번 죽은 신원 미상의 외국인에 대한 수사가 어떻게 되어가는지 묻기 위해서였다. 그러나 전화를 받은 김은 어리둥절한 목소리로 되물었다. "무슨 사건?" 그는 내 설명을 듣고서야, 아부엘이라는 이름을 가졌던 한 남자를 기억해냈다. "아, 그거? 글쎄, 지금은 내 담당이 아니라서. 왜? 필요하면 좀 알아봐줄까?" 괜찮다고 대답한 뒤 전화를 끊은 나는, 컴퓨터 앞에 앉으려다 문득 궁금해져서 사전을 펼쳤다. 굳이 찾아볼 필요도 없는 어떤 단어의 의미를 다시 한 번 확인하고 싶어졌기 때문이다. "기시감: 한 번도 경험한 적 없는 일이나 처음 본 인물, 광경 등이 이전에 언젠가 경험하였거나 보았던 것처럼 여겨지는 느낌."

경이로운 도시

1

W시는 한반도의 중심부이자, 강원도의 남서부에 위치하고 있으며 남북으로 길게 뻗은 태백산맥의 서남쪽에 자리잡고 있다. 이 도시의 역사는 수만 년 전으로까지 거슬러 올라가는데, 시를 가로질러 흐르는 강가 모래밭에서 발굴된 선사시대 유적이 당시의 생활상을 어느 정도 드러내주고 있다. 이후 삼한시대와 삼국시대를 거치며 이 지역은 차례로 마한, 백제, 고구려, 신라의 수중으로 들어갔고, 조선에 이르러서는 요즘의 도청에 해당하는 감영이 이 도시에 들어섬으로써 명실상부한 강원도의 중심지가 되었다. 그러나 해방과 전쟁을 거치면서 자연스레 도청은 다른 시로 옮겨가게 되

었는데, 그런 이유 때문인지는 몰라도 언젠가부터 W시 시민들은 이상한 상실감에 시달렸으며 뭔가를 빼앗긴 듯한 상대적 박탈감에서 자유롭지 못했다. 결국 그들은 도시를 발전시키고 인구를 증가시키는 것을 가장 중요한 시민의 덕목으로 삼게 됐고—물론 당연히 일부 그렇지 않은 시민들도 있었으나—그리하여 언젠가는 이곳을 다시 도청소재지의 지위로 격상시키겠다는 지상 목표를 가지게 되었던 것이다. 그랬던 W시에 외계의 비행접시가 나타난 것은 그야말로 시의적절한 사건이었고, 마침내 도시는 번영하기 시작했다. 그리고 그 모든 배후엔 후안 곤잘레스(한국 이름 황곤식)라는 기이하고도 입지전적인 인물이 있었으니, 그를 빼놓고는 현재의 W시가 구가하고 있는 눈부신 발전의 역사를 서술하기란 아예 불가능한 걸지도 모른다.

이야기는 지금으로부터 10여 년 전, 후안이 아직 도시의 미미한 존재로 남아 있던 시절로 거슬러 올라간다. 그때 그는 '우리환경'이라는 용역업체의 계약직 환경미화원이었고, 매일 커다란 손수레에 외계인들의 사체를 실어 나르는 고된 노동에 시달리고 있었다. 사실 그 당시 외계 생명체가 그렇게나 자주 출몰했음에도 불구하고 도시가 언제나 깨끗하고 청결한 상태를 유지할 수 있었던 것은, 전적으로 후안 곤잘레스와 같은 부지런한 환경미화원들 덕분이었음을 부인할 수 없다. 밤마다 깊은 산속의 은신처에서 내려오던 그 음험한 외계 종족들을 잡기 위해 토벌대가 나섰는데, 그런 식으로 서너 시간 정도 작업이 이뤄지고 나면 보통 길거리 여기저기엔 녹색의 사체가 수북이 쌓이기 일쑤였다. 그러나 새벽 다섯 시만 되면 연두색 야광 조끼를 입은 환경미화원들이 일제히 출동했고, 그러면 순식간에 도시는 언제 그런 일이 있었냐는 듯 깨끗해졌으니 말이다.

미화원들은 커다란 손수레를 밀고 다녔는데, 거기엔 건전지만 넣으면 작동되는 소형 도르래가 장착되어 있어서 무거운 외계 생명체의 사체도 가뿐히 끌어올릴 수 있었다. 물론 그들이 처음부터 그런 능률적인 손수레를 밀고 다닌 건 아니었다. 초기엔 두 명의 미화원이 한 조가 되어 일했는데, 한 사람이 사체의 머리 부분을 잡고 또 다른 한 사람이 발 쪽을 잡은 뒤 힘껏 들어 올리는 방식으로 청소가 이루어졌다. 그러나 사체의 수가 점점 많아짐에 따라 시는 심각한 인력 부족에 시달리게 되었다. 그때 새로운 스타일의 청소용 손수레를 개발한 사람이 바로 당시 시의 6급 공무원이었던 김씨였다. 그는 도르래가 달린 손수레를 발명한 공로로 표창장을 받았고 시 홈페이지에 한 달간 '이 달의 우수 공무원'으로 게재되는 영광도 누렸는데, 그것이 인연이 되어 후일 후안 곤잘레스까지도 만나게 되는 것이다.

어쨌든, 미화원들은 열심히 일했고 사체가 손수레에 가득 차면 그것을 끌고 지정된 구역으로 향했다. 거기엔 도시 구석구석에서 실려 온 녹색 사체들이 층층이 쌓인 채 산을 이루고 있었는데, 그곳에 쓰레기를 쏟아붓기 전에 미화원들은 먼저 거대한 저울 위를 지나가야만 했다. 저울은 그들이 그날 싣고 온 쓰레기의 무게를 쟀고, 월말에는 정확히 그만큼의 인센티브가 지급되었다.

미화원들이 빈 손수레를 끌고 떠난 뒤에도 사체는 한동안 그대로 방치됐다. 그러다가 더 이상 쌓을 수 없을 만큼 시체들의 산이 높아지면 어디선가 연두색 트럭들이 줄지어 나타났고, 그들을 거대한 삽으로 퍼 담은 뒤 사라졌다. 그렇게 운반된 녹색 피부의 사체들이 어떻게 처분되는지는 아무도 몰랐지만, 사실 알고자 하는 사람도 별로 없었다. '뭐, 어딘가에서 갈아버리거나, 아니면 불에 태우겠지.' 길을 걷다가 옆을 스쳐 지나가는 연두색 트럭의 행렬을 마주치는 시민들은 대부분 이렇게 생각하고는 금세 잊어버렸다. 하긴, 그건 미화원들 역시 마찬가지였다. 자신들이 매일 하루 두 번씩 운반하는 쓰레기들이 최종적으로 어떻게 처리되는지 궁금해하는 이는 아무도 없었다. 따라서 어느 가을 오후, 빗자루를 내려놓고 잠시 쉬며 담배를 피우던 후안 곤잘레스가 그 모든 일에 호기심을 느끼기 시작한 건, 무척이나 드물고도 놀라운 사례였다고 볼 수밖에 없다. 나중엔 크게 성공하고 한국으로 귀화한 뒤 황곤식이라는 이름까지 얻게 될 그 미화원은, 그러나 그때만 해도 자기 앞에 펼쳐질 눈부신 미래에 대하여 전혀 알지 못했고, 그저 '저게 다 어디로 가는 걸까?'라는 생각에만 골똘히 빠져들었다. 그리고 다 피운 담배를 바닥에 버린 뒤 발로 비비려는 순간, 어떤 기막힌 아이디어 하나를 떠올렸던 것이다.

*

사실 W시는 저 기이한 녹색 생물체들에게 많은 것을 빚지고 있었다. 그들 덕분에, 그간 지구 전체를 휩쓴 불황과 저성장 속에서도 어떻게든 이 도시만은 살아남아 오늘에 이를 수 있었기 때문이다. 게다가 비록 지금은 여러 가지 이유로 학살과 토벌의 대상이 되었지만, '외계인'이란 여전히 희소가치를 지닌 존재이기도 했다. 아직도 꽤 많은 수의 학계와 종교계 인사들이 연구를 위해 도시를 드나들었고, 외계인을 구경하려는 관광객들의 행렬도 드물긴 하지만 띄엄띄엄 이어지고 있었다. 외계인을 이 도시에 받아들였던 초기엔 실제로 관광업이 특수를 누리기도 했다. 물론, 동물원의 원숭이 우리에서나 볼 수 있는 화끈한 반응을 기대하며 투어 버스에 올랐던 관광객들이 심한 실망을 안고 돌아간 뒤론 차차 쇠락하기 시작했지만 말이다. (외계인들은 뚱하고 말이 없었다. 아니, 정확히는 그들이 내는 소리가 인간이 감지할 수 있는 음역의 주파수를 벗어나 있던 거였지만. 게다가 기분 나쁠 정도로 인간을 닮은 그 녹색 생물들은, 아이들이 던져주는 어떤 종류의 음식도 받아먹지 않았다. 하긴, 이것 역시 엄밀히 말하면 먹을 수 없었던 거였지만 말이다. 그들은 오직 이산화탄소와 물, 햇빛으로만 살아가는 괴상한 종족이었다. 그리고 그런 점은, 도시가 그 낯선 생물들을 받아들이기로 결정하는 데 가장 큰 영향을 끼친 요인이기도 했다. 왜냐하면, 적어도 그들이 이곳의 식량과 자원을 축낼 일은 없을 거라는 걸, 누구보다도 시민들이 먼저 이해했기 때문이다.)

그러나 시가 자기들의 홈페이지에 "우리는 인도주의 정신에 입각하여 식량과 물, 그리고 살 곳을 찾아 지구를 찾은 외계 난민들을 따뜻한 마음으로 환대하였습니다"라고 적어둔 것과는 달리, 처음엔 상황이 좀 안 좋았다. 엄청난 굉음과 함께 하늘에 거대한 유에프오가 나타났을 때, 사람들은 지구의 종말이 왔다며 우왕좌왕했고 가까운 슈퍼마켓으로 달려가 라면과 부탄가스부터 싹쓸이했다. 노인들은 기다리고 있었다는 듯 익숙한 솜씨로 보따리를 꾸려 피난길에 나섰지만, 도시의 경계도 채 넘지 못하고 되돌아와야만 했다. 이미 시 외부로 통하는 모든 길이 봉쇄된 탓이었다. 어느 정도 시간이 흘러 비행접시에게 별다른 공격 의도가 없는 듯 보이기 시작하자(그것은 열흘이 넘도록 미동도 하지 않은 채 하늘에 떠 있을 뿐이었다), 공포 대신 분노가 서서히 도시를 뒤덮었다. 게다가 (시청 측과 외계인들 사이에 시도되었던 이러저러한 대화와 교섭 끝에) 그들이 멸망 위기에 처한 행성을 탈출하여 살 곳을 찾아다니던 일종의 우주 난민이란 게 확인된 순간, 시민들의 짜증은 극에 달했다. 사람들은, 그놈들이 왜 하필이면 이런 소도시를 기착지로 택한 거냐며 화를 냈고, 가뜩이나 살기도 힘든데 왜 저런 것들까지 신경 써야 하냐며 분통을 터뜨렸다.

하지만 그 모든 짜증과 분노에도 불구하고, W시 상공에 나타난 비행접시는 꽤 오랫동안 그저 떠 있을 뿐이었다. 그리고 마침내, 구름처럼 몰려들었던 기자들도 모두 철수하고 시민들조차 우주선을 하나의 일상으로 여기기 시작할 즈음, 그들이 내려왔다. 마지막까지 시 외곽에 머물며 지구를 방문한 최초의 우주인을 기다리던 어느 아마추어 영화제작동호회가 그 광경을 모두 촬영하는 행운을 얻었는데, 당시 카메라맨은 외계인들의 하강 장면을 찍는 내내 "이럴 수가! 믿어지지 않아. 정말 실망이로군!" 등등의 말을 외쳤다고 한다. '외계인을 촬영한 최초의 인간'으로 알려져 몇몇 방송사의 아침 토크쇼에 출연하기도 했던 그 카메라맨은, 그때 자신이 그런 감탄사를 내뱉었던 이유에 대해 이렇게 말했다. "생각해 보세요. 외계인이라고 하면 누구나 기대하고 꿈꾸는 모습들이 있잖아요. 엄청나게 발달한 과학기술로 무장하고 지구를 때려 부수러 온다든가 혹은 하다못해 푸른색 후광이라도 빛내며 인류와 교감을 나누기 위해 홀연히 나타난다든가, 뭐 그런 것들 말이에요. 하지만 놈들은 전혀 그렇지 못했어요. 어딘가 어설프고 원시적이었죠. 그래요, 무척이나 하등한 족속으로 보였다고나 할까요. 도대체 외계인들이 제대로 된 착륙기구 하나 없이 그러고 내려온다는 게 말이나 됩니까?" 실제로 그들은 등에 낙하산을 하나씩 지고 땅으로 뛰어내렸는데, 그건 그야말로 평범한 국방색이었고 중국산이라 해도 믿을 수 있을 정도로 조잡해 보였다.

어쨌든 그가 촬영한 약 두 시간 분량의 필름 맨 마지막 부분엔, 지상에 최초로 발을 디뎠던 외계인들의 모습이 선명하게 찍혀 있다. 화면 속에서 그들은, 낙하산을 벗어놓은 채 일렬로 서서 자신들을 태우고 온 우주선의 문이 천천히 닫히는 광경을 멍하니 바라보고 있다. 마침 해가 지고 있어서 하늘은 온통 붉은색이고, 그래서 세상은 마치 불길에 휩싸인 채 활활 타오르고 있는 것처럼 보인다.

*

후안 곤잘레스가 어떤 인물이고 어떻게 이 도시로 흘러들어왔는가에 대해선 전적으로 그 스스로의 발언에 기초하여 서술할 수밖에 없다. 나중에 W시에서 수여하는 공로상을 받을 때 했던 감동적인 연설이나 여러 매체와의 인터뷰, 각종 강연 등에서 밝힌 바에 의하면, 그의 혈통의 약 4분의 1은 한국인이라고 했다. 후안의 외고조부 격인 황곤식씨가 1905년 인천 제물포항에서 화물선을 타고 멕시코로 떠났던 이민 1세대에 속하기 때문이다. 너무나 먹고살기 힘들어 북미의 묵서가(그땐 멕시코를 '묵서가'라고 표기했다)로 꿈을 찾아 떠난 약 천 명의 조선인들은, 그러나 기대와는 달리 유카탄 반도의 어느 용설란 농장에서 노예처럼 혹사당해야 했다. 결국 견디다 못해 그곳을 탈출한 몇 안 되는 사람 중의 하나가 바로 자신의 먼 조상인 황곤식씨였다는 얘기를 할 때면, 후안은 언제나 눈물부터 흘렀다. 그가 "그래서 저는 지금도 데킬라를 마시지 않습니다. 그 용설란 술엔, 돌아가신 내 할아버지의 고통이 깃들어 있으니까요"라고 말할 때 대부분의 청중은 덩달아 눈물을 훔쳤고, 자신이 한국 이름을 '황곤식'이라고 지은 건 그분을 기리기 위한 행위에 다름 아니었다고 외치면, 사람들 사이에선 박수갈채가 터져 나왔다.

어쨌든, 후안의 조상이라는 황곤식씨는 농장을 탈출한 뒤 지나가는 기차의 화물칸에 무작정 숨어들었다가, 그만 거기서 깜빡 잠이 들고 말았다. 그가 깨어났을 때 기차는 멕시코 북부의 어느 작은 마을을 지나고 있었고, 저쪽에서 역무원이 걸어오는 소릴 들은 그 조선인은 재빨리 밖으로 뛰어내렸다. 그동안 몇 마디 익힌 스페인어를 이용하여 알아본 결과 그 역의 이름은 톨루카였고, 달리 뾰족한 도리가 없던 그는 그곳에 정착하기로 마음먹었던 것이다. 그러나 이역만리 타국에서 혈혈단신의 황곤식씨가 성공하기란 거의 불가능에 가까웠고, 결국 그는 거기서도 빈곤층의 신세를 면치 못하고 말았다. 그 와중에 참하긴 하지만 예쁘진 않았던 멕시코 처녀와 결혼하여 가정을 꾸림으로써 그의 가계는 서서히 멕시코사회에 동화됐으며, 결국 약 한 세기가 흘렀을 즈음엔 후손 중 어느 누구도 자신에게 한국인의 혈통이 섞였음을 아는 이가 없을 정도에 이르렀다. 그런데 (본인이 스스로 밝힌 바에 의하면) 이상하게도 후안만은 어머니에게 외고조부에 관한 얘기 듣기를 좋아했고, 마음속으론 '언젠가는 한국으로 돌아가리라'는 생각을 품고 지냈다는 것이다. 그렇다고는 해도 그 역시 한국어라곤 한 글자도 몰랐으며, 마을 거의 대부분의 소년들이 그렇듯 학교도 제대로 다니지 않은 채 톨루카 시내를 이리저리 떠돌아다니며 허송세월하고 있었다. 따라서 만약 1978년 10월의 어느 날, 별다른 이유도 없이 기차역 광장을 어슬렁거리지 않았더라면, 그 또한 다른 사람들과 마찬가지로 멕시코 시골 마을의 옥수수 농장 일꾼으로 일생을 보내고 말았을 것이다.

후안 곤잘레스 본인의 회상이나 혹은 그에 대한 서너 권의 평전에 의하면, 톨루카역 사무실로 한 통의 국제전화가 걸려 온 것은, 1978년 10월 20일 오후 두시쯤이었다. 전화를 받은 사람은 라디오나 들으며 소일하던 늙은 역장 페드로였는데, 한때는 멕시코 산악지대를 누비며 지나가는 마차를 터는 등 한심스러운 나날을 보냈지만 어느 날 마음을 고쳐먹고 성실한 공무원이 된 사람이었다. 여하튼 페드로 역장은 전화선 너머에서 들려오는 말을 듣고도 처음엔 그 내용을 제대로 이해하지 못해 머리를 긁적였다. "그렇습니다. 맞아요. 여기서 꽤 떨어진 농장에서 무슨 미국인 박사가 뭔가를 연구하고 있다는 걸 모르는 마을 사람은 없지요. 뭐라고요? 그런데 그분이 노벨평화상을 받게 됐다고요?"라고 말하며 역장은 너무 흥분해서 말까지 더듬고 말았다. 그는, 아직 전화선도 연결되지 않은 오지의 농장에서 연구에 몰두하고 있던 미국인 노먼 볼로그에게 전달할 메모를 받아 적기 위해, 공책 표지를 북 찢었다. 그런 다음 마침 역 앞을 지나가고 있던 한 소년을 불러 페소화 한 닢을 쥐여주며 이렇게 말했다. "지금 당장 출발하는 차를 얻어 타고 농장에 가서 그분께 이 메모를 전해드려라, 알겠지?" 소년은 고개를 끄덕이고는 역장에게서 받은 종이를 꼭 쥔 채 낡은 트럭에 올랐는데, 그가 바로 훗날의 황곤식씨, 즉 후안 곤잘레스였던 것이다. 소년을 태운 트럭이 출발하자 역장은 곧바로 〈톨루카 데일리〉에 전화를 걸었다. 그러나 마을에 하나뿐인 그 신문사의 사장이자 편집자이며 동시에 기자였던 호세는 "이봐, 엄청난 기삿거리야! 거 왜, 자네도 알지? 저기 농장에서 뭔가 연구한다는 그 미국인 박사 말이야, 그분이 이번에 노벨평화상을 받는다더군! 그야말로 마을의 자랑 아닌가?"라는 역장의 말을 믿지 않았다. 허름한 밀짚모자에 흙투성이 장화를 신은 채 털털거리는 트랙터나 몰고 다니는 외국인이 노벨평화상을 탄다는 것은, 어딘가 잘못돼도 한참 잘못된 일이라는 게 그의 생각이었다. 결국 역장의 말을 믿지 않은 호세 편집장은 『톨루카 데일리』 창간 이래 최고의 특종을 터뜨릴 수 있는 기회를 놓쳤고 나중에 멕시코 국영라디오의 뉴스를 들은 뒤에야 황급히 기사를 쓰려고 했지만 그때는 이미 노먼 볼로그의 노벨상 수상 소식이 온 마을에 다 알려진 다음이었다.

노먼 볼로그로 말할 것 같으면, "모든 사람이 적당량의 식사를 하는 것이 사회정의다"라고 주장해온 농학자였고, 그런 자신의 신념을 실천에 옮기기 위해 끊임없이 노력한 끝에 소위 '녹색혁명'이라는 걸 이뤄낸 인물이었다. 그가 새로 개발한 밀과 옥수수는 병충해에 강한 데다 수확량도 월등하게 높아 1970년대 많은 개발도상국들이 앞다투어 그 신품종 작물의 종자를 도입했다. 비록 시간이 흐른 뒤 몇 가지 '사소한' 문제들이 불거지긴 했지만(예를 들자면 생태계의 파괴라든가 혹은 토양의 황폐화 같은) 어쨌든 그 덕분에 이전과 비교할 수 없이 많은 식량 생산이 가능하게 됐고, 따라서 노벨위원회는 그런 공로를 높이 사 볼로그에게 1978년도 노벨평화상을 수여하기로 결정했던 것이다. 물론 일부 고결한 사람들은 당연히 불만을 터뜨렸다. 그들은, 인간은 먹기 위해 사는 존재가 아니라고 했고, 몇몇 극렬한 반대자들은 "배부른 돼지가 되느니 배고픈 소크라테스가 되겠다"는 등의 말이 적힌 플래카드를 들고 시위를 벌이기도 했다. 그러나 위원회는 예정대로 상을 수여할 거라고 밝혔고, 그 오지 마을의 농학자에게 수상 소식을 전하기 위해 톨루카 역 사무실로 전화를 걸었던 것이다.

소년 후안 곤잘레스가 메모를 손에 쥐고 먼지가 구름처럼 피어오르는 흙길을 지나 농장에 도착했을 때, 노먼 볼로그는 땅바닥에 쭈그리고 앉아 밀 이삭을 들여다보고 있었다. "그 위대한 농학자는 노벨상 수상 소식을 듣고도 그저 빙긋이 웃을 뿐이었습니다"라고, 오랜 뒤 후안 곤잘레스는 사람들 앞에서 감격 어린 목소리로 회상하곤 했다. "난 그분에게 기쁘지 않으냐고 물었어요. 그러자 볼로그 박사는 이렇게 말하며 고개를 저었습니다. 물론 기쁘지. 하지만 아직도 멀었어. 우리 인류가 굶주림에서 해방되려면 말이야. 이 품종들—그러면서 그는 밀 잎사귀를 어루만졌지요—은 무궁무진한 식량 증산이라는 나의 목표엔 한참 모자라거든. 그리고 그분은 또 이렇게도 말씀하셨습니다. 알고 있니? 세계 평화를 위해선 더 많은 빵을 만들어내야 한다는 사실을. 그러더니 박사님은 갑자기 저를 똑바로 쳐다보며 말하더군요. 이름이 뭐라고 했지? 후안? 그래, 후안. 너 같은 소년이야말로 인류의 미래다. 언젠가 나는 세상을 떠나겠지만, 너희 세대가 나의 과업을 이어받아다오. 새로운 식량을 개발하여 평화로운 지구를 만드는 일에 앞장서달란 말이다, 알겠니?"

그로부터 오랜 시간이 지난 후 W시가 수여하는 공로상을 받는 자리에서, 후안은 아무 희망도 없이 살아가던 시골 소년에게 꿈과 비전을 제시해줬던 노먼 볼로그 박사에게 이 모든 영광을 돌린다며 눈시울을 붉혔다. 순간 시상식장은 급속도로 숙연해졌는데, 한동안 먼 하늘을 쳐다보던 후안 곤잘레스는 다음과 같이 말함으로써 다시 한 번 분위기를 고조시켰다. "하지만 무엇보다도 현재의 나를 있게 한 건 바로 이 도시입니다. 오래전 내가 이곳에 오지 않았더라면 지금과 같은 업적은 결코 이뤄낼 수 없었을 테니까요!"

그러나 지금까지도 W시 인근에 캠프를 친 채 시위를 벌이고 있는 외계인 차별반대주의자들은, 이런 식의 일화들이 그저 후안 곤잘레스가 꾸며낸 고도로 계산된 스토리텔링에 불과하다고 주장한다. 그들은, 시골 마을에서 담배나 피우며 지내던 문제 소년이 위대한 과학자와의 만남 이후 원대한 꿈을 품고 멕시코시티로 상경한다는 식의 이야기 자체가 너무 흔한 설정이라고 비웃었다. 또한 거대하고 비정한 대도시에서 미래를 위해 성실히 노력하던 소년이 뜻밖의 불행(여기서 후안이 겪은 불행이란, 1986년 봄 멕시코 국영석유화학기업이었던 페멕스 사의 천연가스 창고가 폭발한 사고를 일컫는다. 이때 일어난 대화재로, 당시 멕시코시티 외곽 최대의 빈민가였던 산후아니코 마을 전체가 사라졌으며 수천 명의 주민이 불에 타 죽고 말았다)을 만나 곤경에 처한다는 스토리 역시 너무 뻔한 거 아니냐고 비난하기도 했다.

어쨌거나, 폭발 현장에서 겨우 살아남은 후안 곤잘레스는 불길을 피해 북쪽으로 미친 듯이 달린 끝에, 애리조나 주 인근 국경 지대 사막에서 그만 쓰러지고 말았다. 마침 여행을 왔다 돌아가던 친절한 노부부가 그를 발견했고 자기들의 차에 태워 가까운 주유소 매점으로 데려갔다. 그들은 거기서 그 가여운 청년에게 햄버거 하나와 음료수 한 병을 사줬는데, 후안은 그때 먹었던 빵 맛을 영원히 잊지 못했던 것 같다. 나중에 그가 가장 먼저 개발해 판매하기 시작한 제품이 햄버거 빵 사이에 끼우는 다진 고기였던 걸 보면 말이다. 그러나 무엇보다도 후안을 비판하는 사람들은, 그가 국경을 넘은 뒤 겪었다는 일련의 모험에 강한 의구심을 드러냈다. 그들은 그 이야기가 어딘지 모르게 앞뒤가 맞지 않는다고 했으며 거짓인 티가 역력하다고도 지적했다. 그러나 언젠가 한 반대자가 "과연 한 사람의 인간이 일평생 동안 그렇게도 많은 고난을 겪는다는 게 정말 가능한가?"라고 질문했을 때, 후안 곤잘레스는 피식 웃으며 단호하게 대답한 적이 있다. "그렇습니다, 그래요. 당신들은 그 모든 상황이 정말로 가능하다는 걸 영원히 이해하지 못할 겁니다. 하긴 안락한 서재에 앉아 책과 신문이나 보며 세상을 논평하는 사람들이 알기나 하겠습니까? 자기들이 생각하는 자연스러운 이야기의 흐름이란 게, 현실에선 가장 말도 안 되고 엉성한 스토리에 불과하다는 사실을 말입니다."

그런데 실제로, 국경을 넘은 이후 후안의 삶은 그야말로 믿어지지 않을 만큼의 엄청난 불운들로 점철돼 있었다. 이리저리 떠돌다가 겨우 정착했던 뉴올리언스에선 허리케인을 만나 겨우 살아남았고(그때 후안은, 폭풍우와 함께 몰려온 홍수 때문에 자신의 거처였던 조그만 트레일러하우스와 함께 통째로 떠내려갔다. 몇날 며칠을 그렇게 둥둥 떠다니던 그는, 어느 날 자신의 유일한 애완동물이던 수탉 한 마리를 창틈으로 내보냈고, 한참 후 녀석이 아스파라거스 한 조각을 물고 돌아오는 걸 보고 조심스럽게 문 밖으로 나왔다는 것이다), 얼마 뒤엔 아이티를 덮친 대지진에서 구사일생으로 구조되기도 했다(당시 그는 수도인 포르토프랭스 중심가의 대통령궁 신축 공사장에서 일용직 인부로 일하고 있었는데, 지진이 일어나 동료들이 모두 땅속으로 휩쓸려 들어갈 때, 후안은 마침 등에 지고 있던 거대한 통나무를 철봉 삼아 구조대가 올 때까지 매달려 있었고, 그렇게 하여 목숨을 건졌다고 한다). 게다가 그의 불운은 거기서 끝난 게 아니었는데, 왜냐하면 참치잡이 배에서 일하며 잠시 정박했던 일본의 한 바닷가 도시에선 일생 최대의 쓰나미를 만나 조난을 당했고, 떠다니는 학교 문짝에 의지하여 망망대해를 헤매던 끝에 지나던 한국 어선에 의해 건져졌기 때문이다.

후안을 구해준 어선의 이름은 '명진호'였고, 주로 캄차카 반도 근해까지 거슬러 올라가 명태 등을 잡는 배라고 했다. 선장은 그를 환대했는데, 얼마나 친절했는지 생전 처음 보는 그에게 갈아입을 셔츠와 새 바지를 흔쾌히 내주기까지 했을 정도였다. 물론 그 대가로 후안 역시 배에서 지내는 동안 허벅지까지 올라오는 고무장화를 신은 채 다국적 선원들 틈에 섞여 하루 종일 그물을 끌어올려야 하긴 했지만 말이다. 여하튼 중요한 건, 그때 후안의 마음이 기쁨으로 터질 것 같았다는 사실이리라. 그는 자기가 우연히 올라탄 배가 한국 국적의 어선이란 걸 안 순간, 드디어 고향으로 돌아가게 되었단 기대에 들떴다. 오래전, 그러니까 거의 백 년 전, 그의 할아버지의 할아버지가 화물선을 타고 떠나온 땅을, 이제 자기가 어선을 얻어 타고 되돌아가게 될 줄 누가 생각이나 했겠는가. 후안 곤잘레스는, 동해안의 어느 항구에 내리자마자 주머니에 있던 명함을 꺼내 전화부터 걸었다. 그와 헤어지기 직전 선장이 이렇게 말하며 건네준 명함이었다. "이봐, 후안. 갈 곳이 없으면 여기로 전화해봐. 너 같은 사람에게 좋은 일자리를 알선해주는 곳이지. 아, 그리고 전화할 때 내가 소개했다고 말하는 거 잊지 말고. 알겠지?"

전화를 받은 남자는, 후안의 딱한 사정을 듣더니 그에게 꼭 어울리는 일자리가 있다며 반색을 했다. 그러나 "곤잘레스씨, 강원도에 있는 W시에서 계약직 환경미화원 일을 해볼 생각은 없습니까?"라고 남자가 물었을 때, 후안은 찬밥 더운밥 가릴 처지가 아니었음에도 불구하고 자기도 모르게 멈칫했다. 소문으로 들은 바에 의하면, 그 도시는 엄청나게 혼란스러운 상태에 처해 있다고 했다. 우주에서 떼 지어 몰려온 외계 난민들(처음 그들이 몰려왔을 때의 소란을, 후안 역시 여전히 기억하고 있었다. 텔레비전과 라디오에선 연일 우주 전쟁이 벌어질 거라고 떠들어댔고, 그때 그가 얼마나 공포에 떨었던가)이 어느 날 갑자기 반란 비슷한 걸 일으켰고, 그걸 진압하는 과정에서 불가피하게도 엄청난 양의 쓰레기(좋게 말해 쓰레기지, 사실은 외계인들의 사체 더미였던)가 쏟아져 나오고 있다는 게, 당시 그가 여기저기서 주워들어 알고 있던 W시의 상황이었다.

후안이 머뭇거리는 걸 눈치 챈 전화 속 남자는 걱정 말라며 그를 안심시켰다. "물론 그 도시에 무지막지한 양의 쓰레기가 생기고 있는 건 맞습니다. 하지만 그건 뒤집어 생각해보면, 당신 같은 사람에겐 좋은 일 아니겠습니까? 그만큼 일자리도 많다는 뜻일 테니 말입니다. 그리고 사실, 도시가 대혼란 상태에 빠져 있다는 건, 언론의 과장 보도에 불과합니다. 오히려 W시는 그 어느 때보다도 평온하고 살기 좋아요. 난민들을 단속하느라 치안이 강화된 덕분에 범죄 발생률 자체가 크게 줄었으니까요. 게다가 어차피 외계인들은 밤에만 잠깐씩 나타났다가 숨어버리니 크게 걱정할 일도 없고요." 그러나 후안은 여전히 망설였다. 백 년 만에 돌아오는 고향인데 하필이면 그런 곳으로 가야 한다니. 하지만 그가 다른 도시엔 일자리가 없는지 묻자, 전화선 너머 남자가 상냥하게 말했다. "편안하고 안전한 곳에서 뭐가 부족하다고 당신 같은 사람들을 받아들이려고 하겠습니까? 그러니 잘 생각해보십시오. 기회는 아무 때나 오는 게 아니니까요."

수화기를 손에 든 채, 후안 곤잘레스는 예전에 명진호 선상에서 들었던 위성방송의 내용을 다시 한 번 떠올렸다. 그러니까 그때 후안은 그물을 걷어 올린 뒤 다른 선원들과 함께 갑판에 둘러앉아 생선회에 소주 한 잔을 곁들이고 있었다. 그런데 갑자기 선장이 뛰어나오더니 다들 조용히 하라고 외쳤던 것이다. 평소에도 입이 거칠기로 유명했던 선장은, 그날따라 분노로 얼굴이 시뻘겋게 달아올라 있었고, "미친놈들. 처음부터 받아주지 말았어야 했다니까. 다 죽여버리든가 해야지." 등등의 험악한 말을 내뱉으며 텔레비전으로 방송되는 긴급 기자회견에 열중했다. 그건 W시 시장이 전(全)지구인을 상대로 일종의 성명서 같은 걸 발표하는 자리였는데, 옆에선 말쑥하게 차려입은 남자가 영어로 동시통역을 해주고 있었다. 그리고 그 방송을 들음으로써 후안도 W시에 있었던 저간의 사정을 알게 되었고, 선장 및 다른 동료들과 함께 고개를 끄덕이며 그 사악한 외계 난민들에게 인류적 분노를 느꼈던 것이다.

그때 전세계로 방송된 성명서의 내용은 가히 충격적이었다. 인도주의 정신에 입각하여 따뜻하게 그들을 환대해준 W시에게, 외계인들은 씻을 수 없는 고통과 손해를 안겨줬으며 이제는 아무 죄 없는 시민의 안전과 생명까지 위협하고 있다는 게 그 발표문의 골자였으니 말이다. 처음에, 도시 외곽의 버려진 폐교를 깨끗이 수리한 뒤 페인트칠까지 새로 하여 그들을 거주하게 해준 대가로 W시가 외계 난민들에게 요구한 건, 아주 약간의 노동력뿐이었다고 한다. 그러나 태생이 게으른 데다 평소 불평불만이 몸에 배어있던 그 가난뱅이 외계인들은, 일이 힘들다는 핑계로 툭하면 근무지를 빠져나가 산속으로 도망치길 거듭했다는 것이다(그 일이 엄청나게 힘들고 고된 것이었고 그래서 외계인들이 숙소를 이탈하여 도망친 게 아니냐는 소수의 반론에 대하여, W시는, 어차피 세상에 공짜란 없으며 거의 대부분의 시민들은 우주에서 온 난민들보다 더 힘들고 빡빡한 삶을 살고 있는데 뭐가 문제냐는 논리로 맞섰다). 게다가 어느 날부턴가 그 배은망덕한 외계인들은, 자기들을 찾아내 안전한 숙소로 도로 데려가기 위해 힘든 산행까지 마다하지 않던 공무원들에게, 나뭇가지 등을 휘두르며 덤비기 시작했다. "놈들에겐 설득이나 타협, 대화와 같은 평화적 방법들이 통하지 않는다는 걸 알게 된 우리가 선택할 수 있는 길은, 단 한 가지뿐이었습니다." 시장은 성명서를 읽다 말고 깊은 한숨을 내쉬더니, 단상 위에 놓인 물을 벌컥벌컥 들이켰다. "우리 시는 중앙정부에 도움을 요청하는 한편 자체적으로 토벌대를 조직하여 야음을 틈타 갖가지 생필품—주로 비누나 샴푸, 치약 같은 것들이었죠—을 훔치려고 시내로 내려오는 놈들을 잡아들였습니다. 그에 더하여, 남아 있던 난민들에 대한 감시를 더욱 강화했으며 숙소 주위론 높은 철조망을 새로 설치하기까지 했던 겁니다."

그러나 일터로 나갈 외계인을 태우러 왔던 셔틀버스 기사가 텅 비어버린 숙소를 발견한 건, 그로부터 얼마 지나지 않은 어느 선선한 가을 아침의 일이었다고 한다. 깜짝 놀란 그는, 한 명이라도 남은 외계인은 없는지 찾기 위하여, 폐교를 개조해 만든 숙소의 문을 하나하나 열어보며 복도 끝까지 달렸다. "정말 아무것도 없더라니까요. 하다못해 쓰다 버린 칫솔 한 개 남아 있지 않았어요." 그 작고 하얀 단층 건물 앞에서 망연히 서 있던 셔틀버스 기사는, 한참 뒤에야 주머니를 뒤져 휴대폰을 꺼냈고 떨리는 손가락으로 112를 눌렀다.

숙소를 탈출하여 산속으로 숨어든 외계인들이 밤마다 길거리를 돌아다니며 무고한 시민을 공격한다는 얘긴, 처음엔 일종의 도시괴담 정도로만 여겨졌다. 그러나 밤길을 걷다 누군가에게 상해를 입은 사람들은 하나같이 자신을 공격한 자가 녹색 피부를 가졌더라고 증언했고(비록 어두워서 잘 보이진 않았다지만 말이다), 그런 일이 점점 늘어가자 결국 시는 중대한 결단을 내릴 수밖에 없게 되었다. 즉, 깊은 산속에 숨어 엄청나게 빠른 속도로 번식을 해대는(그래서 언젠가는 이 지구를 뒤덮어버릴 정도로 개체 수가 늘어날 게 확실한) 그 사악하고 폭력적인 외계인들에게, W시가 전(全) 인류를 대표하여 전쟁을 선포하기로 했던 것이다.

그리하여 마침내 도시는 전쟁터가 됐다. 물론 정확히는 사냥터라고 부르는 게 더 어울렸을지도 모르겠지만 말이다. 갑판에 쭈그리고 앉아 방송을 보며 남은 소주를 마시던 한 선원은, "그래도 좀 이상하네? 놈들이 뭐하러 굳이 인간을 공격하겠어? 아무래도 그냥 쫓아내기 뭐하니까 누가 꾸며낸 얘기 아닐까?"라고 했다가, 선장에게 심하게 욕을 먹었다. 그리고 그때 후안도 덩달아 이렇게 외치지 않았던가. "제길, 우린 인간이야. 저것들은 인간이 아니고. 그러니 만약 놈들이 조금이라도 우리의 안전을 위협한다면, 당연히 다 없애버려야 하는 거지."

공중전화 부스 안에서 그런 모든 기억을 되새기자 문득 마음속에 이상한 투지 같은 게 샘솟더라고, 후안 곤잘레스는 나중에 사람들 앞에서 자주 말하곤 했다. 그러니까 그건, 아주 오래전 톨루카의 기차역에서 노먼 볼로그 박사의 조언(세상을 바꿔보라는)을 가슴에 품고 대도시로 떠날 때와 같은, 그런 느낌이었다는 것이다. 게다가 이번이 아니면 또 언제 고향으로 되돌아갈 수 있겠는가. 그런 생각들을 하자, 후안은 더 이상 망설일 것도 없이 수화기에 대고 힘차게 대답했다. "좋습니다. W시로 가겠어요!"

그렇게 하여 W시의 하나뿐인 기차역에 내린 후안 곤잘레스는, 곧바로 미화원용 야광 조끼와 손수레부터 지급받았다. 예상대로 도시는 혼란스러웠지만 왠지 모르게 활기차 보였던 것도 사실이다. 외계인들과의 전투 덕분에 도시로 유입되는 인구가 늘었는데, 그게 시 전체에 활력을 주는 요소로 작용하고 있는 것 같았다. 솔직히 말해서, 그는 일이 힘들다고 느끼지도 않았다. 물론 쉽진 않았지만(아무리 녹색 피부를 가진 외계인이라고 해도, 인간과 거의 비슷하게 생긴 사체를 치우는 건 그리 기분 좋은 경험만은 아니었기 때문이다) 일한 양에 따라 인센티브가 지급되는 시스템이 그를 만족시켰다.

그러나 만약 그가 당시 함께 일하던 동료들처럼 그저 매일의 수당에나 만족하는 평범한 삶을 살았더라면 결코 현재와 같은 성공을 거두지는 못했을 거라고, 나중에 후안 곤잘레스는 또한 자주 말하곤 했다. 즉, 인류의 식량 공급 체계에 일대 변혁을 일으켜 '제2의 녹색혁명'이라는 찬사까지 얻게 된 그의 획기적인 아이디어는, 밤낮으로 청소 일을 하면서도 틈날 때마다 어떻게 하면 세상을 바꿀 수 있을까 한시도 쉬지 않고 고민했던 자신의 불굴의 의지로부터 나왔다는 게 후안의 설명이었던 것이다. 그리고 그런 그의 생각은, W시에서 수여하는 특별공로상을 받을 때 했던 수락 연설에 특히 잘 드러나 있는데, 이후 출판된 거의 대부분의 자기 계발 서적에 인용되기도 했던 그 일부를 옮겨보면 다음과 같다. "무엇보다도, 모든 걸 가능케 해준 원동력은, 톨루카에서 여기까지 오며 겪었던 고

난과 빈곤이었습니다. 그때 저는 굶주림이란 얼마나 고통스러운 것인가를 뼈저리게 느꼈고, 따라서 그걸 퇴치하기 위해 내가 할 수 있는 일이 뭔가를 끊임없이 연구했던 겁니다. 그러니 여러분, 젊은 시절의 고생은 사서도 한다는 한국의 속담을 가벼이 여기지 마십시오. 뭐라더라, 거 왜…… '아프니까 청춘'이라는 명언도 있지 않습니까?"

2

W시의 경제성장과 후안 곤잘레스의 업적에 대한 조사의 마지막 절차는, 전(前) 시청 공무원인 김씨와의 면담이었다. 이제는 공무원직을 그만두고 후안이 경영하는 글로벌 식품회사의 생산 책임자 자리에 올라 있는 김씨를 만나기는, 그리 어렵지 않았다. 왜냐하면 그가 공장장이라는 임무 외에도 회사 홍보실 대표라는 중책까지 맡고 있었기 때문이다. 그는 입구에서부터 우리를 반갑게 맞이하더니 건물 맨 꼭대기 층의 귀빈실로 안내했다. "어떻습니까? 경관이 무척 아름답지요? 곤잘레스씨는 식품 사업으로 어느 정도 돈을 벌자마자 사옥부터 새로 지었습니다. 바로 여기, 발전하고 있는 도시 전체가 내려다보이는 이 자리에 말입니다." 이렇게 말하며 김씨는 전망 좋은 창가로 우릴 데려갔고 한국의 전통차를 대접했다.

"어디 보자, 제3세계포럼……이라는 단체에서 오셨다고요? 수단의 수도 하르툼에 본부를 두고 있다는……?"서류를 뒤적이며 김씨가 질문했을 때, 일행 중 대표로 내가 대답했다. "그렇습니다. 이미 공문을 드려서 알고 계시겠지만, 우리 제3세계포럼 회원들은 전부터 이 도시의 발전상을 주시하고 있었습니다. 경제개발계획의 롤모델로 삼고 있다고나 할까요? 산간 지방에 위치한 소도시인 데다 별다른 자원이나 특산품도 없고 자동차 공장이나 제철소 같은 산업 시설이 들어서 있는 것도 아닌데, 어떻게 이런 눈부신 발전을 이룩할 수 있었는가. 우리는 그것을 연구하여 벌써 오랫동안 저개발 상태를 벗어나지 못하고 있는 회원국들의 경제를 성장시키는 데 기여하고자 합니다." 그러자 김씨는 두 손을 벌리며 크게 웃었다. "그렇다면 바로 찾아오셨습니다! 그런 걸 연구하기엔, 그야말로 이 도시가 제격이지요. 자, 그럼 이야기를 시작해볼까요? 그러자면 먼저 약 10여 년 전, 그러니까 제가 전동 도르래가 달린 손수레를 개발했던 그 가을로 되돌아가야만 할 겁니다."

미화원의 인력 부족 문제를 일거에 해결한 공로로 시청 홈페이지에 사진과 이름이 한 달이나 게재되는 영광을 누렸던 6급 공무원 김씨에게 낯선 외국인 한 사람이 찾아와 면담을 요청한 것은, 어느 한가로운 금요일 오후 다섯시쯤이었다. 그는 자신을 멕시코에서 온 후안 곤잘레스라고 소개했으며(그러면서 자기도 따지고 보면 한국인이나 마찬가지라며 제물포항에서 배를 타고 떠났던 외고조부 얘기를 늘 어놨지만, 그 스토리가 너무 복잡하여 김씨는 어쩔 수 없이 대충 흘려들었다고 한다), 지금 당장 시의 식품허가 업무 담당자를 만나게 해달라고 공손히 요구했다. 김씨가 도대체 무슨 일이냐고 묻자, 그 멕시코인은 "외계인들의 사체 처리에 대한 좋은 아이디어가 있어서요"라고 대답하며, 멀리 보이는 쓰레기 하치장의 굴뚝을 가리켰다는 것이다.

그러나 담당 공무원이 퇴근했으니 자기에게 먼저 얘기해보라고 했던 김씨는, 막상 후안의 아이디어를 듣고는 너무 놀라 피우던 담배를 떨어뜨리고 말았다. "사실 충격이었습니다. 곤잘레스씨가 외계인들을 식용으로 가공하자는 얘길 꺼냈을 때 말입니다. 물론 이제는 거의 대부분의 사람들이(그 뭐냐, 차별반대주의자들인가 뭔가 하는 놈들을 제외하곤 말이에요) 아무런 거부감 없이 그들, 아니 그것들을 이용해 만든 각종 식품을 사 먹고 있지만, 그래도 처음엔 그렇지 않았거든요. 지금이야 사업을 총괄하는 위치에 있지만, 그땐 나마저도 그런 생각은 말도 안 된다고 일축했을 정도였습니다." 그러면서 김씨는 잠시 기억을 더듬듯 가만히 있다가 다시 말을 이었다. "물론 그땐 이미 외계 생명체에 대한 여러 과학적 분석들이 완료된 상태이긴 했습니다. 예를 들자면, 외계인들이 비록 움직이고 말도 하지만—그래서 처음엔 그들을 동물이라고 착각하기도 했지만—알고 보면 그들의 세포 체계는 지구상의 식물과 유사하고 신진대사 역시 풀이나 나무처럼 엽록체를 통해 이뤄진다는 사실 등이 그것이었죠." 여기서 그는, 당시 외계인들을 무엇으로 분류하는 것이 옳은가를 두고 벌어진 학계의 논쟁이 날짜별로 기록된 일지 한 권을 꺼내 보여줬다. 그것은 그야말로 각 분야의 학자와 종교인, 언론인에 정치인들까지 가세한 세기의 논쟁이었는데, 기나긴 공방과 여론 수렴(주로 "당신은 외계인이 식물이라고 생각합니까, 아니면 동물이라고 생각합니까?"라고 묻는 전화 설문 형태로 진행됐다) 끝에 승리한 쪽은, 당연히 식물주의자들이었다. 그 이후 외계인들은 지구의 생물분류 체계상 '식물계'에 속하게 됐고, 따라서 나중엔 채식주의자들까지도 아무 거리낌 없이 외계 생명체를 원료로 한 여러 가지 가공식품들을 사 먹게 되었던 것이다. "또한 외계인의 몸엔 수많은 영양소들도 풍부하게 함유되어 있었습니다. 그중 대표적인 게 이소플라본인데요, 그건 '밭에서 나는 고기'라고도 불리는 콩의 주성분이지 않습니까? 그런데 그 좋은 게 그들의 몸엔 수십 배 이상 많이 들어 있더라, 이겁니다. 게다가 일부 과학자들은, 그들에게서 채취한 고기(라고 해야 하나요? 여하튼)를 흰쥐에게 공급했더니 그걸 먹은 쥐들이 그렇지 않은 쥐에 비해 매우 빠른 성장 속도를 보이더라는 논문까지 발표한 상태였습니다. 그런데도 당시 어느 누구도 외계 생명체를 먹으려고 시도하지 않았다는 건, 지금 생각하면 참으로 놀라운 일입니다. 그리고 그런 의미에서 본다면, 곤잘레스씨야말로 진정한 선구자였던 셈이고요. 만약 그때 그가 시청을 방문하여 그런 획기적 제안을 하지 않았더라면, 지금까지도 저 양질의 고기 덩어리들은 모두 쓸모없이 버려지고 있을 것 아닙니까?"

그러나 외계 생명체를 식품으로 가공하여 판매하는 일은, 처음부터 녹록치 않았다. 외계인을 먹어치우는 게 말이나 되냐며 연일 시위를 벌이는 차별반대주의자들을 비롯하여, 사람이라면 모름지기 지구에서 난 것만 먹어야 하는 법이라고 주장하는 신토불이주의자들에 이르기까지, 각계각층에서 다양한 반대 의견이 쏟아져 나왔기 때문이다. 하지만 W시 시민들과 시 당국, 그리고 후안 곤잘레스는, 그 모든 난관을 꿋꿋이 헤쳐 나갔다고 한다. 후안의 제안에 엄청난 사업성이 있다고 판단한 김씨는 그 영리한 멕시코인이 외계 생명체의 육가공 처리에 관한 각종 허가들을 빠르게 얻을 수 있도록 물심양면으로 도왔고, 시에서는 도축 및 가공 공장을 세울 수 있는 토지를 저렴한 임대 비용만 받고 흔쾌히 내줬다. 거기서 만들어진 여러 형태의 시제품들(주로 전자레인지에 돌리거나 끓는 물에 3분만 담그면 바로 먹을 수 있는 레토르트 형태로 출시됐다)을 맛보는 시식회에는 시민들이 자발적으로 모여들어 성황을 이루었는데, 결국 그런 장면들이 자주 방송을 타면서 많은 이들이 서서히 그 낯선 음식에 호기심을 느끼게 되었다는 것이다.

초기의 힘든 시절을 회상하자 절로 목이 메는지 잠시 먼산을 바라보던 김씨는, 곧이어 차트를 다음 장으로 넘겼다. 외계 생명체를 먹는다는 사실에 끝까지 혐오감을 거두지 않던 사람들을 어떤 식으로 공략했는지 설명하기 위해서였다. "우린 외계인의 고기를 최대한 작게 해체하는 방법을 택했습니다. 그런 다음엔 깔끔하게 부위별로 포장했지요. 하긴 그런 아이디어 역시 곤잘레스씨가 내놓은 것이었지만 말이에요." 그러니까 평소 초대형 마트 내 식품 매장 돌아보기를 즐기던 후안은, 어느 날 김씨에게 이렇게 말했다고 한다. "이제 사람들은 냉장 진열대에 놓인 육류를, 그저 칫솔이나 비누 혹은 신발처럼 공장의 컨베이어 벨트를 따라 생산되는 제품 정도로만 여기는 것 같아요. 그래서 하는 말인데…… 우리도 외계인의 몸을 최대한 작게 잘라 보기 좋게 포장하면 어떨까요? 아니면 아예 처음부터 통조림 같은 걸로 가공해서, 원료가 외계인이라는 사실 자체를 떠올리지 못하게 하는 것도 좋은 방법이겠지요. 그리고 이건 방금 떠오른 생각인데, 오래전부터 사람들은 콩을 '밭에서 나는 고기'라고 하잖아요. 그렇다면 외계인을 '살아 움직이는 야채'라고 부르지 못할 것도 없지 않겠습니까?" 이런 이야기를 하며 김씨는 감탄스럽다는 듯 고개를 저었다. "역시나 곤잘레스씨는 타고난 수완가이자 사업가였던 겁니다. 그의 예상은 적중했고, 그때부터 우리 시의 식품 산업은 세계를 휩쓸던 채식주의 열풍과 함께 엄청난 속도로 성장하기 시작했으니까요. 우리가 만들어낸 각종 식품들이 마트의 가장 좋은 자리에 진열됐고, 부유층이나 채식주의자들은 물론 일반 소비자들까지도 자기들의 쇼핑카트를 '살아 움직이는 야채'로 가득 채웠던 것입니다."

그러더니 그 전직 공무원은, 서랍을 뒤져서 찾아낸 CD 한 장을 자신의 노트북에 집어넣었다. "여러분은 이걸 꼭 한번 보셔야 합니다. 곤잘레스씨가 특별공로상을 받을 때 했던 연설에서 가장 감동적인 장면들만 편집해놓았거든요." 거기서 멕시코인답게 검은 콧수염을 기른 중후한 체구의 후안 곤잘레스, 아니 황곤식씨(그때 그는 이미 한국에 귀화하여 당당한 W시의 시민이 되어 있었으니, 그렇게 불러야 옳다고 김씨는 친절히 일러줬다)는 깔끔한 양복을 입고 단상에 놓인 물을 연신 들이켜며 열정적으로 외치고 있었다. "…… 무엇보다도 이 새로운 식량은 영양학적으로 완벽에 가까우며, 무척이나 빠르게 번식하므로 무한한 증산도 가능합니다. 그들 덕분에 우리 인류는 언젠가 반드시 기아에서 벗어날 테고 그러면 지구엔 영원한 평화가 찾아오겠지요. 그리고 그것이야말로 오래전 나의 정신적 스승이었던 노먼 볼로그 박사가 꿈꾸고 소망했던 세상 아니겠습니까?" 김씨가 여기서 정지버튼을 클릭한 탓에, 귀빈실 벽에 설치된 대형 스크린엔 정색을 한 채 정면을 노려보는 후안 곤잘레스의 얼굴이 거대하게 떠 있었다.

"어떻습니까, 정말 멋지지 않습니까? 지금 이곳은 활기에 가득 차 있습니다. 한때 심각하리만치 높은 실업률에 시달리며 하루가 다르게 쇠락해가던 W시를 기억한다면, 그야말로 격세지감을 느낀다고나 할까요. 외계 식물로 만든 각종 식품들은 없어서 팔지 못할 정도고 — 이제 우린 그들을 '외계 식물'이라고 하지 '외계인'이라고 부르진 않습니다. 그러니 여러분도 보고서를 쓸 때 그 점을 각별히 신경써주십시오 — 그 덕분에 새로이 창출된 일자리도 엄청나니까요. 그렇습니다. 아마 앞으로 우리 도시는 언제까지나 이렇게 번영할 겁니다. 저기 밭에서 그들이 계속 자라나는 한에는 말이에요." 김씨는 말을 마치더니 이제 면담을 끝내도 되냐고 물으며 기지개를 켰다.

"밭은 어디 있습니까?" 내가 묻자, 그는 다른 편 창으로 우릴 데리고 가더니 멀리 보이는 녹색 구릉지를 가리켰다. "보입니까? 저기 말입니다. 그곳이 우리의 밭, 즉 농장입니다. 오늘은 날이 흐려서 잘 보이지 않지만, 맑은 날엔 마음만 먹으면 밭에서 어슬렁거리는 그들의 얼굴 표정까지도 자세히 볼 수 있지요." 나는 고개를 끄덕인 뒤 눈을 가늘게 뜨고 구릉지 쪽을 바라봤다. 혹시나 그들을 어렴풋이나마 볼 수 있지 않을까 하는 기대에서였다. 그러나 농장은 너무 멀었고, 도시 전체에는 옅은 안개 같은 것이 낮게 가라앉아 있었다. 결국 외계인, 아니 외계 식물 보는 걸 포기한 나는, 김씨와 악수를 하며 인사를 나눴다. 그는 끝까지 친절했으며, 마지막에는 우리와 기념 촬영까지 한 뒤 방에서 걸어 나갔다.

세상이 갑자기 어두워진 것은, 그간 도시 곳곳에서 수집한 각종 자료들이 담긴 파일을 덮으며 자리에서 일어선 직후였다. 우리 중 누군가가 "저게 뭐지?"라고 외쳤을 때, 나는 속으로 이렇게 중얼거렸던 것 같다. "드디어 올 것이 왔구나."

그러니까, 하늘을 새까맣게 뒤덮은 건 비행접시들이었다. 그들이 머나먼 행성으로 자기들의 동족을 다시 데려가기 위해 날아왔다는 걸 알아차리기까진, 단 몇 초밖에 걸리지 않았다. 우리는 스카이라운지의 탁 트인 파노라마 속에서 녹색 외계인들이 일제히 공중으로 떠올라 우주선의 열린 문으로 빨려 들어가는 장면을 멍하니 바라보았다. 어쩌면 도시의 번영도 이것으로 끝이란 말인가? 그런 생각을 하다가 문득 고개를 돌리니, 거대한 스크린 속에선 후안 곤잘레스가 여전히 눈을 크게 뜬 채 우리를 내려다보고 있었다.

이제는 우리가 헤어져야 할 시간

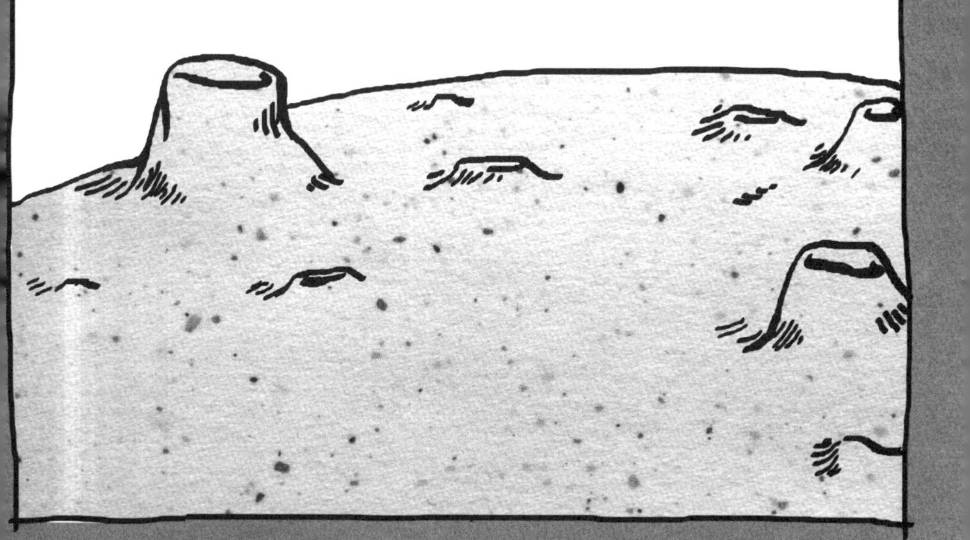

1

1997년 2월 12일 새벽, 여섯 명의 남자들이 메인 주 배스라는 도시의 한 제철소 담장을 기어오르고 있었다. 국가의 중대한 무기가 보관되어 있는 곳답지 않게 경비는 허술하기 이루 말할 데 없었다. 사실 마음만 먹으면 그냥 정문으로 통과할 수도 있을 것 같은 분위기였다.

"우리, 이러지 말고 그냥 들어가는 게 어때?"

이렇게 말한 사람은 노퍽에서 온 스티브였다. 그들은 거사를 앞두고 서로 비밀스럽게 연락을 취해왔으며, 여섯 명이 모두 모인 것은 그 전날 밤 배스 시내의 한 선술집 지하실에서의 회합이 처음이었다.

“아니, 그래도 정문을 통과하는 건 역시 좋은 생각이 아니야.”

신중한 표정으로 대답한 남자가 바로 이 일의 주모자이자 정신적 지도자인 필립 베리건 신부였다. 물론 정확한 의미에서 그를 아직도 신부라고 불러야 하는지에 대해서는, 가톨릭 교리를 얼마나 오픈 마인드로 접하는가에 따라 달라지겠지만 말이다. 만약 보수적인 신자라면 수도원에서 만난 수녀와 결혼한 그 남자를 더 이상 신부님이라고 부르지 않을 것이었다. 혹시라도 국제적인 조직을 가지고 활동하며 교황청을 위하여 궂은일을 마다하지 않아온 ‘오푸스데이’의 광적인 수도사라면, 베리건 신부를 암살 명단의 1순위에 올려놓을지도 모를 일이었다. 오푸스데이가 하는 일이라는 게, 교황청의 명예를 더럽히거나 교황의 뜻을 거스르는 자들을 찾아내어 처단하는 것이라는 소문이 사실이라면 그렇다는 얘기다. 그러나 거의 대부분의 그를 아는 사람들은 베리건에게 여전히 신부님이라는 존칭을 붙였는데, 사실 이는 그의 살아온 행적을 살펴본다면 누구나 동의할 일이었다.

어쨌든, 손쉽게 제철소의 담장을 넘은 남자들이 향한 곳은 취역을 앞두고 철강 공장 내 항만에 정박되어 있던 군함 앞이었다. 핵무기를 장착할 수 있는 크루즈 미사일 시스템을 갖춘 그 거대한 이지스함은, 제2차 세계대전에 참전했다가 한꺼번에 전사한 형제들의 이름을 기려 ‘설리번’호라 불렸다. 스티븐 스필버그가 그들의 이야기에서 영감을 얻어 〈라이언 일병 구하기〉를 만들었다는 것은 널리 알려진 일화였는데, 따라서 원래 그 영화의 제목은 〈설리번 일병 구하기〉라고 했어야 마땅했던 걸지도 모른다. 물론 스필버그의 영화에선 거의 소대 병력에 해당하는 인원을 희생시켜서라도 라이언 일병 한 사람은 살려냈지만, 실제의 설리번 형제들은 한 군함에 탑승한 채 모두 죽고 말았다는 엄연한 차이가 존재하긴 하지만 말이다.

중요한 것은, 설리번호를 향해 조심조심 다가가던 다섯 남자들의 손에 망치가 하나씩 들려 있었다는 사실이다. 나머지 한 명은 얼핏 봐선 무엇에 쓰는 물건인지 전혀 알 수 없는 도구를 하나 가지고 있었는데, 그것은 바로 밭을 갈 때 쓰는 쟁기였다. 여기서, 쟁기를 들고 있던 인물이 앞서 말한 팀의 리더이자 정신적 지도자인 베리건 신부였다는 건, 굳이 밝힐 필요도 없을 만큼 당연한 일이었다 하겠다.

"아아, 마치 성령께서 우리를 인도하시는 것 같았습니다."

나중에 필립 베리건 신부는 메인 주 포틀랜드에 있는 교도소 면회실에서 가슴에 성호를 그으며 이렇게 말했는데, 그만큼 그들의 침투는 용이하게 전개되었으며, 거사는 싱거우리만치 쉽게 성공해 버렸다.

"어쩌면 너무 쉽게 성공했던 데 그 이유가 있었던 게 아닐까…… 하는 생각을 한 적도 있습니다." 예수회 소속 신부로서 1997년 이지스함 공격에 참여했던 여섯 남자 중의 한 사람인 마크는 이렇게 말했다. "혹은 이젠 아무도 그런 일엔 관심조차 없다는 사실을 반영하는 걸지도 모르죠. 지금은 다들 이런 것에나 신경 쓰니 말이에요. 나도 그렇고." 수소문 끝에 애팔래치아에 위치한 중세식 이름을 가진 수도원을 찾아간 기자에게 그는 자신이 마시던 무카페인 커피를 흔들어 보이며 말했는데, 이는 당시의 거사 이후 언론이 보인 태도에 대한 나름의 분석치곤 꽤나 정확한 의견이었다.

참고로 말하자면, 수도원이 있는 애팔래치아는 버지니아 주 와이즈카운티에 위치한 작은 마을로, 애팔래치아 산맥과는 아무 관련도 없는 곳이었다. 수도원 역시 이름만 중세적일 뿐, 마치 『장미의 이름』에나 나올 법한 음침하고 어두컴컴한 회랑이 이어진 복도를 상상하며 찾아간 기자에겐 큰 실망을 안겨줄 만한 현대적인 내부 시설을 갖추고 있었다. 기자의 이름은 톰 존스였는데, 비록 메이저 언론사에 취직하진 못했지만, 세계의 분쟁 지역마다 몸을 아끼지 않고 찾아다니며 소신껏 기사를 써온 모험심 충만한 프리랜서였다는 것 정도만 밝혀두기로 하자. 어차피 여기서 중요한 것은 톰 존스의 인적 사항이 아니라 그가 어떤 연유로 한국의 김홍석이라는 사람을 찾아가게 되었는가를 따져보는 것일 테니 말이다.

"누가 가장 먼저 내리쳤나요?"

그때 톰 존스가 수첩을 펼쳐 들며 한 질문은 이런 것이었다.

면회실의 넓은 통유리 창으론 오후의 햇살이 비껴들고 있었다.

마크는 마치 성령이라도 바라보듯 경건한 눈길로 창밖을 응시하더니, 한참 만에 입을 열었다.

"아마도 제 기억으론, 베리건 신부님이었던 것 같습니다. 그분이 상징적인 무기를 들고 있었으니까요. 아시다시피, 우리 모임 이름이 '평화를 위한 쟁기 운동가들의 왕'이지 않습니까. 사실 쟁기를 누가 들고 가느냐에 대하여 전날 밤 꽤 긴 토론이 있었습니다. 망치야 한 손에 들고 가면 그만이지만, 쟁기는 그렇지 않거든요. 그건 꽤 무거웠어요. 우리는 베리건 신부가 나이가 많다는 데 의견을 모았고, 따라서 상대적으로 젊은 우리 중 한 사람이 들어야 하지 않나 생각했습니다. 그러나 신부님은 역시 대단한 분이었습니다. 그분은 마치 십자가를 진 예수처럼 거룩한 얼굴로 대답했어요. 그런 힘든 일은 자신이 맡겠다고요. 어찌나 엄숙한 표정이었는지 아무도 반대할 수 없었고, 결국 베리건 신부께서 쟁기를 지고 가는 걸로 합의를 보았지요."

그들이 1997년 2월 12일 새벽, 배스의 조용한 철강 공장에서 망치와 쟁기로 내리친 것은 크루즈 미사일의 덮개였다. 그러나 핵무기를 탑재할 수 있도록 만들어진 초강대국의 전략무기가 여섯 남자가 들고 온 어설프기 그지없는 농기구에 의해 심각하게 파손될 리는 없었다. 그저 덮개의 위쪽 둥근 부분이 약간 깨지는 사고가 발생했으며 그때 발생한 엄청나게 큰 소리를 듣고 달려온 해병들에게 그들 모두가 체포되는 데는 총 10분도 소요되지 않았다. 놀라운 것은, 언론의 반응이었다. 베트남전이 한창이던 1968년 미 국방성 문서보관소 침입 사건을 필두로 하여, 반전운동의 한 시대를 풍미한 필립 베리건 신부에게 메이저 언론사들은 철저한 무관심으로 일관했다. 그들이 항구도시 배스에 정박해 있던 이지스함의 미사일 덮개를 부순 사건은 그저 스포츠지 가십난의 한 귀퉁이를 장식했고, 누렇게 빛바랜 그 신문지들은 지하철 가판대에서 먼지 섞인 바람에 날려 이리저리 떠돌다 사라져버렸다. 시위대에 대한 처벌도 관대하기 이루 말할 데 없었다.

"사실 별로 중요한 일이 아니라고 생각합니다. 합법적으로 시위하고 의견을 표명할 수 있는 길이 수없이 많이 열려 있는데도 불구하고 굳이 그런 파괴적인 방법을 쓴 그들에게 연민을 느꼈을 뿐이니까요. 세상은 변했습니다. 이젠 어느 누구도 그런 폭력적인 행위를 지지하지 않는다는 걸, 이번 기회에 깨닫길 바랄 뿐이지요."

국방성 대변인은 다른 좀 더 중요한 사안을 브리핑하던 길에 그 일에 대하여 아주 잠깐 언급했다. 시위대는 구류와 벌금형 등으로 풀려났고, 주모자인 베리건 신부만 일벌백계의 의미로 포틀랜드의 교도소에 수감됨으로써 사건은 마무리됐다.

완전히 잊힌 거나 마찬가지였던 그 사건을 톰 존스가 다시 떠올린 것은 그로부터 10여 년이 지난 후였다. 어느 날 아침 조깅을 마치고 돌아와 수건으로 이마의 땀을 닦으며 노트북을 열었을 때, 그는 한국에서 전송된 한 장의 사진을 봤으며, 문득 이제는 세상에 없는 한 고결한 신부를 기억해냈다. 머리칼이 희끗희끗해지기 시작한 전직 기자의 눈에 눈물이 고인 것도 그때였다. 톰 존스는 자신이 아직 젊던 시절을 회상했다. 그때 세상은 좀 더 위대하고 숭고한 뭔가를 향해 나아가는 듯 보였고, 그 역시 거기에 온통 자신을 내맡겼다. '적어도 이 정도는 아니었어. 그때 내겐 조깅 따위보다 더 크고 중요한 뭔가가 있었다고.' 그는 조용히 중얼거렸다. 그러자 자신이 이제 무엇을 해야 할지도 알 수 있었다. 그는 한때 자기와 함께 세상의 온갖 위험한 지역을 누벼온 낡은 카메라를 꺼내 먼지를 닦았고, 지퍼가 망가져서 노끈으로 묶어야만 제대로 닫히는 오래된 트렁크를 벽장 선반에서 낑낑대며 내렸다. 한국으로 가야 할 시간이었다.

2

1989년 베이징의 천안문 광장에서 촬영된 영상 속엔 한 중국인 젊은이가 있다. 작은 보따리를 등에 메고 거대한 탱크를 홀로 마주하고 있는 모습은, 그 자체로 가슴 뭉클한 무언가가 되어 전 세계 각지에서 수십만 번이 넘게 재생되고 또 재생됐다. 그리고 2012년 한국의 한 소도시에서 촬영된 또 하나의 영상 속엔, 무엇에 쓰는 물건인지 얼핏 봐선 전혀 알 수 없는 도구를 등에 지고 천안문 광장의 그것보다 더 큰 탱크를 향하여 돌진하는 한 남자, 김홍석씨가 있었다. 이 필름 역시 전 세계에선 아니지만 꽤 여러 명의 사람들 앞에서 그래도 수십 번 정도는 반복하여 재생됐다. 그리고 이 영상의 클라이맥스에 해당하는 장면은 마침 그 도시에 원어민 강사로 와 있던 헨리 필딩이라는 26세 미국인 청년에 의해 캡처되어 톰 존스에게 보내졌다. 아니, 좀 더 정확히 말하자면, 톰 존스를 비롯한 두세 명의 퇴직 기자들이 만들어 운영하던 '월드 인사이드 미러'라는 사이트에 게재됐다. 그 캡처 사진은 이후 비공식적인 삭제 요청을 받은 뒤에도 여전히 '월드 인사이드 미러'의 첫 화면에 걸려 있었고, 세계 각지에서 띄엄띄엄 일어난 소규모 반전 시위의 홍보용 플래카드에 컬러로 인쇄되기도 했다.

강원 영서 지방에 위치한 그 작은 도시의 터미널로 전직 기자를 마중 나온 사람은 헨리 필딩이었다. 원어민 강사인 그의 직업을 고려하여 통역까지 부탁할 계획이었으나, 헨리가 기본적인 몇 마디 한국어 외엔 제대로 말하지 못한다는 사실을 알고 톰 존스는 적잖이 실망했던 것 같다.

"그래도 의사소통은 충분히 됩니다. 걱정 마세요."

나이답지 않게 예의 바른 헨리가 낡은 트렁크를 받아 들며 말했지만, 톰은 왠지 처음부터 일이 꼬일 것 같은 우울한 예감에 사로잡혔다고 '월드 인사이드 미러'의 다이어리에 적고 있다. 그는 거기에 한국에서의 하루하루를 꼼꼼하리만치 자세하게 기록했는데, 그중 일부를 발췌해보면 다음과 같다.

제1일

W시 도착, 산이 많은 곳.

서울에 비하면 매우 조용하며, 거의 시골 느낌.

헨리에게 실망했다. 그는 한국어를 거의 구사하지 못한다.

그래도 김홍석씨의 연락처와 주소를 미리 확보해놓은 건 그나마 다행이다.

너무 피곤해서 일찍 잠자리에 들었다.

제2일

아침 일찍 헨리가 왔다. 그가 예약해놓은 호텔은 깨끗했지만, 빵이 너무 딱딱했고 커피에 넣을 무지방 크림도 갖춰져 있지 않았다. 게다가 주변엔 조깅을 할 만한 코스도 없었다. 어쩔 수 없이 러닝머신에서 30분가량 달리는 걸로 만족해야 했다는 얘길 하자, 헨리는 머리를 긁적이며 미안해했다. 나는 괜찮다고 했다. 조깅쯤이야 아무 데서나 하면 어떠냐는 게 내 생각이었다. 위대하고 숭고한 한 인간의 진실을 취재하기 위해 떠나온 여행인 만큼, 그런 건 정말 아무래도 상관없다고 나는 덧붙였다.

"톰, 슬픈 소식이 있어요." 그의 차를 타고 김홍석씨가 살던 마을로 향하는 도중, 헨리가 머뭇거리며 말을 꺼냈다. 순간 이상하게 불길한 기분이 들어, 나도 모르게 손가락을 뚝뚝 꺾었다. "설마……?" 내가 하려던 말을 알아차렸다는 듯 그가 잠시 고개를 숙였다. "그래요. 김홍석씨는 이제 이 세상에 없어요. 그가 결국 스스로 목숨을 끊었다는 걸, 저도 얼마 전에야 들었어요. 왜 당신이 출발하기 전에 미리 얘기하지 않았냐고요? 미안해요. 나는 당신이 그가 죽었다는 사실을 알더라도 한국에 올 거라고 생각했어요. 당신이 뭘 궁금히 여기는지, 어떤 것을 취재하려고 하는지 알고 있었으니까요. 그렇지 않나요?" 나는 고개를 끄덕였다. 헨리의 말이 맞다. 김홍석씨가 죽었다는 사실을 미리 알았더라면, 오히려 이곳에 오려는 결심을 더더욱 굳혔을 게 틀림없었다.

어쨌든, 우리는 한동안 아무 말도 하지 않았다. 나는 그를 죽음으로 몰아간 것이 무엇인지, 그 진실을 밝혀내겠다는 일념으로 가슴이 벅차올랐다. 곁눈으로 슬쩍 보니 헨리 역시 진지한 표정이었다. 운전을 하며 그는 간략하게 자기소개를 했다. 멤피스에서 대학을 졸업한 후 아버지의 정비소 일을 돕다가 이곳 한국으로 온 건 3년 전의 일이라고 했다. "숙식 제공에 급여도 많았어요. 정말 매력적인 조건이었죠."

'월드 인사이드 미러'를 알게 된 건, 분쟁 지역 사진 전문가인 론 하워드 덕분이라고 했다. 그가 퓰리처상을 수상하며 '월드 인사이드 미러'를 언급했기 때문이라는 것이다. "원래 그런 문제에 관심이 많습니다. 한국으로 오게 된 것 역시 그것과 전혀 무관하지 않을지도 몰라요. 하지만 '월드 인사이드 미러'의 기자로부터 이렇게 직접 연락이 올 거라곤 생각지도 못했어요!"라고 말하며, 헨리는 활짝 웃었다.

도시 외곽으로 난 길을 30분 정도 달려 도착한 곳은 인구 5천 명도 안 되어 보이는 소읍이었다. 그런데 어딘가에서 엄청나게 큰 음악 소리가 들려오고 있었다.

"이건……? 혹시 마을 축제라도 벌어진 겁니까?"

내 말에 헨리는 좀 떨어진 어딘가를 손으로 가리켰다. 지상 5층 규모의 거대한 건물이 생뚱맞게도 논밭 한가운데 서 있었다.

"저기서 나오는 음악 소리예요. 얼마 전 새로 생긴 쇼핑몰이죠. 이 나라에선 저런 곳을 '대형 마트'라고 하더군요."

"신기하군요. 이렇게 작은 마을에 저렇게 큰 쇼핑몰이라니요."

그러자 헨리가 손을 내저었다. "이런 쇼핑몰들은 도시 전체를 상대로 영업해요. 넓은 부지를 확보하기 위해 이렇게 외곽에 만들어지지만 말이에요. 안엔, 없는 게 없어요. 그리고 이 도시엔 이런 규모의 쇼핑몰들이 여럿 있지요. 그들은 365일 쉬지 않고 장사해요. 아침 아홉시부터 밤 열두시까지 말이에요."

헨리가 주차를 한 곳은 밭을 면한 어느 한적한 길가였다. 그는 약도 같은 걸 그린 종이 한 장을 들고 있었다. 길을 물어보며 몇 번을

헤맨 끝에 우리는 칠이 벗겨진 녹색 대문 앞에 도착했다. 문을 두드리고 한참을 기다리자, 한 소년이 나왔다. 헨리가 더듬대며 여기 온 목적을 이야기하자, 소년은 미심쩍은 눈초리로 우릴 훑어봤다.

"아버지 이야기는 하고 싶지 않아요. 엄마도 그렇게 당부하셨고요."

"그러지 말고 잠시 시간을 내줄 수 있겠니? 이분은 세계적으로 알아주는 아주 훌륭한 기자란다. 너의 아버지를 취재하기 위해 먼 길을 오셨어."

그때 안쪽에서 여자 목소리가 들렸다. 누군가를 부르는 듯했다. 소년은 갑자기 대문을 쾅 닫았다. "엄마가 부르세요. 들어가야겠어요."

헨리는 어깨를 으쓱하며 난감한 표정을 지었다.

"어쩌죠? 일이 잘 안 풀릴 것 같지 않나요?"

"아니, 괜찮습니다. 걱정 말아요. 원래 진정한 인터뷰란 그렇게 쉽게 이뤄지는 게 아닙니다. 시간을 두고…… 좀 더 인간적인 접촉을 유지한 다음에야 가능한 거죠." 나는 대답했다. 사실이 그랬다. 분쟁 지역의 사람들은 마음조차 분쟁 상태였고, 그 안엔 가시 같은 것이 있었다. 그런 그들의 마음을 열고 진심이 담긴 얘기를 들으려면, 나부터 진실이 담긴 노력을 해야 한다. 지금까지의 수많은 취재 경험에서 얻은 교훈이었다.

차를 세워둔 길가로 나오다가, 골목 어귀에서 한 노인을 마주쳤다. 러닝셔츠 차림에 담배를 피우고 있던 그 한국인은 경계하는 시선으로 우리를 관찰했다.

"잠깐만요."

헨리는 나에게 말하더니 그 노인에게 다가갔다. 손짓 발짓을 섞어 몇 마디 얘길 하더니, 나를 불렀다. 외국에서 온 기자라는 말에 노인의 태도가 부드러워진 것 같았다.

"혹시 돌아가신 김홍석씨를 아십니까?"

그러나 헨리가 내 대신 이런 질문을 했을 때, 노인은 손사래를 쳤다. "말도 말어, 그 인간. 다 같이 살자고 하는 일에 사사건건 반대였어. 그러다 결국 죽고 말았지만. 어쨌든, 나는 할 말이 없네." 그러면서 그는 휙 돌아서서 골목 안쪽으로 사라졌다.

돌아오는 길에 아까의 그 쇼핑몰 앞을 다시 지나왔다. 여전히 축제 분위기였다. 많은 차들이 주차장으로 들어가고 있었다.

제3일

헨리의 안내로 도시 인근 관광.

우리가 간 곳은 구룡사라는 절이었다.

절 이름은 아홉 마리의 드래곤이라는 뜻이라고 한다.

저녁 늦게 김홍석씨의 아들로부터 연락이 왔다. 내일 만나기로 약속.

제4일

나와 헨리는 오후 네시경 김홍석씨가 살던 마을로 향했다. 지난번 그 대형 마트 내 맥도날드에서 소년이 우리를 기다리고 있었다. 나는 수첩을 꺼냈다. 다음은 나와 소년의 인터뷰. 통역은 헨리가 맡았다.

나: 아버지가 돌아가셨다는 얘길 들었어. 유감이구나.

소년: (콜라만 마신다)

나: 아버지는 왜 그런 선택을 하신 거니?

소년: (여전히 콜라만 마신다)

나: 그래, 얘기하기 힘들겠지.

소년이 입을 연 것은 그로부터 한참 후였다. 내가 주머니에서 사진 한 장을 꺼내 테이블 위에 올려놓자, 소년은 오래도록 그걸 들여다봤다. 그건 바로 헨리가 '월드 인사이드 미러'에 올린 문제의 장면이었다. 거기서 김홍석씨는 쟁기(처음에 무엇에 쓰는 물건인지 알 수 없었던 그 도구는 바로 한국식 쟁기로 밝혀졌고, 헨리는 거기에서 깊은 인상을 받아 그 사진을 '월드 인사이드 미러'에 게재했던 것이다)로 거대한 탱크를 내리치고 있었다. 그를 제지하기 위해 달려오는 몇 명의 군인들도 같이 찍혔다.

"아버지는 훌륭한 분이셨어. 그는 평화를 사랑하는 사람이었다."

내 말에, 소년은 피식 웃었다.

"무슨 말을 하는 건지 모르겠어요."

"너희 아버지 말이다. 여기, 이렇게 쟁기로 탱크를 내리치는 것. 오래전, 그러니까 1968년 베트남전을 반대하는 일단의 반전운동가들이 그런 비폭력 저항을 처음 구상했단다. 그들은 스스로를 '평화를 위한 쟁기 운동가들의 왕'이라고 불렀지. 혹시 들어본 적 있니?"

소년은 고개를 저었다. "그럼 간단히 설명해주마. 「이사야서」 2장 4절에 이런 말이 있다. 칼을 쳐서 쟁기를 만들고 창을 쳐서 낫을 만들리라. 필립 베리건 신부는 자기들 조직의 이름을 바로 그 성경에서 가져왔고, 그들은 주로 핵무기 시설을 그렇게 상징적으로 내리치는 행위를 통해 반전운동을 벌였지. 한동안 그 운동은 전 세계로 확산됐단다. 너도나도 쟁기를 들고 군사 시설을 공격했던 거야. 하지만 언젠가부터 쟁기 운동가들은 서서히 사라졌고, 어느 날엔가 결국 완전히 소멸되고 말았어. 너의 아버지가 다시 나타나 쟁기를 휘두르던 그 순간까지 말이다. 난 '월드 인사이드 미러'에 올라온 김홍석씨의 사진을 보고 감동의 눈물을 흘렸어. 쟁기 운동의 불씨가 아직 꺼지지 않았다는 걸 확인할 수 있었으니 말이다. 무엇보다도 네 아버지가 내려친 그 탱크 말이다, 그건 비록 핵무기는 아니었지만, 한 번에 미사일을 열두 개나 탑재할 수 있는 최첨단 무기였어. 걸프전에 처음 사용된 뒤로 유명해졌고, 지금도 전 세계 분쟁지역으로 비싼 값에 팔려나가고 있지. 그러니 아버지가 하신 행동의 상징적 의미가 얼마나 큰 것인지 알겠지?"

헨리가 통역을 다 마친 다음에도, 소년은 한마디 대답도 하지 않고 그저 콜라만 마셨다. 그러다가 약간 비스듬하게 고쳐 앉으며 묻는 것이었다. "아저씨, 담배 있어요?" 순간 나는 당황했다. "아니, 난 금연한 지 20년도 넘었어. 아무래도 몸에 안 좋으니까 말이야. 헨리, 혹시 담배 가진 거 있어요?" 그러자 헨리도 정색했다. "아뇨, 나도 담배 안 피웁니다. 그리고 한국에서도 미성년자는 담배 못 피워요."

소년은 그럴 줄 알았다는 듯 묘한 미소를 짓더니 자리에서 벌떡 일어섰다. 그런 다음 남은 햄버거를 입에 대충 쑤셔 넣더니, 가방을 둘러멨다.

"오늘은 일찍 가봐야 해요. 나중에 더 얘기하죠."

제5일

"아버지는 제정신이 아니었어요."

소년이 마지막으로 한 말이었다. 어제 맥도날드에서 나가면서 잠깐 우리 쪽을 돌아보며 뭐라고 외쳤는데, 헨리에겐 그렇게 들렸다는 것이다. "확실해요?" 내가 묻자 헨리는 머뭇거렸다. "글쎄요, 어쩌면 잘못 들은 걸지도 몰라요."

오후에 우리는 시청으로 갔다. 기자라는 말에, 로비에 있던 직원은 우릴 홍보실로 안내했다. 좀 이따 한 남자가 들어왔다. 그는 환하게 웃고 있었다.

"미국에서 오셨다고요? 반갑습니다."

남자는 손을 내밀어 악수를 청했다.

"그런데 실례지만 어느 신문사의 기자분이신지……?"

헨리는 나를 분쟁 지역 소식을 주로 다루는 웹사이트인 '월드 인사이드 미러'의 실질적 운영자라고 소개했지만, 시청 직원은 눈에 띄게 실망하는 기색이었다. 확실히 처음과는 많이 다른 태도로, 그가 먼저 질문했다. "그럼 바로 본론으로 들어가죠. 무슨 일 때문에 오셨는지?"

나는 사진을 내밀었다. 김홍석씨가 쟁기로 탱크를 내리치는 사진이었다.

"이 사진 속 인물을 알고 있습니까?"

"물론이죠. 우리도 이 사람 때문에 엄청 고생했으니까요."

시청 직원은 사진을 보자마자 대답했다.

"이게 정확히 어떤 연유로 일어난 반전 시위인지 궁금합니다."

헨리가 다시 한 번 묻자, 남자는 갑자기 어리둥절한 표정으로 고개를 들었다.

"지금…… 혹시, 반전 시위……라고 했습니까?"

"예, 사진 속의 남자가 쟁기로 군사 장비를 내리치고 있잖아요."

갑자기 시청 직원이 썰렁하게 웃었다. 그러다가 얼른 표정을 고치며 정색을 하는 것이었다. "반전 시위라뇨? 그 사람은 술주정뱅이였어요. 그날도 어디서 잔뜩 퍼마시고 와서 행패를 부린 거고요. 그리고 이 탱크 말입니다"라고 말하면서 그는 사진 속 무기를 손가락으로 짚었다. "이건 전시된 거였어요. 이 도시에 주둔하고 있는 야전군 사령부와 시(市)가 합작하여 1년에 한 번씩 페스티벌을 엽니다. 그때 광장에 이런 첨단 무기들을 전시하고, 군악대가 행진도 하고 그러는데…… 해마다 열리는 그 축제엔 전국에서 관광객들도 많이 오고, 진짜 무기들을 볼 수 있다는 소문이 나서 그런지 밀리터리 마니아들도 꽤 몰려들지요. 어쨌든, 지난번 페스티벌에서도 여러 가지 무기가 전시됐는데, 갑자기 어디서 미친놈이 하나 뛰어나온 겁니다. 아, 이런 죄송합니다. 그래도 시민인데, 미친놈이라니, 나도 모르게 그만."

하여튼, 그 남자의 말에 의하면 행사의 주최 측인 시가 그날 매우 낭패를 봤다는 것이다. 날씨 좋은 일요일인 데다 광장에 여러 가지 군용 장비들이 전시돼 있으니, 가족 단위로 놀러 온 사람들도 많았다고 한다. 그때 어디선가 봉두난발의 남자가 농기구를 들고 달려들었다. 그는 다짜고짜 뭐라고 외치며 쟁기로 그 비싼 탱크를 마구 내리쳤다.

"탱크 구경하던 애들은 울고, 놀란 시민들이 시청에 항의하고, 아주 난리도 아니었어요." 시청 직원은 혀를 차며 말했다. 그날, 김홍석씨는 바로 구속됐다. 구치소 안에서도 그는 주정을 그치지 않았지만, 술에 취한 것이 정상참작되어 며칠 뒤 풀려났다.

"잠깐만요." 그런 얘길 하면서 시청 직원은 신문 스크랩을 하나 가져왔다. "여기…… 보십시오. 법원, 생계 곤란 범죄자에게 선처 베풀다. 이게 김홍석 그 사람 얘기거든요. 나도 잘은 모르지만, 뭐

사는 게 힘들어서 술김에 그런 거라고 싹싹 빌었다더군요."

그때 내가 왜 그런 행동을 했는지는 지금까지도 잘 모르겠다. 나야말로 제정신이 아니었던 걸까? 그렇지만, 그때 나는 정말 더 이상 참을 수 없었다. 인류 평화에 대한 고귀한 열정으로 온몸을 내던지며 세상에 저항한 한 인간의 진실이 겨우 술주정 따위로 매도당해도 된단 말인가.

"거짓말하지 마! 당신은 거짓말쟁이야!"

이게 내 입에서 튀어나온 말이었다. 그러면서 나는 주먹으로 책상을 쾅 내리치고, 뛰쳐나와버렸다. 헨리는 내 대신 사과를 하느라 한참 후에야 밖으로 나왔다.

돌아오는 차 안에서 우린 아무 말도 하지 않았다.

숙소 앞에서 나는 헨리에게 미안하다고 말했다. 그가 괜찮다고 하며 떠난 뒤엔 객실로 올라가지 않고 한동안 서성였다. 어둑한 밤공기에선 뭔가 독특한 이곳만의 냄새가 났다. 문득 당장 소년을 만나봐야겠단 생각이 들었다. 그러나 헨리는 전화를 받지 않았다.

제6일

내용 없음.

제7일

원본 동영상을 찍은 사람은 헨리의 동료였다. 캐나다의 추운 도시 위니펙에서 왔다는 그는 좀 수선스러운 사람이었고, 자신을 제임스라고 소개했다. "나는 밀리터리 마니아예요. 그래서 여러 가지 첨단 무기를 전시하는 그날 축제에 꼭 가보리라 결심하고 있었죠." 제임스는 그렇게 말하며 자신의 휴대폰을 꺼냈다. "이걸로 모든 무기들을 촬영하고 있었어요. 특히나 이건 정말 끝내주더라고요." 그가 가리킨 화면 속엔 거대한 탱크가 있었다. 김홍석씨가 내리친 바로 그 장비였다. "난 어릴 때 CNN뉴스에서 이 탱크를 처음 봤어요. 사막을 가로질러 적에게 돌진하는 모습이, 그야말로 무적함대가 따로 없더라고요!"

우린 제임스의 끝없는 수다를 들으며 동영상을 봤다. 어린 남자아이들이 탱크 주위를 맴돌았고, 많은 사람들이 그 앞에서 기념사진을 찍고 있었다. 그때였다. 화면 왼쪽에서 등에 쟁기를 진 김홍석씨가 쏜살같이 튀어나왔다. 사람들이 놀라 흩어지고, 보초를 서던 군인들이 달려들기까지 약 30여 초가 흐르는 동안, 헐렁해진 러닝셔츠에 작업복 바지를 입은 그 남자는 있는 힘을 다해 쟁기로 탱크를 내리쳤고, 그러면서 잠시도 쉬지 않고 고래고래 소리를 질러댔다.

"이 사람, 뭐라고 하는 건지 알 수 없습니까?"

내가 묻자, 제임스는 소리를 더 크게 키웠다. 김홍석씨의 목소리가 군중의 소음에 섞여 어렴풋이 들리기 시작했다.

"잠깐만요. 내가 한번 들어볼게요." 헨리가 말했다. "수첩 있죠? 들리는 것만 받아 적어보기로 해요." 그는 눈을 잔뜩 찌푸리고 귀를 기울였다. 30여 초 남짓한 동영상을 열 번도 넘게 다시 돌려 보며 헨리가 불러준 말들을 받아 적자 다음과 같았다.

"다 죽게 생겼는데 (소음) 무슨 소용 (쟁기로 내리치는 소리) 골목 (아이 울음소리) 살려내라 (다시 군중의 소음) 어머, 미친 사람인가 봐! (아주 가까이서 들린 여자 목소리, 그리고 다시 쟁기로 내리치는 소리)."

제임스는 내게 동영상 원본 파일을 보내주기로 했다. 숙소에서 나는 화면 속 김홍석씨를 보고 또 봤다. 원시적인 농기구 하나를 달랑 들고 맨몸으로 거대한 탱크와 맞서는 한 인간의 모습에 다시금 눈시울이 뜨거워졌다. 마음속 작은 믿음이 점점 커져 하나의 확신이 되어갔다. 세상 모든 이가 그 진실을 덮으려 하고, 그의 아들마저 아버지의 고귀한 희생을 부정하지만, 이 한 장의 사진이 모든 것을 말해주고 있었다.

"베리건 신부님, 보고 계신가요? 여기 극동아시아의 머나먼 땅에까지 당신의 고결한 의지가 이어지고 있는 광경을 말이에요." 이국의 밤하늘을 올려다보며 나도 모르게 중얼거렸다. 그런 다음엔 '월드 인사이드 미러'에 접속해서 기사를 쓰기 시작했다. 인류 평화를 위하여 자신의 생을 바친 김홍석씨를 온 세상에 알려야 할 시간이었다.

'월드 인사이드 미러'에 공개된 톰 존스의 일기는 여기서 끝난다. 8일째 되던 날 오후, 나이 든 전직 기자는 그 작은 도시를 떠났고,

서울에서 며칠간 머물며 관광을 한 뒤 인천 공항을 통해 출국했다.

톰 존스가 '월드 인사이드 미러'에 올린 기사의 제목은 「최초의 한국인 쟁기 운동가 김홍석」이었다. 기사 옆엔 온통 국방색인 거대한 탱크를 향해 쟁기를 지고 돌진하는 김홍석씨의 사진이 여러 컷으로 나뉘어 실려 있었다. 탱크가 너무 크고 남자는 상대적으로 왜소해서 그런 건지, 혹은 교묘하게 반사된 빛으로 인해 달려가는 그의 머리에 후광이 어렸기 때문인지, 사진 속의 김홍석은 마치 불가능을 향해 달려가는 시시포스처럼 숭고해 보였다. "'평화가 아니면 죽음을 달라…… 아마 이게 아버지가 제게 남기고자 했던 말씀이 아니었을까요?' 소년은 이렇게 말하며 먼 하늘을 올려다봤다." 톰 존스는 장문의 기사를 이렇게 끝맺었다. 하지만 슬프게도 조회 수(數)는 그리 높지 않았고, 기사 속에 수없이 반복된 '쟁기'라는 단어 덕분에 농기구 및 씨앗 광고가 두어 개 링크됐을 뿐이었다.

3

7월 1일

제목: 안부 인사

톰, 안녕하세요? 헨리예요. 설마 벌써 절 잊으신 건 아니죠? 그날 공항까지 나가서 배웅해야 했는데…… 나중에 많이 아쉬웠어요.

그나저나, 지금은 어디 계신지 궁금해요. '월드 인사이드 미러'에서 당신의 이메일 주소를 찾아내 이렇게 연락드립니다. 답장 기다릴게요. 헨리.

일주일 뒤

제목: 연락 바람

톰, 많이 바쁜가요?

제가 말씀드리려는 게 뭔지 안다면 정말 깜짝 놀라실 텐데요!

연락 부탁드립니다. 헨리.

7월 15일

제목: 시청 직원과의 대화

당신이 이메일을 확인하기나 하는 건지 궁금해요.

그간, 그러니까 당신이 한국을 떠나고 난 후 지금까지 여러 가지 일들이 있었고, 난 그걸 알려주고 싶거든요. 왠지 그래야만 할 것 같아요.

그런데 어디서부터 이야기해야 할까요? 그래요, 어느 날 내게 걸려온 전화 얘기부터 하는 게 좋겠네요. 한번 들어보세요.

처음 전화를 받은 건, 당신이 출국하고 나서 일주일 정도 지난 어느 오후였어요. 전화를 한 사람은 전에 우리가 시청에 찾아갔을 때 만난 바로 그 직원이었죠. 그 사람, 내게 당신이 어디 있는지부터 묻더군요. 난 모른다고 했어요. "아마 어딘가 또 다른 분쟁 지역에 가 있겠죠." 이렇게 대답했던 것도 같아요(그런데 정말 그런 건가요? 설마 시리아 같은 데 가 계신 건 아니길 빌어요). 어쨌든 우리는 내가 일하는 영어 학원 앞 커피숍에서 만나기로 했어요.

이런, 시간이 벌써 이렇게 되었네요. 난 다시 수업에 들어가야 해요. 그날 시청 직원과 나눈 대화는 좀 이따 자세히 들려줄게요. 헨리.

50분 후

제목: 나의 일기(일부)

톰, 그날 내가 쓴 일기가 있다는 게 떠올랐어요. 시청에서 온 사람과 무슨 얘길 나눴는지 다 기록해놓았죠. 앞부분은 생략하고, 커피숍에서 있었던 일만 여기 옮겨놓을 테니 한번 읽어보세요. 연락 기다리고 있겠어요.

(……) 자신을 박이라고 소개한 그 남자는 시디 한 장을 건네며 이렇게 말했다.

"지난번 같이 왔던 그 기자에게 이걸 꼭 좀 전해주세요. 여기, 김홍석씨가 그날, 그러니까 그 탱크 때려 부수던 날, 뭐라고 외쳤는지가 다 나와 있어요. 사실 얼마 전 웹 서핑을 하다가 문득 호기심이 나서 월드 인사이드 미러인가 뭔가 하는 사이트에 접속했습니다. 그때 톰 존스 씨에게 받은 명함에 주소가 있었거든요. 어쨌든, 거기서 저는 김홍석씨의 사진이 대문짝만 하게 떠 있는 걸 보고 깜짝 놀랐습니다. 우리 도시의 이름도 나와 있더군요. W시의 반전운동이니 뭐니, 이런 식으로요. 전자사전을 꺼내놓고 한 글자 한 글자 해석하면서 읽어보니, 내용은 더더욱 가관이었어요. 분쟁 지역에다가 반전 반핵이라니, 기가 막혀 말이 안 나올 정도였습니다."

여기까지 말하고 박은 잠시 말을 멈추더니, 셔츠 주머니에서 꼬깃꼬깃 접은 종이도 한 장 꺼냈다. "먼저 시디부터 설명해 드릴게요. 그건 시청에서 축제 홍보 영상을 제작하기 위해 촬영한 겁니다. 따라서 휴대폰 동영상 같은 것과는 비교도 안 될 만큼 화질도 깨끗하고…… 무엇보다도 녹음 상태가 정말 좋다고 할 수 있습니다. 게다가 촬영기사가 마침 그 부근에 있었기에, 그날 김홍석씨가 쟁기를 들고 행패 부리는 장면을 모두 찍을 수 있었지요. 난 그 월드 인사이드인가, 하여튼 그걸 보고선 부랴부랴 이 시디부터 찾았어요. 그러고는 몇 번이고 같은 장면을 돌려봤습니다." 이렇게 말하며 남자는 방금 전 주머니에서 꺼낸 종이를 조심스럽게 펼쳤다. "아마 나중에 직접 영상을 확인해보시면 알 수 있겠지만, 그때 정확히 김홍석씨는 이렇게 외쳤어요. 내가 열 번도 넘게 돌려 보고 받아 적은 것이니, 틀림없을 겁니다."

나는 그가 내민 쪽지에 적힌 글자들을 천천히 소리 내어 읽어봤다. 시청 직원은 그런 내 옆에서 틀린 발음을 고쳐주기까지 했다.

"그러니, 이제 진실을 알아주면 좋겠어요. 김홍석씨가 그날 탱크를 내리친 건 순전히 경제적인 이유 때문이지, 결코 반전이나 반핵 같은 거창한 문제 때문은 아니었다는 사실 말입니다. 그와 관련해서, 그때 구속된 김홍석씨가 경찰에서 진술한 조서 사본도 구해왔으니, 한번 읽어보시고요." 그러면서 그는 테이블 위에 얇은 서류 파일을 하나 내려놨고, 휴대폰을 꺼내 시간을 확인했다. "휴, 하여튼 그 인간, 죽어서도 속을 썩이네요. 살아 있을 때도 툭하면 시청에 찾아와 행패를 부렸는데……. 아, 이런 제가 또 흥분을 했습니다. 공무원으로 일하다 보면 워낙 별별 사람을 다 만나게 되거든요. 여하간 그 기자라는 외국인에게 연락해서 월드 인사이드 미러에 있는 김홍석씨의 사진과 기사, 꼭 좀 삭제하라고 얘기 전해주세요. 우리 도시 이름도 빼주시고요. 무엇보다도, 여긴 분쟁 지역이 아니거든요. 저기 창밖을 보세요. 얼마나 평화로운 풍경입니까? 대체 뭘 보고 여길 탈레반이 들끓는 아프가니스탄이나 테러리스트가 우글대는 팔레스타인 같은 데랑 동급으로 엮는 건지, 원."

시청 직원이 떠난 다음에도 나는 좀 더 앉아 있었고, 남은 커피를 마시며, 그 남자가 놓고 간 메모지를 들여다봤다. 여러 번 접어 낡아버린 종이에 한글로 적힌 것은, 무슨 뜻인지 잘 이해할 수 없는 다음과 같은 문장이었다. "대형마트 때문에 다 죽게 생겼는데 축제가 무슨 소용이냐. 골목 상권부터 살려내라."

15일 뒤

제목: 영준 슈퍼

톰, 살아 있긴 한 거예요?

벌써 며칠째 '월드 인사이드 미러' 게시판에 글을 올리고 있어요. 당신의 다른 연락처를 알려달라고 말이에요. 하지만 아무도 답해주질 않네요.

어쨌든 오늘은, 얼마 전 소년을 만나고 온 얘길 할 생각이에요. 그런데 당신은 이미 내가 무슨 말을 할지 알고 있을 것 같군요. 그렇지 않은가요?

시청 직원을 만난 뒤 며칠 지나서 김홍석씨가 살던 마을에 갔었어요. 소년에게서 직접 얘길 듣고 싶었거든요. 마을로 들어서는 좁은 길 어귀에서 한참을 기다리자, 어두워질 때쯤 소년이 걸어왔어요. 담배를 피우며 걸어오던 그 애는, 인기척이 보이자 얼른 손을 뒤로 감추더군요. 난 반갑게 인사를 건넸어요. "안녕? 혹시 날 기억하고 있니?" 다시 담배를 입에 물며 소년은 심드렁하게 대답하더군요. "기억하고말고요. 예전에 그 미국인 기자 아저씨랑 같이 왔었잖아요."

우린 이번에도 길 건너 대형 마트 안에 있는 맥도날드에서 얘길 나눴어요. 그곳은 여전히 환하고 밝고 활기찼어요. 저녁 쇼핑을 하려는 사람들의 차가 끊임없이 지하 주차장 입구로 들어가고 있었죠. 소년은 거기서 햄버거와 콜라, 그리고 감자튀김을 주문했어요.

난 그냥 다이어트 콜라를 마셨고요. “그런데 여긴 왜 또 왔어요?” 그 애는 감자튀김을 케첩에 찍으며 묻더군요. 난 지난번에 시청 직원에게서 받았던 그 종이쪽지를 소년 앞에 내밀었어요.

“이게 뭔지 아니?”

“대형 마트 때문에 다 죽게 생겼는데 축제가 무슨 소용이냐. 골목 상권부터 살려내라…….” 소년은 햄버거를 씹다 말고, 작은 소리로 쪽지에 적힌 말을 읽었어요. 그러더니 갑자기 종이를 마구 구겨서 멀리 있는 휴지통으로 던져 넣는 거예요. 정말 순식간에 벌어진 일이었고…… 난 콜라를 마시다 말고 일어서서 그 종이를 다시 주워 왔어요. 그러고는 잘 접어서 주머니에 넣었죠. 그런 나를 지켜보며 소년은 비웃듯이 미소 짓더군요.

“거봐요, 내가 뭐랬어요? 우리 아버지는 제정신이 아니었다니까요.”

“그럼, 그게 모두 사실이니? 너의 아버지가 대형 마트 때문에 목숨을 끊었다는 시청 직원의 말…….” 소년은 내 말에 또 피식 웃었어요. “사실일 수도 있고 아닐 수도 있겠죠. 대형 마트 아니었어도 어차피 아버지는 죽었을 테니 말이에요. 물론 그렇다고 아버지의 유서 내용이 바뀌는 건 아니겠지만…… 내 생각은 그래요.” “아버지가 유서를 남겼니?” 내가 묻자, 소년은 의아하다는 듯 쳐다봤어요. “무슨 소리에요? 내가 그 유서를 당신들에게 줬잖아요.” 소년의 말은 뜻밖이었어요. 그런 얘긴 금시초문이었거든요. 난 소년이 뭔가 착각하고 있다고 생각해서 다시 질문했어요. "무슨 소리야? 그런 건 본 적도 없어."

소년은 어이없다는 듯 한숨을 쉬었어요. "확실해요, 난 당신들에게 아버지의 자필 유서를 복사해줬어요. 정확히는 그때 같이 왔던 그 기자 아저씨한테 말이에요. 기억 안 나요? 여기 왔다 간 다음다음 날이던가, 이 마을에 또 한 번 왔었잖아요. 당신은 차가 망가져서 마을 입구 주유소에서 기다리고 있다며, 그 외국인 기자 아저씨만 혼자 우리 집 문을 두드렸죠. 그때 아버지의 유서를 보여줬더니, 동네 문구사에 가서 그걸 복사했잖아요. 대형 마트 때문에 다 망했고, 더 이상은 못 살겠다, 뭐 이런 내용이 적혀 있는 그 유서 말이에요."

소년은 이렇게 말하며 주머니에서 휴대폰을 꺼냈어요. "여기 사진도 있어요. 우린 아버지의 망해버린 슈퍼 앞에서 기념사진도 한 장 찍었어요. 사실 난 이런 거 진짜 싫어하는데, 그 아저씨가 자꾸 졸라서 어쩔 수 없었죠." 소년의 휴대폰 액정 화면 속엔, 정말로, 톰 당신이 있었어요. 예의 그 버버리 코트를 입고 한 손은 어색하게 브이를 그린 채 또 한 손은 소년의 어깨에 얹고 있는 당신을 본 순간, 난 정말 깜짝 놀랐답니다. 당신 뒤론 문이 굳게 닫힌 작은 슈퍼마켓이 보였어요. 칠이 벗겨진 간판을 자세히 보기 위해 내가 '확대' 버튼을 누르려고 하자 소년이 말했어요.

"영준 슈퍼예요."

"응? 뭐라고?"

"영준 슈퍼라고요. 지금 간판 보려는 거잖아요. 그 가게 이름이 영준 슈퍼였어요. 내가 태어나던 해에 아버지가 처음 슈퍼를 시작해서, 이름을 그렇게 지었대요. 아, 아직 얘기 안 했나? 내 이름이 영준이거든요." 소년은 여기까지 말하곤 자리에서 벌떡 일어섰어요. "하여튼, 이제 그만 나가요. 담배 좀 피우게요." 우린 후미진 골목 입구에 있는 영준 슈퍼 앞까지 말없이 걸었어요. 문이 잠긴 작은 슈퍼는 어둠 속에서 눈에 잘 띄지도 않았죠. 그때 소년이 어떤 표정이었냐고요? 잘 모르겠어요. 너무 어둡고 골목엔 가로등도 없었으니까요. 하여튼, 주머니에 손을 찌르고 서 있던 그 애는 한참 만에 다시 입을 열었어요.

"제길, 짜증 나요. 내 이름을 땄으면 오래 살면서 번창시켜 돈이나 많이 벌던가. 재수 없게 이게 뭐냐구요. 슈퍼는 해가 갈수록 더 안됐대요. 그러다가 아버지가 죽을 즈음엔 거의 망하기 일보 직전이었고요. 그때 바로 길 건너에 대형 마트가 들어온단 소식을 들은 거예요. 아버진 시청이랑 여기저기 다니며 항의했고, 축제장에 가서 그 난리를 치기도 했어요. 하지만 그게 무슨 소용 있겠어요? 난 그저 아버지가 어서 정신 차리기만 바랄 뿐이었어요. 하지만, 쳇, 그다음은…… 안 들어도 알죠?"

소년은 자기 목을 손으로 조르는 시늉을 하더니, 홱 돌아서더군요. "햄버거 잘 먹었어요. 난 이제 가볼게요." 그렇게 어두운 시골길로 걸어가던 그 애가 갑자기 돌아서서 뭐라고 소리를 쳤어요. "뭐라고? 안 들려." 내가 외치자, 소년은 다시 다가왔어요. "쟁기는, 집 창고에 굴러다니던 거였다고요. 아마 돌아가신 할아버지가 쓰던 거겠죠. 그날 난동 부리기 전날, 아버지가 술을 엄청 마셨어요. 그러더니 아침에 일어나자마자 광을 뒤지더니 아무거나 손에 잡히는 대로 들고 뛰어나간 게, 하필 쟁기였던 거죠. 이 얘길 왜 하냐구요? 그냥요. 전에 그 기자 아저씨도 그날 아버지가 왜 굳이 쟁기를 들고 나간 건지 하도 여러 번 캐물었기에 하는 말이에요."

그런데 궁금한 게 있어요. 미스터 존스, 아니, 톰, 왜 굳이 그다음 날 소년을 만났던 사실을 숨긴 거죠? 김홍석씨가 죽은 진짜 이유를 다 알고 있으면서도 '월드 인사이드 미러'에 그런 기사를 실은 이유는 또 뭐고요? 왜 그를 쟁기 운동가로 만들어야 했죠? 그냥…… 대형 마트 때문에 살기 힘들어져서 목숨을 끊은 알코올중독자라고 쓰면 안 될 이유라도 있었나요?

정말 모든 게 궁금해요.

혹시 이 메일 보면, 바쁘더라도 빠른 답장 부탁해요. 헨리.

한 달 후

제목: 작별 인사

톰, 여전히 연락이 없군요.

하여튼, 난 이제 한국을 떠나요.

돈도 좀 모았으니, 당분간은 멤피스로 돌아가서 지내며 앞으로 뭘 할지 궁리해볼 생각이에요. 그럼, 안녕. 항상 몸조심하세요. 헨리.

출국 심사대 앞으로 가기 전에 헨리 필딩은 주머니에 있던 소지품을 모두 꺼냈다. 잔뜩 구겨진 채 꼬깃꼬깃 접힌 종이 한 장은 그대로 쓰레기통으로 던졌다. 거기에 무엇이 적혀 있는지 펼쳐볼 생각도, 그럴 겨를도 없었다.

비행기 시간에 늦지 않기 위해 서두르느라 아침부터 너무 정신이 없었고, 따라서 자신이 급히 짐을 챙기다가 그만 서랍 속에 시디 한 장을 놓고 나왔다는 사실을 기억하지도 못했다. 하긴, 그게 그렇게 중요한 물건이라고 할 수도 없었다. 거기에 한 사람 일생의 가장 진실한 순간이 압축되어 담겨 있는 것도 아니었으니 말이다. 시디는, 그 후로도 오랫동안 서랍 바닥에 깔려 있었고, 켜켜이 쌓인 먼지와 함께 흐릿해져갔다. 그다음엔 어떻게 됐는지 아무도 몰랐지만, 역시 크게 문제 될 일은 아니었다. 원래, 세상엔 기록하고 기억해야만 할 중요한 문제들이 너무 많아서 그런 사소한 시디들은 모두 사라져주는 것이 일종의 역사적 관례였기 때문이다.

그럼에도 불구하고 헨리는 비행기에 오르기 직전 문득 뒤를 돌아봤다. 그러다가 고개를 저으며 다시 가던 길을 서둘렀다. 두고 온 물건 같은 게 있을 리 없었다.

관심의 제왕

백지은(문학평론가)

1. 관심사병 미스터리

둘러보자면, 도무지 불가사의한 일들이 도처에 널려 있다. 누구나 그 존재를 알지만 아무도 그 연유는 모르는, 한때 세상을 떠들썩하게 하고 어느새 거짓말처럼 사라진, 모두 한 번쯤 의심했으나 아무래도 자세히 알 길은 없는, 사람 사물 소문 들. 그때 그 사람은? 저 버려진 건물의 정체는? 그 긴 '국민교육헌장'을 어찌 달달 외워야만 했을까? 이 작은 도시에 대형 마트는 왜 이토록 많아지나? 그 흔하던 붉은색 카펫은 다 어디에? 이렇게 웰빙, 웰빙 하다 보면 라면의 미래는? 외계인은 외계'인'일까? 죽은 사람을 살리는 공학은 연구 안 되나? 변사체로 발견된 외국인 노동자는 어떤 행복한 시간을 가졌던 사람일까? 살인범이 친엄마를 죽인 까닭은? 등등. 미스터리 천지다. 따지고 보면, 당신의 마음도, 그녀의 과거도, 나의 미래도, 다 미스터리 아닌 것이 없기는 하다.

김희선의 첫 소설집 『라면의 황제』는 이런 미스터리를 다루는 이야기들로 엮여 있다. 그를 작가로 만든 소설 「교육의 탄생」에서부터 호기심 취향이랄까, 미확인 사건에 대한 관심과 집착이랄까, 그런 것의 행보는 이미 도드라진 데가 있었더랬다. 그 등단작은, 만 일곱 살에 동경대 수학 문제를 풀어 세계 최고의 아이큐로 세상을 놀라게 했던, 일종의 '그때 그 사람' 이야기였는데, 그이의 홀연한 사라짐과 묘연한 행적에 대한 비화가 흥미로운 건 당연했다. 거기에서 인간의 최초 달 착륙 사건이 환기되고 한 시절 온 국민이 줄줄 읊던 '국민교육헌장'의 탄생 비화가 잇대어지는, 엉뚱한 듯하지만 치밀한 개연성은 말할 나위 없이 독창적이었다. 결과적으로 '비운의 천재'와 '인간의 우주 탐사'와 '관제 교육'이라는 해당 사태를 새삼 다시 인식하게 만들어 소위 "개념 있는" 주제의식까지 탑재했으니, 첫 작품으로 각인된 그의 인상은 가히 신선하게 시니컬하고 야릇하게 에너제틱한 것이었다.

그의 첫 책에 미스터리한 일들이 출몰한다고 해서 그가 특정 미스터리에 대해 〈그것을 알려주마〉 하고 덥적거린다는 뜻은 아니다. 어떤 미스터리를 파헤쳐 뭔가를 밝히는 것이 목적인 경우, 사실을 알고 싶은 충동과 알리고 싶은 사명감으로부터 이야기는 시작된다. 일단 사태의 진상과 진위를 확인해야 하니, 관련 기사, 기록 등 자료 먼저 검색해야 한다. 찾아낸 자료들로 명민하게 추리하여 사건을 재구성하고 진실을 밝혀내기에 이른다. 최소한 이런 과정을 거쳐야 미스터리를 파헤치는 이야기라 할 만한 것이다. 그런데 애초에 알고 싶은 대상이 '미스터리한 것'이었다면 그것을 파헤치기는커녕, 사태의 진상과 사실 여부의 확인부터가 쉽지 않다. 거의 남지 않은 몇몇 기록과 항간에 떠돌던 루머를 간신히 취재할 수 있었다 해도, 그것들의 진상과 사실 여부가 의심스러운 것이 바로 미스터리가 아닌가.

이 소설집에는 어느 하나 분명한 사실로 확신하기 어려운 일들이 가득하지만, 정확한 근거를 찾아내어 사실을 깨우치고 실상을 폭로하는 그런 이야기는 없다. 이 작가는 미스터리를 반드시 확인해야 할 문제로 의식하지 않는다. 풀어야 할 의문이 세상에 없다는 뜻은 아니다. 어떤 의문의 현상을 바라볼 때 확인되지 않은 그것을 한시바삐 확인해야 한다고 여기기보다는 그것이 왜 그토록 확인이 안 되었던 것인가를 곰곰 생각해보려고 하는 쪽인 것 같다. 어쩌면 미스터리란 확인을 기다리는 사안이 아니라 그것이 미확인으로 남았다는 사실을 먼저 알아봐주기를 요청하는 사안이 아닐까. 미확인된 사안이 꼭 그것을 대하는 사람들의 지식과 논리가 부족해서 그리된 것은 아니다. 지식은 편협하고 논리는 옹졸하기 쉽다. 오히려 사람들의 관심과 상상의 부족으로 거기 있었던 줄도 모르게 잊히는 일들이 더 많을 수 있다. 김희선의 소설들은 미스터리한 사태에 의문을 품고 그 답을 찾아가는 이야기라기보다, 먼저 다양한 관심과 상상으로 여러 가지 이야기를 탐사한 끝에 마침내 어떤 의문에 도착하는 이야기다. 그러고는 '확실하진 않지만 여기에 어떤 의미가 있지 않은가' 하고 되묻는 이야기다. 이제 보면 알겠지만, 세상에 미스터리는 무진하고 작가의 관심에는 경계가 없으며 그의 상상은 전공 불문이다.

2. 전공 불문의 세계사

시의 외곽에 폐쇄된 지 오래된 거대한 콘크리트 건물이 서 있다. 도시의 토박이라면 누구나 그것이 거기 있다는 사실을 알지만 건물의 정체를 아는 이는 없는 듯하다. 가까이 가보면 무슨 단서라도 있을까? 수백 번 넘게 그곳을 지나쳤지만 건물 근처에 사람이 얼씬거리는 것도 본 적이 없다. 녹슨 철문 옆에 드리워진 저 낡은 판자를 자세히 들여다보면 다 지워져가는 글씨로 "에드워드 김 생명공학연구소"라고나 적혀 있을지도 모른다. 그렇다 해도 그 내력을 알 수는 없을 테니 시청 역사자료실에라도 가볼까? 인근의 나이 많은 노인들을 수소문해봐야 하나? 보통은 이쯤에서 귀찮아지면서 호기심도 서서히 사그라지기 마련일 테지만, 바로 여기서부터 김희선의 소설은 시작된다. 「2098 스페이스 오디세이」다.

이대로라면, 2098년이 되어도 저 건물은 저렇게 방치된 채 아무에게도 자기의 정체를 누설하지 못할 것이다. 헉, 그런데 2098년이라니, 그 연도에도 인류가 이 땅에 살기는 할까. 흔한 상상이지만 회색빛으로 변해버린 지구에는 약간의 박테리아와 진균류만 살고 있을 뿐, 인류는 이미 다른 행성으로 모두 이주해버린 후일지도 모른다. 다른 행성에서의 인류라면, 지금의 우리와는 아무래도 다를 것이니 어쩌면 죽음에서 벗어난 생명체가 되어 있지는 않을까. 아무도 죽지 않고, 그러므로 아무도 새로 태어나지 않는 세상! 그것은 "살아 있지도 않고 죽어 있지도 않은 회색의 모호함"(135쪽)이겠지. 그런 세상을 가능케 한 이는 대체 누구이며 왜 그랬던 것일까. 발동된 호기심은 쉽게 접히지 않고 의문의 꼬리를 물고 이어진다. 의문은 호기심을 해소할 답을 찾으려 하기보다 또 다른 호기심을 물고 오는 새로운 상상을 불러일으키기 때문이다.

이때 상상은, 다음 의문을 발생시키지만 이전 의문을 해소하는 과정이기도 하다. 시청 자료실을 뒤지거나 노인들의 흐릿한 기억을 채취한들 "불확실하고 불명확하긴 매한가지"(110쪽)일 수도 있다. (그런 노력이 쓸모없다는 건 아니지만) 사태를 추적하고 추리한다는 것은 이모저모 상상하고 꿰맞추어보는 일과 크게 다르지 않다. 상상은 계속된다. 인류에게 영생의 꿈을 실현시켜준 위대한 과학자가 있다면, 그는 어떤 욕망으로 그런 위업에 이른 것일까. 영생이란 사람의 몸을 이루는 세포들이 영원히 죽지 않는 것일 텐데, 날마다 새로 죽고 다시 태어나는 세포에서 소멸에 관계하는 유전자를 발견하면 가능하지 않을까. "인간 게놈 프로젝트" 같은 게 시작된 지도 오래고, '복제양 돌리'의 탄생으로 인간 복제도 가능한 꿈이라는 호들갑조차 벌써 시시해진 시대다. '인간 복제'가 실현된다면 "죽은 부모를 다시 살게 하는 것만큼 인간을 행복하게 하는 일"은 없을 것이다. 저 위대한 과학자의 욕망이 아마 그것이었겠다. 그는 틀림없이 어릴 적 잃은 엄마를 몹시 그리워했고, 할 수만 있다면 엄마를 만나는 일에 모든 것을 바칠 각오가 되었을 것이다. 생명과학에 투신한 그가 "역복제"에 성공한다면? 참, 영생하는 인류가 다른 행성에 사는 2098년이라고 했지, '소멸 유전자' 억제에 이미 성공했겠구나. 그는 어머니를 복제한 후 심지어 자기 자신을 복제한 배아를 그녀에게 줄 수도 있지 않았을까? 그가 끝내 "잃었던 모자 관계를 부활"시킬 수 있었다면…….

버려진 건물에서 시작하여 우주로 나갔다, 엄마 잃은 소년으로 돌아왔다, 인간 복제로 튀고, 백악관으로 넘어간다. 종횡무진 상상은 경계 없는 관심의 표출이다. 실은 이 상상이 버려진 건물에서 출발한 게 아니었으리라. 엄마를 그리워하는 아이가 끝내 엄마의 모습을 보지 못하는 동화, 유전자 조작으로 생명 복제가 가능하다는 과학, 영생 불사를 호언장담하는 종교 등으로부터 촉발된 잡다한 상념들이 먼저 있었을 것이다. 확인할 수 없는 의심스러운 말들이 넘쳐난다는 점에서 동화, 과학, 종교에는 경계가 따로 없다. 미심쩍은 여러 현상에 관심이 지속되면서 서로 다른 분야를 오가는 상상이 발생한다. 연속되는 의문이 해소되지 않으면 사고는 진행되기 어렵고 사고가 멈추면 관심도 멈추기 마련인데, 의문에 대한 상상이 이어지는 한 관심은 지속된다. 상상의 범위에 제한은 필요 없다. 관심의 관심은 진위(眞僞)를 따지기보다 시비(是非)를 가리는 데 있기 때문이다.

이 세계에서는 과학적 지식과 사이비 종교가 만나고, 사회적 시스템의 논리와 음모론이 겹친다. 「교육의 탄생」에서 국민교육헌장의 탄생에 기여했던 "무의식 요법", "어떤 말을 진언처럼 외우게 함으로써, 그 말의 내용과는 상관없이 사람들의 무의식을 변형시켜 일종의 세뇌 상태에 이르게 할 수 있다는"(65쪽) 그것은 어떻게 생겨났던가. "우주의 모든 물질을 구성하는 원자가 입자와 파동의 두 가지 성질을 동시에 지닌다는 코펜하겐 학파의 양자역학"과 "실재와 정신의 교류를 통하여 새로운 철학과 과학의 가능성을 탐구한 알프레드 노스 화이트헤드의 사상"과 "동양의 오래된 주술인 진언"(62쪽)의 방법이 용광로처럼 녹아들어간 결과였다. 그것이 「어느 멋진 날」에서는 "문자와 소리로 이루어진 사물 저마다의 이름이 일종의 물질성을 띤다"(234쪽)는 '이슬람 신비주의'로 둔갑하여 "과학적 지식과 중세의 비의를 결합"(236쪽)하는 경지에도 이른다. W시 상공에 나타난 비행접시에서 척 베리의 신나는 노래인 〈Johnny

B. Goode〉가 울려 퍼지는 「지상 최대의 쇼」에서는, 몇몇 음모론자의 이런 주장도 나왔다. 이 괴이한 사태는 외계 생명체를 가장한 W시 행정 관료들의 소행인데, W시가 정력적으로 내걸고 추진해온 '활기찬 도시, 발전하는 경제'라는 슬로건과 매일 아침 여섯시에 울려 퍼지는 그 흥겨운 노래는, "이제 와서 새마을 노래를 틀어줄 것도 아닌 다음에야"(158쪽) 그만큼 어울릴 수가 없다는 것이다. 황당하다기보다 경탄스러운 이런 이야기들의 저변에는 경계와 성역을 모르는 관심과 상상이 함께 흐른다.

이미 벌어진 사건들의 축적인 '역사'에 대해서도 마찬가지다. 「페르시아 양탄자 흥망사」를 보자. 삼사십 년 전 한국에서 대거 유행했던 '페르시아 양탄자', 그 많던 헤라트 카펫은 지금 다 어디로 갔는가. 이야기는 여기서 출발하지만 이 소설에서도 역시 주요 관심과 상상이 카펫인 것은 아니다. 카펫은 소설의 관심과 상상을 싣고 날아가는 화제(話題)라고 해야 한다. "이란의 메샤드란 도시에 있는, 한 카펫 가게 주인, 아부 알리 하산"의 외조부가 한국을 방문한 1977년, 서울에는 '테헤란로'가, 테헤란에는 '서울 스트리트'가 생겼고, 진품 헤라트 카펫 한 장이 "한국과 이란 친선외교의 상징으로 서울시청 시장 집무실에 당당하게 깔"렸다. 그것은 1979년 12월 13일 밤 시청 세탁실의 "김선호옹"에 의해 시청 지하 창고에 보관되었고, 1987년 여름 검은 승용차의 사내들에 의해 다시 김선호옹에게 맡겨짐으로써 그의 집 창고로 옮겨진다. 그리하여 이 '흥망사'는, "집안의 카펫 사업이 바로 그 테헤란로의 흥망성쇠와 운명을 같이했던" 하산의 이야기와 1977년부터 현재까지 "세상이 떠들썩하든 말든" 흥망성쇠를 거듭한 세탁업자 김선호옹의 인생사로 교직된다. 야사(野史)라고 해도 되려나? 하지만 이것은 일반에 잘 알려져 있지 않은 사실을 폭로하는 이야기도 아니다. 1979년 12월 12일, 1987년 여름, 1997년 겨울 등, 당시의 실제 역사적 사건은 설명되지 않는 세상사의 한 장면으로 상상되었을 뿐이다. 역사는 이곳에서 증명되어야 할 사실이 아니라 사람들과 사물들이 함께 오르내린 무대에 남은 자취일 것이다.

이 이야기들이 아무래도 조금 특별해 보이는 것은, 세계에 대한 자기의 체험이나 관념을 서사적으로 변형하는 평범한 소설과는 이야기 전달의 양상이 꽤 다르기 때문이다. 간단히, 소설의 화자가 조금 특이하다는 뜻이다. 그는 이야기의 주모자(주인공)도 아니고 전달자(관찰자)도 아닌데, 전달자로 행세하지만 실상 에피소드들을 직접 제조하고 조립하여 전체 이야기를 제작하는 모든 임무를 다 맡는다. 그러면서도 묘하게 이야기 세계 안에 포함되어 있지 않은 점이 가장 특징적이다. 그는 기록을 찾을 수 없으면 기록을 만들고, 과학적으로 증명할 수 없으면 과학적으로 상상한다. 뚜렷한 연유를 알 수 없으면 가능성 있는 배후를 지목하고, 필연적 사실을 역사로 이해하기보다 우연한 기록이 역사로 남는 것이라 주장한다. 음, 그런데 소설의 화자가 이래도 되는 것일까? 일반적으로 소설의 화자는 행위의 주체, 시선의 주체, 그리고 서술의 주체로서 등장하는 한 인물, 인격화된 주체 혹은 주체화된 인격이 아니었던가. 소설의 화자가 지각하고 인식한 바는 기사보다, 과학보다, 어떤 역사보다, 말의 깊은 의미에서 더 정직하다는 신임을 얻을 수 있지 않았던가. 그런데 이 화자는 상상과 위조와 견강부회로 이야기를 조작, 배치, 전달한다. 그러고는 뭐든 자기는 잘 모른다는 듯 시치미를 떼고 능청을 떤다. 그는 정당한 혹은 올바른 화자인가? 그는 이야기의 세계 속에 주재하지 않기 때문에 어떤 이야기를 바라보는 주인공의 관점 같은 것은 가지지 않는다. 대신 이야기와 이야기 바깥의 경계에 자리를 잡은 그에게는, 이야기를 설정하고 배치하는 데 있어 세상에 확인하고픈 몇 가지 입장이 있는 것 같다. 그의 정당성을 묻고 싶다면 몇 가지 그의 입장을 따져봐야 한다.

3. 언제쯤 세상을 다 알까요

먼저, 그는 세상사는 뚜렷한 원인과 결과로 이어진 것이 아니지만 세상 모든 일이 어쩌면 서로 연결되어 있는 게 아니겠느냐고 묻는 입장이다. 「어느 멋진 날」과 같은 복잡한 소설이 그래서 가능했다. 신원 미상 외국인 노동자가 숨진 채로 발견됐는데 그의 품에서 피에 젖은 사진이 나왔다. 작고 황량한 동물원에 한 아이 혹은 두 아이가 서 있는 흐릿한 사진들. 언젠가 어디선가 이런 동물원을 본 적이 있는 듯한 "기시감"에서 이야기는 시작된다. 전쟁의 포화라도 들려올 듯한 사진 속의 아이들은 어떻게 자랐을까. 동생은 그때 이미 폭격당했는지도 모른다. 그중 이 낯선 서울까지 와서 의문의 죽음을 당한 형은 죽을 때까지 동생의 죽음을 잊지 못했나 보다. 민간인을 향한 폭격이 수시로 발생하는 팔레스타인과 이스라엘 분쟁에 적극 가담한 이스라엘의 "아리엘 샤론" 전 총리, 그는 철권 정책으로 많은 부작용을 낳았는데, 특히 1982년 게릴라 소탕을 명목으로 팔레스타인 민간인 수천 명을 학살한 베이루트 침공으로 유명하다. 2006년 뇌출혈로 쓰러져 식물인간 상태가 된 그를 보고(실제 인물인 그는 2014년 1월 숨졌다), 그의 침공에 온 가족을 잃었던 팔레스타인 사람들은 무슨 생각을 했을까. 신의 가호로, 그의 마비된 뇌가 한 번만이라도 그가 죽게 한 사람들을 이해할 수 있게 되기를 바라진 않았을까. "인간의 뇌에 침투하여 무의식을 조종하고 특정한 꿈을 꾸도록 유도"(234쪽)할 수만 있다면, 누군가 그에게 그렇게 했을 것이다. 그 일을 마치고 지구 반대편의 도시, 서울로 왔을 것이다. 고향 팔레스타인에서 "한 번도 가보지 않은 장소에 대하여 이야기를 만들어내고"(243쪽) 있을 어린 소년에게 서울의 엽서를 한 장 보내야겠다고 생각했을 때 뒤에서 다가온 요원에게 소리 없이 살해당하고 말았을 것이다. 그리고 이 조용한 죽음에 대한 나의 상상이 내가 알지 못하는 세상 어느 곳의 일이듯, 그 어느 곳에는 또 누군가 내가 살고 있는 이곳의 이야기를 상상하는 이도 있을 것이다. 이 소설은 이렇게 "우리 모두가 세상의 기저에선 서로 맞닿아 있다"(242쪽)고, "어쩌면 내가 서 있는 이 땅이, 가장 깊숙한 밑바닥에선 바로 그 도시와 연결되어 있는 걸지도" 모른다고 얘기한다. 세상은 이어져 있고, 세상 모든 일의 원인은 하나가 아니라는 것, "만약 두 가지 일이 동시에 일어난다면 거기엔 분명 우리가 알 수 없는 어떤 운명적 관계가 놓여 있다"(91쪽)는 것.

'W시 시리즈'라고 불려도 좋을 「이제는 우리가 헤어져야 할 시간」, 「지상 최대의 쇼」, 「경이로운 도시」 등을 이쯤에서 읽어보면 좋겠다. 이 소설집 곳곳에서 수시로 등장하는 W시는 "명실상부한 강원도의 중심지"였으나 "도청이 다른 도시로 넘어간 이후 이상한 상실감"에 시달리기도 하는 '강원도 원주시'이자, "외계의 비행접시"가 한동안 그 상공에 떠 있어도 어느새 일상적인 평화를 되찾는 미지의 '원더랜드'다. 이곳은 경이로운 사건의 발발지가 되기도 하지만, 그보다는 주로 세계 각지에서 제각각 발생한 일들이 서로 우연히 만나거나 멀어진다는 상상, 그 경이로운 상상의 발원지다. 말하자면 이 소설집에서 시도된 'W시의 세계화'는, 모든 일이 세상의 중심을 향해 모이는 게 아니라 세상 어디에서 발생하는 일들이나 이미 서로 연루되었음을 암시하는 것처럼 보인다.

W시의 이야기들을 읽다 보면 또 하나의 그의 입장이 보인다. 그는 사건이란 대체로 우발과 오인으로 비롯된 것이어서 그것의 의

미 또한 우연과 오해의 결과가 아니겠느냐고 묻는다. 「이제는 우리가 헤어져야 할 시간」에는 상이한 시공에서 벌어진 사건들이 겹쳐 등장한다. 베트남전 당시 반전운동의 주도자였던 "필립 베리건 신부"와 그 일당이, "평화를 위한 쟁기 운동가들"이 되어 1997년 미국 메인 주 배스의 철강공장에 침입하여 크루즈 미사일의 덮개를 내리친 거사, 1989년 베이징 천안문 광장에서 거대한 탱크를 홀로 마주하고 선 한 젊은이의 모습, 2012년 한국의 소도시에서 쟁기를 등에 지고 천안문 광장의 그것보다 더 큰 탱크를 향해 돌진하는 김홍석 씨의 사진. 세계의 분쟁 지역을 찾아다니며 소신껏 기사를 써온 "톰 존스"가 우연히 김홍석 씨의 사진을 얻고는 "쟁기운동의 불씨"를 찾아 취재차 W시에까지 오면서 이 세 사건이 서로 잇대어진다. 그러나 여러 증언과 취재를 통해 마침내 밝혀진 사실은 이렇다. 군사도시인 W시에 첨단 무기가 전시되는 축제 기간에 조그만 동네 슈퍼를 운영하던 김홍석 씨가 술에 취해 쟁기를 들고 전시장에 난입, "대형 마트 때문에 다 죽겠는데 축제가 무슨 소용이냐. 골목상권부터 살려내라"(308쪽)며 난동을 부렸다는 것. 결국 서로 무관할 뿐만 아니라 그 진위도 불분명한 에피소드들 — 예컨대 필립 베리건 신부의 실화와 톰 존스와 헨리 필딩이라는 가명(소설가 헨리 필딩의 1749년 소설이 『톰 존스』다) 등이 경계 없이 공존하는 — 은 착각과 오인의 결과임이 밝혀진다. 그러나 이러저러한 우연과 오해의 과정을 거쳐 김홍석 씨의 쟁기가 탱크를 부순 그 사건은 마침내 한국의 어떤 현재성을 시사하는 하나의 의문이자 의미가 된다. 수백 년간 농사(쟁기)를 지어오던 지역의 급변하는 정치경제학적 판세(탱크와 대형 마트)에 파괴당한 평범한 삶이 거기 미스터리처럼 남았기 때문이다.

외계인의 W시 침공을 상상하는 「지상 최대의 쇼」를 보자. 외계인의 지구 침공이라면 당연히 뉴욕 상공이고, 우주 전쟁이나 지구 멸망 같은 이슈와 함께라는 클리셰를 이 소설은 전적으로 무시한다. "도시의 상공에 나타난 비행접시는 장장 열흘 동안 색종이 조각들을 뿌려"대기만 했고, 시민들은 금세 일상으로 되돌아갔다. "외계인들이 지금 당장 내려온다고 해도 무슨 뾰족한 수가 있는 것도 아니었고, 더군다나 나와는 전혀 상관없는 일"(162쪽)이니까. 외계인도 여기에 정착하려면 "W시(이하 "갑")와 외계 생명체(이하 "을") 간의 근로관계"(164쪽)를 계약해야 할 터인데, "9급 소방공무원 시험이 코앞"(162쪽)인 이때 다른 데 신경 쓸 수가 없는 것이다. 한 치 앞만 생각하는 인간에게는 외계인이나 외국인이나 다를 게 없고 "어쨌든, 비행접시는 어느 날 홀연히 사라졌다."(170쪽) "한때 도시의 하늘을 뒤덮었던 거대한 원반은 빠르게 잊혀졌다."(171쪽) 이 해프닝을 둘러싼 프레임이 있는데, 그것에 주목해야 한다. 1938년, 허버트 조지 웰즈의 『우주 전쟁』을 원작으로 한 라디오 드라마가 방송되었을 때 실제 상황으로 착각한 미국인들이 대혼란에 빠지기도 했거니와, 1960년대 미국에서는 『재난 시 소방관 행동규정』이라는 책이 출간되기도 했다는 것이다. 한국의 W시에 난데없이 비행접시가 나타났을 때 "미합중국 퇴역소방관협회 동부지회 제42분회 정기월례회"에서는 그 책을 W시에 보내기로 결정한다. 그러나 고작 한 달 만에 사건은 종료되었고, 뒤늦게 W시청으로 도착한 『재난 시 소방관 행동규정』은 "책 속에 그려진 외계인과 비행접시 삽화를 고려하여 어린이 장서실의 영어 도서 코너에 비치"(174쪽)된다. "꽤 오랜 시간이 흐른 후에" 이 사건은 "주민 전체가 집단 최면 상태에 빠져들었던 비극적이고도 희극적인 역사적 사건"(176쪽)으로 학계에 등록되었고, 오직 "무명의 사학자가 남긴 기록물 속에서 그 모든 일은 실재했던 사건이자 생생한 진실처럼" 보일 뿐이다. 실제 있었던 일이 "결국 아무 일도 일어나지 않았던 것"이 되어버렸다. 이것은 허구를 실제로 착각한 1938년 『우주 전쟁』의 혼돈과 똑같은 혼돈, 똑같은 무지, 똑같은 공포가 아닌가.

결국, 이 소설집의 화자가 설정하고 조작하는 이야기들은 이런 것들이다. 한때 위세를 떨쳤으나 어느새 흔적도 없이 사라진 것들의 역사, 모두가 휩쓸리는 일이지만 아무도 그 원인에 주목하지 않은 일들의 비화, 세간의 주의를 끌어야 마땅하지만 시나브로 소리 소문 없이 잊히고 마는 사연들, 정확한 진상을 알고 싶어도 끝내 소문으로만 남은 의문의 사건 등등. 그는 "세상의 많은 중요한 일들이 때로는 아주 사소하고도 황당한 방식으로 결정되었다는 것 또한 부인할 수 없는 사실"(57쪽)이라고 생각하고, 어떤 일이 알려질

때는 "전적으로 그 스스로의 발언에 기초하여 서술할 수밖에 없"(256쪽)는 편견에 좌우되기 마련이며, 그러니 "확실한 것은 아무것도 없"고 "지나간 일들의 기록이라는 게 다 그런 거"(37쪽)라고 말하는 입장이다. 기록이라는 것도 우연을 수차례 거친 운명의 장난(가령 「교육의 탄생」에서 최두식의 회고록 『조국의 하늘 아래』는, 출판사 압수수색 때 배송 담당 김씨가 라면 받침으로 썼던 그 책의 파본이 김씨의 삼륜 용달차 운전석에 끼어 있다가 후에 빈티지 자동차 수집가에게 발견됨으로써 세상의 빛을 보지 않았던가)으로 세상에 알려진다는 것, 따라서 세상사란 마치 "나중엔 카펫이 거기 있다는 사실조차 잊고"(34쪽) 말게 되는 페르시아 양탄자 같은 것이라는 말이겠다. 세상은 살아봐도 모르는 것 천지고, 진실은 언제까지나 눈앞에 펼쳐지지 않을지도 모른다.

4. 진실은 다른 곳에

그러니까 이 소설집은, 진실을 눈앞에 갖다 놓는 이야기가 아니라 진실은 눈앞에 보이지 않는다는 것을 암시하는 이야기들로 채워져 있다. 외계인이 출몰하는 W시의 에피소드들이 또 그런 것이었을 텐데, 이를테면 이 땅에 불시착한 외계인이 식물 같은 존재로 밝혀지자 그것을 '토벌'하여 '식량' 자원으로 활용한다는 「경이로운 도시」의 서사가 어떤 진실을 직접 보여주는 것이라 생각할 수는 없다는 말이다. 「경이로운 도시」에서 주목할 것은, 이 황당한 외계인의 출현에 대처하는 인간들의 더 황당한 만행과 야만적인 면모일 것인데, 그 점은 이 소설의 스토리 차원에 구현된 것이 아니다. 가령 멕시코에서 W시에까지 흘러오게 된 '후안 곤잘레스'가, 식량 개발로 노벨 평화상을 받았던 어릴 적 영웅을 떠올리며 이 외계인, 아니 외계 식물의 사체를 식품 가공하여 판매함으로써 입지전적인 인물이 되고 W시는 눈부신 발전을 이룩했을 때, 동족을 데리러 온 비행접시가 W시 상공을 가득 채웠다는…… 그런 스토리는, 우리가 사는 이 세계의 어떤 현상이 비친 것이 아니라 그런 현상을 낳은 이 세계의 이면을 간파하도록 조작된 것이다. 화자는 진실이 여기 있다고 이야기하는 것이 아니라 "뭐가 사실이냐고요? 글쎄요, 나도 그저 알고 싶을 따름입니다."(136쪽)라고 능청을 떨며 이런 이야기에서 진실이 무엇이겠느냐고 되묻는 식이다.

표제작 「라면의 황제」도 바로 이렇게 읽히는 소설이다. "인류가 무엇을 믿어야 하는가 혹은 무엇을 생각해야 하는가 대신 무엇을 먹어야 하는가에 탐닉하기 시작"(82쪽)한 시대, "대형 마트 식료품 코너가 새로운 명상의 장소로 급부상"하고 "남녀노소를 불문한 각양각색의 인간들이 당근이나 브로콜리 같은 걸 손에 든 채 존재에 대한 한없이 깊은 생각에 빠져들곤"(82쪽) 하는 이 대세가 계속된다면, "라면금지법안" 같은 것이 통과되지 말란 법이 없다. 건강에 좋은 음식을 추천하는 정도가 지나쳐 이때껏 잘 먹던 음식에도 "수만 가지 질병을 비롯하여 우울증이나 폭력 같은 심각한 정신질환까지 유발"(79쪽)할 위험이 있는 성분이 포함되어 있다며 공포를 조장하는 이 웃지 못할 분위기는 어느 세계의 것인가. "어느 날부턴가 라면은 죄와 타락의 이미지를 지니게 되었다."(81쪽)라는 말이 과장도 아니다. 가까운 미래로 설정된 이 이야기가 조명하는 것은 말할 것도 없이 지금 이 시대의 '웰빙 붐'이지만, 그렇다고 27년간 오직 라면만 먹고 살아서 "라면이 곧 운명인 자 특유의 그 느낌"을 지닌 '라면의 황제'를 영웅시할 수는 없는 노릇이다. '라면 유해론자'와 '라면만 먹으며 산 분식집 주인' 어느 편에도, 그 둘의 사이를 오간 공방전에도, 따져봐야 할 진실 따위는 없다. 어느새 익숙해진 능청 투를 빌리자면 "거기에 한 사람의 일생의 가장 진실한 순간이 압축되어 담겨 있는 것도 아니었으니 말이다."(314쪽) 반드시 이야기 안에서 진실이 밝혀지는 건 아니다. 어떤 이야기는 이곳에 진실 같은 건 없음을 드러냄으로써 진실을 파헤칠 수도 있다.

김희선의 첫 소설집에 실린 아홉 편의 허구들은 의문, 자료, 상상, 익살, 배짱 등을 자유롭게 믹스하여 서글서글하게 빚은 항아리 같다. 각 편의 개성은 항아리에서 울려 나오는 재미난 소리에 달려 있을 것이다. 각 요소들을 설득력 있게 조합하는 것이 멋진 항아리를 빚는 재주에 다름 아닐 것이다. 그런데 무른 흙으로 빚어진 이야기가 단단한 항아리의 울림으로 들리기 위해서는, 무엇보다도 흙을 굽는 불이 있어야 한다. 이 항아리들을 구워낸 불은 아마도 '관심', 오직 관심이다. 지났거나 몰랐거나 잊었거나 외면했거나 잊기 싫은, 숱한 세상일에 대한 관심, 그로부터 이 항아리들이 탄생했다. 이들은 숨겨졌거나 알려지지 않았던 사건들의 실상을 확인시켜주지 않는다. 의문을 속 시원히 설명해주지도 않고 진실을 눈앞에 펼쳐놓지도 않는다. 하지만 아예 잊힌 줄도, 은폐된 줄도 모르고 있던 사실을 새삼 환기한다. 의문을 들추고 추문을 들이댄다. 우회적으로 무지를 빈정대고 무관심을 추궁한다. 이 항아리들의 제작자는 그런 의미에서 '관심쟁이', '오지라퍼', 별의별 일에 다 관심을 두고 시시콜콜 오지랖을 펼치는 이다. 하지만 이런 이가 없다면 세상에 알 길 없는 숱한 일은 또 "가뜩이나 피곤한 몸"과 "공무원 시험"에 밀려 금세 잊히고 말 것이다. 실은 그가 할 얘기들이 세상에 너무 많은 것이 안타까울 정도인데 말이다. 304명은 왜 한 명도 구조되지 못했는가. 그날 일곱 시간 동안 그는 어디에서 무엇을 하였는가. 언젠가는 이런 미스터리도 그의 손에서 하나의 항아리가 될 것만 같다. 정말이지 도무지 알 수 없는 일들이 이대로 잊힐 수는 없는 것이다.

작가의 말

이 책을 쓰는 동안 많은 분들의 도움을 받았다. 그들은 바쁜 시간을 쪼개어 인터뷰에 응했고 허심탄회하게 자신의 이야기를 들려줬으며 그것을 활자화하는 일에 기꺼이 동의했다. 세탁소를 운영하는 김선호옹, 이란인 카펫업자 아부 알리 하산, 여전히 직업과 신원이 미상인 채로 남아 있는 최두식씨, 라면 가게 종업원으로 일했다는 허삼식 노인, 가자 지구에서 지금도 열심히 뭔가를 쓰고 있을 할레드와 사라진 과학자 에드워드 김, 혹은 레오니드 몰로디노프나 김판식씨, 그리고 이미 지구를 떠나버린 외계인들에게 이르기까지……. 이 모든 이들에게 깊은 감사를 드린다.

끝으로, 나에게 언제나 영감을 불어넣어주는 미스터리한 도시, W시에 무한한 애정을 전하는 것으로 '작가의 말'을 대신하고자 한다.

2014년 12월

김희선

수록작품 발표지면

1. 「교육의 탄생」—『작가세계』 2011년 겨울호

2. 「페르시아 양탄자 흥망사」—『작가세계』 2012년 여름호

3. 「이제는 우리가 헤어져야 할 시간」—『자음과모음』 2012년 가을호

4. 「지상 최대의 쇼」—『문예중앙』 2012년 겨울호

5. 「개들의 사생활」—『문장웹진』 2013년 2월호

6. 「2098 스페이스 오디세이」—『문학동네』 2013년 봄호

7. 「라면의 황제」—『창작과비평』 2013년 가을호

8. 「경이로운 도시」—『실천문학』 2013년 겨울호

9. 「어느 멋진 날」—『21세기문학』 2013년 겨울호

라면의 황제

초판 1쇄 발행일 2014년 12월 29일
초판 2쇄 발행일 2017년 5월 22일

지은이 김희선
펴낸이 강병철
펴낸곳 더이룸출판사
출판등록 1997년 10월 30일 제1997-000129호
주소 04047 서울시 마포구 양화로6길 49
전화 편집부 02) 324-2347 경영지원부 02) 325-6047
팩스 편집부 02) 324-2348 경영지원부 02) 2648-1311
이메일 munhak@jamobook.com
커뮤니티 cafe.naver.com/cafejamo

ISBN 978-89-5707-831-0(03810)

이 도서의 국립중앙도서관 출판시도서목록(CIP)은 서지정보유통지원시스템
홈페이지(http://seoji.nl.go.kr)와 국가자료공동목록시스템(http://www.nl.go.kr/kolisnet)에서
이용하실 수 있습니다.(CIP제어번호: CIP2014037315)

• 이 책은 서울문화재단 '2013 예술창작지원-문학' 지원사업의 지원을 받아 발간되었습니다.